साफ़-सुथरा

साफ़-सुथरा

शताधिक साहित्यिक लघु कथाएँ

सुरेश पटवा

Sarvatra
An imprint of Manjul Publishing House

Sarvatra
An imprint of Manjul Publishing House

◆ द्वितीय तल, उषा प्रीत कॉम्प्लेक्स,
42 मालवीय नगर, भोपाल-462 003
◆ सी-16, सेक्टर 3, नोएडा, उत्तर प्रदेश, 201301
वेबसाइट : www.manjulindia.com

यह संस्करण 2026 में पहली बार प्रकाशित

साफ़-सुथरा

ISBN 978-93-7317-709-0

सुरेश पटवा इस पुस्तक के
लेखक होने की नैतिक ज़िम्मेदारी वहन करते हैं

मुद्रण व जिल्दसाज़ी : रेप्रो इंडिया लिमिटेड

अनुक्रम

प्रस्तावना

श्री सुरेश पटवा का प्रकाश्य 'साफ़–सुथरा' लघुकथा–संग्रह साहित्यिक रूप से समृद्ध है। इसमें सामाजिक, सांस्कृतिक, राजनीतिक तथा मानवीय सरोकारों से जुड़ी शताधिक लघुकथाएँ समाहित हैं जो समाज के विविध पहलुओं जैसे धार्मिक कट्टरता, स्त्री–पुरुष संबंध, सत्ता की विसंगतियाँ, पारिवारिक मूल्य, नैतिक द्वंद्व और आधुनिक जीवन की विडंबना को प्रभावशाली ढंग से प्रस्तुत करती हैं।

'साफ़–सुथरा' युग सापेक्ष साहित्यिक विधा 'लघुकथा' का समीचीन विषयों पर उत्तम संग्रह।

आज का युग 20–20 क्रिकेट मैच का है। यह युग ट्विटर की माइक्रो ब्लागिंग का है, इंस्टेंट अभिव्यक्ति का है, क्विक रिस्पांस का है, इंस्टेंट कॉफ़ी का है, सिर्फ़ 10 मिनट में फटाफट ख़बरों का है। यह सब बताने का आशय केवल इतना है कि साहित्य में भी आज आदमी जीवन की विविध व्यस्तताओं के चलते समयाभाव से जूझ रहा है। पाठक को कहानी का, उपन्यास का आनन्द तो चाहिये पर वह यह सब फटाफट चाहता है। संपादक जी को शाम 8:00 बजे ज्ञात होता है कि साहित्य के पन्ने पर कार्नर बाक्स खाली है, और उसके लिये वे ऐसी सामग्री चाहते हैं जो पाठक का ध्यान खींचे।

इतना ही नहीं, लेखक एक घटना से अंतर्मन तक प्रभावित होते हैं, वे उस विसंगति को अपने पाठकों तक पहुंचाने पर मानसिक उद्वेलन से विवश हैं किन्तु उनके पास भी ढ़ेरों काम हैं, वे लम्बी कथा लिख नहीं सकते। यदि उपन्यास लिखने की सोचें तो सोचते ही रह जायें और सृजन विचार की भ्रूण हत्या हो जावे। ऐसी स्थिति में लघुकथा एक युग सापेक्ष साहित्यिक विधा के रूप में

उनका सहारा बनती है। लघुकथा संक्षिप्त अभिव्यक्ति की अत्यंत प्रभावशाली विधा के रूप में स्थापित हो चुकी है। बीसवीं सदी के अंतिम तीन चार दशकों में लघुकथा प्रतिष्ठित होती गई। मुझे स्मरण है कि 1979 में मेरी पहली लघुकथा 'दहेज', 'गेम आफ स्किल', 'बौना' आदि प्रकाशित हुईं थीं, तब नई कविता का नेनो स्वरूप क्षणिका के रूप में छपा करता था। लघुकथायें फिलर के रूप में बाक्स में छपती थीं। समय के साथ लघुकथा ने क्षणिका को पीछे छोड़कर आज एक महत्वपूर्ण साहित्यिक विधा का स्थान अर्जित कर लिया है। व्यंग्य, ललित निबंध, लघुकथा आदि सृजनात्मक लेखन की अपेक्षाकृत नई विधायें हैं। इनमें भी व्यंग्य तथा लघुकथा का पाठक प्रतिसाद ज़्यादा बड़ा है। इन दोनो ही विधाओ के समर्पित लेखकों का संसार भी बड़ा है। इंटरनेट ने दुनियां भर के लघुकथाकारों को परस्पर एक सूत्र में जोड़ रखा है। लघुकथा के संयुक्त संग्रह बड़ी संख्या में छप रहे हैं। एकल संग्रहों की संख्या अपेक्षाकृत सीमित है, ऐसे समय में हमारे बहुविध रचनाकार लोकप्रिय लेखक सुरेश पटवा जी के लघुकथा संग्रह 'साफ सुथरा' का हिंदी साहित्य जगत में सुस्वागत है।

लघुकथा का साहित्यिक भविष्य व्यापक है, क्योंकि परिवेश विसंगतियों से भरा हुआ है। अपने अनुभवो को व्यक्त करने की छटपटाहट एक नैसर्गिक प्रक्रिया है, जो लघुकथाओ की जन्मदात्री है। यह माइक्रो फिल्म्स तथा रील का ज़माना है। इन लघु फिल्मों को लघुकथाएं ही अच्छी साहित्यिक वैचारिक पटकथा सुलभ करा सकेंगी।

'साफ़–सुथरा' एक समृद्ध लघुकथा–संग्रह है, जिसमें सामाजिक, सांस्कृतिक, राजनीतिक तथा मानवीय सरोकारों से जुड़ी शताधिक लघुकथाएँ समाहित हैं। इस पुस्तक की विषय–वस्तु समकालीन समाज की गहराई से पड़ताल करती है और मानवीय मनोवृत्तियों की अनेक परतें उजागर करती है। संग्रह की लघुकथाएँ समाज के विविध पहलुओं जैसे धार्मिक कट्टरता, स्त्री–पुरुष संबंध, सत्ता की विसंगतियाँ, पारिवारिक मूल्य, नैतिक द्वन्द और आधुनिक जीवन की विडंबना को प्रभावशाली ढंग से प्रस्तुत करती हैं।

संग्रह की एक लघुकथा 'तीन–तलाक' की चर्चा करें तो यह कथा मुस्लिम समाज में व्याप्त धार्मिक कट्टरता के विरुद्ध आवाज उठाती है। लघुकथा के

माध्यम से तीन तलाक कानून के नए स्वरूप को शिक्षाप्रद तरीके से बताया गया है। लेखकीय दृष्टिकोण स्पष्टतः स्त्री के पक्ष में खड़ा है। तीन तलाक बोलकर स्त्री को 'एकतरफा मज़ाक़' का पात्र बना दिया जाता है, जिसके विरुद्ध संदेश कथानक में दिया गया है। भाषा में व्यंग्य है और अंत में सामाजिक न्याय की एक क्षीण, परंतु आश्वस्तिमूलक संभावना दिखाई देती है।

सुरेश जी का लेखन एक जागरूक द्रष्टा का बयान है, जो हास्य–व्यंग्य, संवेदना और तर्क की त्रयी से एक सशक्त सामाजिक आलोचना निर्मित करता है। यह कृति सिद्ध करती है कि लघुकथा केवल क्षणिक प्रभाव नहीं गहन विचार का बीज भी बन सकती है।

'सौम्या का ख़्वाब' एक और अनुभूत रचना है। कथा समकालीन शहरी मध्यवर्गीय मानसिकता की सूक्ष्म व्याख्या है। यहाँ किंचित असफलता के क्षण में पुत्री के अवसाद को हटाने, पिता–पुत्री संवाद के माध्यम से 'ख़्वाब' और 'प्रयास' का रिश्ता गहराई से उद्घाटित होता है। लेखक, मनोवैज्ञानिक सूक्ष्मता से यह स्पष्ट करता है कि वास्तविक संघर्ष सपनों को देखने में नहीं बल्कि उन्हें बिना शर्त ज़िंदा रखने में है। बच्चों को हौसले की उड़ान का रहस्य बताती इस कथा में कुछ नवाचारी बिम्ब प्रयोग रोचक हैं।

'काँटे की टक्कर', व्यंग्यात्मक कथा है, जो राजनीति में सामाजिक रूप से हाशिये पर ट्रांसजेंडर समुदाय की स्थिति को चित्रित करती है। कथा का अंत सामाजिक व्यंग्य के साथ नये विमर्श की शुरुआत करता है।

बच्चों के भोले प्रश्नों से उत्पन्न लघुकथा 'भगवान' जीवन दर्शन को सरल भाषा में संप्रेषित करती है। लेखक 'भगवान' की संकल्पना को अमूर्त नहीं बल्कि संवेदनात्मक और अनुभवात्मक रूप में देखने का आग्रह करता है।

इसी तरह 'लालच पर काबू' आत्मनिरीक्षण और मानव स्वभाव के लोभ की परख करती है। एक अन्य कथा 'राजा का परिधान' के माध्यम से आज के राजनेताओं के मिथ्याचार और चाटुकारिता पर करारा व्यंग्य है। 'लंच का समय', साहित्यिक आयोजनों की खोखली आत्ममुग्धता और बौद्धिक दिखावे पर व्यंग्य है। लंच यहाँ प्रतीक बन जाता है उस भूख का, जो साहित्य में निष्ठा से अधिक सुविधा, आत्म प्रचार और प्रतिष्ठा चाहती

है। छपास और सम्मान साहित्य जगत के अंतर्द्वंद्व, पुस्तक प्रकाशन, सम्मान आत्मप्रदर्शन, स्वार्थी गठजोड़ जैसे मुद्दे उघाड़कर सांस्कृतिक संकट उजागर करता है।

पटवा जी ने लघुकथा कौशल का तर्कसम्मत अध्ययन किया, फिर परंपरा को समझने हेतु श्री बलराम अग्रवाल द्वारा चार खण्डों में संकलित 'बीसवीं सदी की लघुकथाएँ' पढ़ीं और उसके बाद पटवा जी ने कथा में कहन (संप्रेषण), पहन (भाषा–शैली), छन्न (चौंकाने वाला तत्व) और उद्देश्य का संतुलन साधते हुए अपनी लघुकथाओं को साहित्यिक ऊँचाई दी है। भाषा सजीव, सहज और पात्रानुकूल है, जिससे पाठक सहज रूप से विषय से जुड़ जाता है। कई कथाएँ व्यंग्यात्मक शैली में समसामयिक राजनीति और सामाजिक असमानता पर करारा प्रहार करती हैं।

'साफ़–सुथरा' इस विधा की गरिमा को न केवल बनाए रखता है, बल्कि उसे समकालीन विमर्श के केंद्र में स्थापित करता है। इस संग्रह की विविध लघुकथाएँ सामाजिक सरोकारों, धार्मिक–राजनीतिक विडंबनाओं, मानवीय संबंधों और अंतर्द्वंद्वों की गहरी पड़ताल करती हैं। आगे पीछे के आवरण फ्लैप पर प्रस्तुत दोनों लघुकथाएं न्यूनतम शब्दों में गहरे अर्थ संप्रेषित करती हैं। पुस्तक में पटवा जी का आत्मकथ्य स्वयं में लघुकथा के परिदृश्य पर व्यापक शोध लेख है। इस प्रकार वे पाठक को लघुकथा से परिचित कराते हैं। विधा को समझकर ही पाठक प्रस्तुत लघुकथाओं का पूरा आनंद ले सकते हैं। एक ही पुस्तक में लघुकथा का शास्त्रीय ज्ञान, और लघुकथाओं के होने से नए रचनाकारों द्वारा लघु कथा लेखन को भी प्रोत्साहन मिलेगा।

'साफ़–सुथरा' लघुकथा संग्रह में सम्मिलित रचनाएं केवल मनोरंजन नहीं बल्कि चिंतन की गहराई तक ले जाने वाला सामयिक खजाना है, जो लघुकथा विधा की शक्ति और संभावनाओं को सशक्त रूप से सामने लाता है। यह संग्रह साहित्यप्रेमियों, विद्यार्थियों और समाज के सजग पाठकों के लिए पठनीय और संग्रहणीय है। पुनः शुभ कामनाएं सुरेश जी ।

–विवेक रंजन श्रीवास्तव

प्रबुद्ध साहित्यकार, भोपाल

साहित्य मनीषी का अभिमत

साहित्य की हर विधा में पारंगत कलम के धनी श्री सुरेश पटवा के लघुकथा संग्रह 'साफ़–सुथरा' की पाण्डुलिपि पढ़ने से ज्ञात हुआ कि वे कविता, ग़ज़ल, कहानी, उपन्यास, आलेख, यात्रा–वृतांत लिखने में माहिर होने के साथ लघुकथाओं के कुशल शिल्पी भी हैं। संग्रह की लघुकथाओं में आम आदमी की छटपटाहट, पीड़ा, विसंगति, विडंबना, खोखलापन, आकांक्षा, आक्रोश की सहज अभिव्यक्ति हुई है। इनकी शैली में व्यंग्य का पुट गुदगुदाता भी है। भाषा में रंजकता जोड़े रखती है।

श्री सुरेश पटवा की भाषा–शैली सहज, सरल तथा यथोचित तत्सम और तद्भव शब्दावली से युक्त होने के कारण एक मिठास घोलती चलती है, जो पाठक को बाँधने में सफल है। इससे लघुकथा का 'कम से कम समय में साहित्यिक रस का आस्वादन' का उद्देश्य पूरा होता है।

श्री सुरेश पटवा वाणिज्य स्नातकोत्तर के साथ देश के सबसे बड़े बैंक, भारतीय स्टेट बैंक से सेवानिवृत्त सहायक महाप्रबंधक और मध्यभारत ग्रामीण बैंक से सेवानिवृत्त महाप्रबंधक हैं। स्वभाव से अध्येता यायावर श्री पटवा सम्पूर्ण भारत और विदेशों की यात्रा कर चुके हैं। मोटर साइकिल से सम्पूर्ण हिमालय भ्रमण और नर्मदा परिक्रमा करके यात्रा–वृतांत लिखे हैं। आपके यात्रा वृतांत पढ़ते ही बनते हैं। यह विश्वास नहीं होता कि एक जिम्मेदार व्यस्त बैंकर कैसे इतनी यात्राएं कर रोचक वृत्तांत लिख सकता है। यह उनकी अध्येता और यायावर प्रवृत्ति का प्रत्यक्ष प्रमाण है।

विश्व सांस्कृतिक परिदृश्य, इतिहास और दर्शन का विपुल अध्ययन आपको समृद्धशाली लेखक बनाता है। हमने इनकी 'नर्मदा', 'सगरमाथा से समुंदर तक', 'वेदों से वेदांत तक', 'हम्पी–किष्किंधा गंगासागर यात्रा' और 'पचमढ़ी की खोज' पढ़ी हैं। जिनसे यह पता चला कि श्री पटवा के पास ज्ञान का अकूत भंडार है, जिसका उपयोग वे अपने सृजन में बखूबी करते हैं। यदि आपने इनका साहित्य नहीं पढ़ा तो आप आज के उत्कृष्ट साहित्य से अनभिज्ञ हैं।

इनके उत्कृष्ट लेखन को अनेक प्रतिष्ठित साहित्यिक संस्थाओं ने पुरस्कृत किया है। तुलसी साहित्य अकादमी ने भी 'तुलसी सम्मान' से अलंकृत किया है। उन्हें विक्रमशिला विद्यापीठ भागलपुर ने 'विद्या वाचस्पति' की मानद उपाधि प्रदान की है।

ये 'साफ़–सुथरा' में कुल 111 उत्कृष्ट लघुकथाओं का संग्रह लेकर साहित्य समाज के सामने आए हैं। इन्होंने आत्मकथ्य में विद्वानों के माध्यम से लघुकथा परंपरा और सृजन की बारीकियों का विवेचन किया है। जिसमे दस सूत्रों का विवरण भी दिया है जो नए युवा लघुकथा लेखकों को उत्तम दिशानिर्देश सिद्ध होगा।

पाठक चाहता है कि साहित्य के सागर में से दो बूंद साहित्य रस के मिलें जिनसे वह अपनी बौद्धिक क्षुधा तृप्त कर ले। लेकिन आदमी आज के अत्यंत गतिशील आपाधापी युक्त जीवन संघर्ष में लंबी कहानियाँ, उपन्यास, निबंध, आलेख पढ़ने का समय नहीं निकाल पाता है। इन परिस्थितियों में लघुकथा गागर में सागर लेकर इठलाती हमारे सामने आती है तो साहित्य रस का मधुपान आत्मा तृप्त करने लगता है। श्री पटवा की लघुकथाएँ इसी साहित्यिक रसपान को उपलब्ध कराती हैं।

संग्रह की रचनाओं में भौतिकवादी खोखले तंत्र की पोल खोली है। इनकी उपादेयता इसमें है कि कथाओं के पात्र नज़दीक में ही पाए जाते हैं। ये अन्याय, अंधविश्वास और अव्यवस्था के ख़िलाफ़ संघर्ष को प्रेरित करती हैं।

लघुकथाओं के कथानक समय का प्रतिनिधित्व करते हैं। विन्यास तर्क सम्मत और मर्म स्पर्शी हैं। पहली रचना 'अहंकार' बहुत सुंदर बन पड़ी है।

उसके बाद समाज के अनेकों चरित्रों को केंद्र में रखकर 'साफ़–सुथरा' रचना संग्रह विराम लेता है। बीच में घृणित राजनीतिक खेल, भ्रष्टाचार, चारित्रिक विचलन, धोखाधड़ी, झूठ–फरेब और शोषण की पड़ताल करती रचनाएं वर्तमान समाज का आईना दिखाती हैं। लगभग सभी लघुकथाएँ मनोरंजक, प्रेरणास्पद और उद्देश्यपरक हैं। रोचक इतनी हैं कि एक को पढ़ने के बाद दूसरी पढ़ने को मन लालायित होता है जब तक की कृति इति पर न पहुँच जाए।

श्री सुरेश पटवा की भाषा–शैली सहज, सरल तथा यथोचित तत्सम और तद्भव शब्दावली से युक्त होने के कारण एक मिठास घोलती चलती है, जो पाठक को बाँधने में सफल है। इससे लघुकथा का "कम से कम समय में साहित्यिक रस का आस्वादन" का उद्देश्य पूरा होता है।

यह बहुत कमाल की चीज इन लघुकथाओं के अध्ययन से पता चली। किसी लघुकथा की समीक्षा करना 'बाढ़े कथा पार न रहई' होगा।

संग्रह की लघुकथाओं के विषय उभर कर आए हैं और उनका चयन बड़ी गंभीरता से किया है। शीर्षक सटीक और विषय को इंगित करने वाले हैं। इस संग्रह की रचनाओं को पढ़ने के बाद यह तय करना मुश्किल है कि कौन सी कमतर है और कौन सी उत्तम, सब एक से बढ़कर एक हैं। अपनी धुन के पक्के श्री पटवा निरंतर साहित्य साधना में रत रहते हैं। विचारों की अभिव्यक्ति को अंजाम तक पहुँचाने का माद्दा रखते हैं। अन्यथा टीका टिप्पणी कर्ताओं को लेखनी से उत्तर देते हैं। श्री पटवा जी को एक और उत्तम कृति हेतु बधाई और शुभकामनाएँ।

–डा. मोहन तिवारी 'आनंद'

राष्ट्रीय अध्यक्ष, तुलसी साहित्य अकादमी,

छोटी कहानियों सा आनंद देती लघुकथाएँ

श्री पटवा जी की लघुकथाएं कभी कभी एक छोटी कहानी का सा आभास देती हैं परंतु विषय वैविध्य है। उन्होंने आज के पिटे पिटाये ट्रेंड से हटकर ऐसे विषयों पर अपनी कलम चलाई है, जिनपर सामान्यत: किसी लेखक की नजर नहीं पड़ती।

विद्वानों का कथन है कि यदि आप किसी विषय पर दस पृष्ठ लिखना चाहते हैं तो उसके पूर्व तत्संबंधी विषय पर कम से कम एक सौ पृष्ठ अवश्य पढ़ें, तब आप ठीक तरह से दस पृष्ठ लिख पाएंगे। श्री सुरेश पटवा एक ऐसे ही लेखक हैं। वे लेखक बाद में हैं अध्येता पहले हैं। उन्होंने साहित्य की लगभग प्रत्येक विधा पर अपनी कलम चलाई है एवं उनके लेखन में उनके अध्ययन की छाप स्पष्टत: दृष्टिगोचर होती है। चाहे विषय भाषा विज्ञान का हो, पर्यटन का हो, व्यक्तित्व विशेष पर लेखन का हो, निबंध, कहानी, या वांग्मय के संबंध में हो, वे लेखन से पूर्व स्वदेशी एवं विदेशी विद्वानों द्वारा लिखित ग्रंथों का भलीभांति अध्ययन करते हैं, उनके संदर्भ उठाते हैं, उसका सत्व निकालते हैं फिर अपने विचारों के साथ समन्वय करके चिंतन के विविध आयाम प्रस्तुत करते हैं।

साहित्य जगत में उनका प्रवेश कोई बहुत पुराना नहीं है परंतु जिस द्रुतगति से उनकी पुस्तकों का प्रकाशन हो रहा है वह पाठकों को आश्चर्यचकित अवश्य करता है। जीवन के उत्तरार्ध में इतनी अधिक ऊर्जा विरलों में ही देखने को मिलती है।

श्री पटवा जी का लघुकथा संग्रह मेरे हाथों में है जिसे पढ़कर लगा कि वे एक प्रकृति प्रेमी रचनाकार हैं अत: कथावस्तु की अभिव्यक्ति में प्रकृति के एवं वातावरण सृजन के लिए गुंजाइश निकाल ही लेते हैं। इस तरह उनकी लघुकथाओं में प्रकृति का सौंदर्य विविध रूपों में रुपायित होता है परंतु उनकी लघुकथाएं प्राय: बड़ी होती हैं एवं लघु कहानी जैसा आस्वाद देती हैं, अत: कथारस तो उनमें मौजूद होता ही है।

पटवा जी की एक अन्य विशेषता भी बरबस पाठकों का ध्यान अपनी ओर खींचती है, वह है कथा के पात्रों के नाम। आप पात्रों की विशेषता एवं संप्रति को दृष्टिगत रखते हुए आस पास के लोगों, मित्रों साहित्यकारों एवं परिचितों में से नाम चुनते हैं। उनकी लघुकथाओं में कई नाम भोपाल के साहित्यकारों के आपको देखने को मिलेंगे, जो एक अनूठा प्रयोग है। लघुकथा 'चाय वाला लड़का' में इस प्रयोग को देखा जा सकता है जिसमें गोकुल सोनी, कांता रॉय, घनश्याम मैथिल, मुजफ्फर एवं गिरजेश सक्सेना जी के नाम आए हैं।

आध्यात्म की गहराइयों में उतर जाना श्री पटवा जी के स्वभाव में है। 'अहंकार' लघुकथा इसका प्रत्यक्ष उदाहरण है। जिसमें कथानायक 'आवेश' पांडुचेरी के अरविंद आश्रम में जाकर एक विद्वान गुरु 'समर्पण' से मिलता है। वे आवेश को अहंकार की उत्पत्ति, उसके विभिन्न मानसिक स्तर और उससे उत्पन्न नकारात्मक प्रभावों को विस्तार से समझाते हुए, उससे मुक्ति का उपाय बताते हैं, जिससे आवेश को जीवन का लक्ष्य या उद्देश्य मिल जाता है। इसी तरह अंधेरा लघुकथा भी मानसिक उलझन और मायूसी के गहराते अंधकार से जीवन प्रकाश की यात्रा की ओर संकेत करती, तथापि श्री पटवा जी की लघुकथाएं कभी कभी एक छोटी कहानी का सा आभास देती हैं, परंतु विषय वैविध्य है। उन्होंने आज के पिटे पिटाये ट्रेंड से हटकर ऐसे विषयों पर अपनी कलम चलाई है, जिनपर सामान्यत: किसी लेखक की नजर नहीं पड़ती।

उदाहरण के लिए लघुकथा 'घुटन' में एक महिला के पास कई लोगों के फ़ोन आते हैं और वे उससे एक रात की कीमत पूछते हैं। वह इससे बेहद परेशान व्यथित और दुखी है, तब एक व्यक्ति का फ़ोन आता है कि आपका

मोबाइल नंबर आप के नाम के साथ ट्रेन के टॉयलेट्स में आपके किसी दुश्मन ने लिख दिया था। आप परेशान न हों, वह मैंने मिटा दिया है। 'छोटी मां' भी बेटियों के ममत्व को उजागर करती उत्तम लघुकथा है।

बौद्धिक व तार्किक विश्लेषण तथा करुणा व संवेदना ये परस्पर विरोधी विषय हैं। जहां तार्किकता है, जहां विश्लेषण है, वहां प्राय: भावनाओं को कोई स्थान नहीं होता और जहां भावनाएं हैं, वहां प्राय: तार्किकता का अभाव होता है, परंतु श्री पटवा जी भावनाओं और तर्कों का अद्भुत सामंजस्य बिठाने में पारंगत हैं। 'अंधेरा' लघुकथा में जब निराशा ग्रस्त नायक चौंक कर उठ जाता है और कहता है कि, इस मायूसी के गहराते अंधेरे का मैं क्या करूं तब नायिका स्निग्धा कहती है कि 'अंधेरा दूर करने के दो तरीके हैं। एक – सुबह का इंतजार करो और दूसरा दिमाग की बत्ती जला लो', इस तरह कहते हुए उसने बिस्तर के बाजू में लगा बिजली का स्विच दबा दिया। स्विच जला देना ही बौद्धिक चिंतन की बत्ती जला देने का उत्प्रेरण है।

साहित्य समकालीन समय का दस्तावेज होता है। वर्तमान समाज को अस्थिर करती प्रवृत्तियों और असंगत का विरोध एक सुधी लेखक का दायित्व होता है। 'तीन तलाक' इसी तरह की लघुकथा है जिसमें मुस्लिम समाज में व्याप्त तलाक की कुप्रथा पर चोट की गई है। बचपन के दो मित्र हसन और मदन पुलिस की नौकरी में हैं। मदन तलाक से उत्पन्न दुष्प्रभाव और नारी की मानसिक प्रताड़ना के दुख को और दुष्परिणामों को हसन को बताकर उसका दृष्टिकोण बदलने का प्रयास करता है, परंतु हसन को तलाक प्रथा उचित प्रतीत होती है, अचानक बहस के दौरान ही हसन की बहिन सलमा रोते हुए फ़ोन पर बताती है कि "आपके बहनोई ने मुझे तलाक दे दिया है", तब तलाक हसन को अन्यायपूर्ण लगने लगता है। लेखक इस लघुकथा में मुस्लिम खलीफा अबू बकर के समय पर प्रचलित तलाक के औचित्य का विस्तृत उल्लेख करते हैं, यह विवेचन बताता है कि लेखक किसी समस्या के बारे में गहन अध्ययन करके उसके तथ्यों को सामने रखते हैं, केवल सतह को छूकर नहीं निकल जाते। इसी तरह 'तलाक' लघुकथा में शिक्षित स्त्री का परंपराओं से विद्रोह प्रत्यक्ष दर्शित है। लघुकथा 'आरजू की दिवाली' भी सांप्रदायिक सद्भाव को

प्रेरित करती लघुकथा है। जीवों के प्रति दयाभाव को प्रेरित करती लघुकथा है 'मुर्गे की खैर'। 'वह अनाम आदमी' देश के वीर सैनिकों के प्रति सम्मान जागृत करती लघुकथा है, जो बहुत सुंदर बन पड़ी है। 'बेशकीमती रुमाल' बैंकों की ग्राहक सेवा पर व्यंग्यात्मक लघुकथा है।

लघुकथाओं का उपर्युक्त संक्षिप्त परिचय ही पाठक के लिए संकेत है कि श्री पटवा जी का यह लघुकथा संग्रह विविधतापूर्ण एवं पठनीय है जिसमें आम जीवन में घटित घटनाओं को लघुकथा के रूप में ढाला गया है। ये घटनाएं हमें पढ़ी, सुनी, और भुगती सी लगती हैं, उनमें व्यक्त पीड़ा हमे अपनी सी लगती हैं, जिससे पाठक सहज ही आकर्षित हो जाता है। इन लघुकथाओं का भावपक्ष एवं चिंतन पक्ष उज्ज्वल है। आशा है पुस्तक को पाठकों का पर्याप्त स्नेह प्राप्त होगा।

श्री पटवा जी को उन्नत लेखकीय भविष्य हेतु हार्दिक मंगलकामनाएं।

–गोकुल सोनी

(कवि, कथाकार, व्यंग्यकार)

आत्मकथ्य

लघुकथा ही नहीं साहित्य की कोई भी विधा चाहे वह पद्यात्मक हो अथवा गद्यात्मक, सभी शाब्दिक अभिव्यक्ति का ही प्रतिरूप हैं। इस विधा के वरिष्ठ विद्वानों द्वारा लिखित पुस्तकें, उनके द्वारा अनेक मंचों पर समय-समय पर दिए गए व्याख्यान, लेख-आलेख इस विधा के अध्येताओं के लिए पाठ्यक्रम सदृश हैं। उन्हें पढ़ने से ज्ञात होता है कि लघुकथा क्या है?, उसे कैसे लिखते हैं?, उसकी क्या विशेषताएं हैं?, उसकी भाषा कैसी हो?, उसका आकार और प्रकार क्या हो?

लघुकथा विमर्श पर डॉक्टर अशोक भाटिया की तीन पुस्तकें उन सभी बिंदुओं का समावेश करती हैं, जिन मापदंडों पर लघुकथा लेखन और समीक्षा होनी चाहिए। इस संकलन को पूर्ण करने के पूर्व हमने इन पुस्तकों का गंभीर अध्ययन किया है। लघुकथा के मानदंडों पर इन्हें परखा है।

1. परिंदे पूछते हैं
2. लघुकथा आकार और प्रकार
3. समक़ालीन हिंदी लघुकथा

साहित्य में भाषा और उस पर भी भाषिक सौंदर्य से ही रचना में असर पैदा होता है और यह संभव होता है भाषा के यथोचित प्रयोग से। जहाँ तक लघुकथा की बात है, तो यह नहीं भूलना चाहिए कि उसमें शब्दों की मितव्ययिता बरती जाती है। बहुत सोच-समझकर, नाप-तोलकर शब्द प्रयोग करने होते हैं क्योंकि एक-एक शब्द कीमती है। अनावश्यक, अनुपयुक्त और असंगत

शब्दों के लिए लघुकथा में कोई स्थान नहीं है। उसकी उपयोगिता, उपयुक्तता, सार्थकता लघुकथाकार को सुनिश्चित करनी होती है।

सोशल मीडिया के अनेक मंचों पर लघुकथा की भाषा को लेकर मत – वैभिन्य देखने को मिले। सौभाग्य से इसी दौरान वरिष्ठ लघुकथाकार, विमर्शकार, संपादक और लघुकथा को अनेक स्तरों पर आगे बढ़ाने में निमग्न श्री संतोष सुपेकर जी की पुस्तक 'उत्कंठा के चलते...' पढ़ी। उसमें वर्णित कुछ अध्यायों को पढ़ा तो उसमें भी उन्होंने लघुकथा की भाषा को लेकर लब्धप्रतिष्ठित अनेक विद्वानों से इस विषय में उनके विचार जाने हैं। वहाँ भी विद्वानों में मतैक्य देखने को मिला। सभी के पास अपने–अपने तर्क और उदाहरण हैं। तो फिर लघुकथा की भाषा क्या हो?

अब प्रश्न उठता है कि लघुकथा की भाषा कैसी हो? क्या वह संस्कृतनिष्ठ तत्समप्रधान सामासिक शब्दावली हो, जो बिम्बों, प्रतीकों के सहारे अपने लाक्षणिक अथवा व्यंजनात्मक रूप में उपस्थित होती है या लघुकथा में सहज, सरल, आमजन के बोलचाल की भाषा का प्रयोग हो? इस विषय पर लघुकथा के विद्वान भी मतैक्य नहीं रखते। कुछ वरिष्ठ लघुकथाकार, समीक्षक, संपादक, आलोचक लघुकथा की शुद्धता और सुघड़ता के लिए उसके लाक्षणिक प्रयोग के पक्षधर हैं। उनका मत है कि विधा और रचना दोनों के परिष्कार के लिए उसमें साहित्यिक भाषा का होना अनिवार्य है। ऐसे वरिष्ठ विद्वानों का आशय यह भी है कि साहित्य पाठक की भाषा का भी परिष्कार करता है और साथ ही उनमें नवीन शब्दों की जानकारी के साथ–साथ उनके शब्द भंडार में बढ़ोतरी भी करता है। जब हम अपने घर में सुंदर, सुशील और पढ़ी–लिखी, ज्ञानवान बहू लाना पसंद करते हैं तो फिर साहित्य की रचनाधर्मिता में भाषा की उच्चता, बिम्बों का प्रयोग और प्रतीकों – संकेतों के माध्यम से कथ्य संप्रेषण से परहेज क्यों?

लघुकथा में भाषा के किसी एक रूप को लेकर विद्वान एकमत नहीं है। कतिपय विद्वान ऐसे भी हैं जो कहते हैं कि साहित्य सर्जन मूलतः समाज के लिए होता है, जिसमें कोई संशय भी नहीं होना चाहिए और समाज के लिए रची गई कोई भी रचना, विचार या बात समाज में प्रचलित आम बोलचाल की

भाषा में हो, तो उसकी प्रभावोत्पादकता और व्यापकता गुणात्मकता होगी। लेखक अपना संदेश सहजता से वृहत्तर पाठक वर्ग तक संप्रेषित कर सकता है। ऐसे विद्वान लघुकथा में सरल, बोधगम्य, मुहावरेदार अभिधामूलक भाषा के पक्षधर हैं। भाषा ऐसी हो जो सबको आसानी से समझ आ सके। क्लिष्ट शब्दों के प्रयोग से बचना चाहिए।

इस पक्ष के विद्वानों के लिए प्रेमचंद और उनका कथा साहित्य एक आदर्श उदाहरण है। मुझे लगता है बात तो अभी भी जस की तस है कि लघुकथा में कौन सी भाषा का प्रयोग किया जाए? यह प्रयोग बिम्बों, प्रतीकों, संकेतों से सजी क्लिष्ट भाषा का हो या फिर सहज, सरल, आम बोलचाल की बोधगम्य भाषा का उपयोग होना चाहिए। यहाँ सरल भाषा से तात्पर्य सपाटबयानी नहीं है।

लघुकथा हो या साहित्य की कोई भी अन्य विधा, अनावश्यक रूप से क्लिष्ट शब्दों का प्रयोग को उचित नहीं ठहराया जा सकता है। यदि अपने पांडित्य प्रदर्शन के लिए शब्दाडंबर किया जाता है तो न तो वह पाठक को संतुष्ट करता है और न विधा के सौंदर्य में ही वृद्धि। परिस्थिति, पात्र और विषयवस्तु की दृष्टि से यदि किसी संस्कृतनिष्ठ या कठिन शब्द का प्रयोग किया जाता है तो वह जायज़ हो सकता है। प्रतीक और बिम्ब के संबंध में भी कमोबेश यही बात लागू होती है। भाषा हो या प्रतीक, उन्हें रचना को मजबूती प्रदान करना चाहिए न कि उनकी संप्रेषणीयता में बाधक बनना चाहिए। रचना की विषयवस्तु स्वयं अपने लिए भाषा और शिल्प का चुनाव कर लेती है।

लघुकथा में लघुकथाकार जो तथ्य, संवेदना, भाव संप्रेषित करना चाहता है अगर वह ही कमज़ोर होगा तो भाषायी समृद्धि भी उसको प्रभावी नहीं बना सकती। भाषा सर्वप्रथम पात्रानुकूल हो। जबरन शब्दकोश से क्लिष्ट शब्दों को सायास चुनकर ठूँसी न हो। सहजता, आसानी से संप्रेषित हो सकने वाले शब्दप्रयोग, लघुकथा को विशाल पाठक वर्ग तक ले जा पाएंगे। इसमें संशय ही नहीं है। रही बात गूढ़ गहन प्रतीकों की संयोजना की, तो वह किसी भी लेखक के सतत अध्ययन और अनुभव के पश्चात स्वमेव ही निर्मित होने लगती हैं। उदाहरण के तौर पर आप किसी पौराणिक पात्र के लिए व्हाट्सएप

की हिंग्लिश भाषा का प्रयोग तो नहीं ही करेंगे। वहीं आज की आधुनिक जीवन शैली में रचे–बसे लोगों के लिए संस्कृत के तत्समप्रधान वाक्यों की सर्जना से पूर्व निश्चित रूप से एक बार विचार करना पसंद करेंगे।

सोशल मीडिया में अति गतिशीलता से लघुकथा में कहन यानि कथा तत्व, पहन यानि भाषा का लालित्य, छन्न का चौंकाने वाला तत्व और उद्देश्य लापता है। घटनाओं या चुटकुलों या अनुभूतियों को लघुकथा का जामा पहना कर खड़ा किया का रहा है। इससे लघुकथा का नुक़सान हो रहा है। लघुकथा ने साहित्य कहलाने के लिए एक लंबी लड़ाई लड़ी है। तब इसे साहित्य में जगह मिली है। आज लघुकथा और लघुकथाकारों को हमें 'साहित्यिक और साहित्येतर' में विभक्त करके देखना होगा। इस विभाजन के पैमाने तय करना होगा। यदि नहीं हुआ तो लघुकथा साहित्य विकास आंदोलन अवरुद्ध होगा।

लघुकथा लेखन के मूल तत्व पद्य विधा क्षेत्र में कवि बिहारी की प्रमुख रचना 'बिहारी सतसई' में 713 दोहे हैं। दोहों के बारे में कहा जाता है कि –

'सतसइया के दोहरा ज्यों नावक के तीर,
देखन में छोटे लगैं घाव करैं गम्भीर।'

कथा साहित्य में यह बात लघुकथाओं के लिए भी आज बेहिचक कही जाने लगी है। लघुकथा साहित्य में ऐसी कथा–विधा के रूप में विकसित हो रही है जो कम से कम शब्दों में अपनी बात पूरी सम्वेदना के साथ कहने में सक्षम हो। कह सकते हैं कि लघुकथा थोड़े में बहुत समेटने की विधा है, यानि गागर में सागर भरने की तरह।

लघुकथा में विषय, कहन, पहन, छन्न और उद्देश्य होने की अपेक्षा रहती है। विषय निजी या जन संवेदना से जुड़ा हो सकता है। कहन यानी लघुकथा में कहानी–तत्व हो, पहन यानी भाषा साहित्य के रस में पगी और कथा शिल्प में ढली हो, छन्न यानी अंत चौकने वाला प्रभाव रखते हो। कथा का एक निश्चित उद्देश्य होना चाहिए तभी वह साहित्य का अंग बन सकेगी। तब एक प्रभावी लघुकथा अस्तित्व में आ सकती है। सच्ची लघुकथा वही है, जो अपना असर

कुछ इस तरह छोड़े कि उसके कथ्य में निहित संदेश तीर की तरह सीधे दिल में जा लगे। लघुकथा के बारे में कुछ मुख्य बातें ध्यान देने योग्य हैं।

1. लघुकथा दो शब्दों से मिलकर बना है, लघु+कथा, तो ध्यान रहे यह दोनों ही बाते लघुकथा में समाहित हों। यानि आकार में लघु हो पर कथा–तत्व ज़रूर शामिल हो।
2. लघुकथा मात्र एक छोटी कहानी नहीं है। लेकिन उसमें कहानी तत्व का होना ज़रूरी है।
3. लघुकथा भूमिका और उपसंहार रहित होती है। किसी भी स्थिति में कथा में विस्तार से बचते हुए अपनी बात कहना आवश्यक है।
4. लघुकथा एक क्षण विशेष को उजागर करती है, जिसका उल्लेख करते हुए समय और काल बदलना नहीं चाहिये अन्यथा कथा में 'कालखंड दोष' समाहित हो जाता है।
5. लघुकथा में लेखकीय प्रवेश वर्जित है। लेखक को जो भी कहना हो पात्र के मुख से कहलवाया जाये, जब तक कि लेखक स्वयं एक पात्र के रूप में कथा में मौजूद न हो
6. लघुकथा समाज हित में कोई स्पष्ट सन्देश दे। इसका तात्पर्य ये नहीं कि लघुकथा मात्र एक बोधकथा या प्रेरक प्रसंग बनकर रह जाये। संदेश उपदेशात्मक रूप न लिए हो। संदेश कथ्य में छुपा होना चाहिए।
7. लघुकथा का अंत कुछ इस तरह से हो कि पाठक सोचने पर मजबूर हो जाये। यही छन्न प्रभाव है।
8. लघुकथा की भाषा जितनी सरल होगी, उतनी ही जल्दी वह पाठक के दिल तक पहुँचेगी।
9. कथानक के पात्रों के परिवेश और वर्ग के अनुरूप उनकी भाषा और नाम होने चाहियें।
10. विषय–चयन के प्रति सजगता, जैसे अनेकों बार जिन पर कथाएँ लिखी जा चुकी हैं, उन विषयों से हटकर दूसरे विषयों पर लेखन हो, और

अगर विषय पुराना है, तो प्रस्तुतीकरण नवल हो। यह भी ध्यान रखें कि अगर कोई एकदम नया विषय ले रहे हैं तो उसके बारे में पहले सम्पूर्ण जानकारी प्राप्त कर लें।

11. लघुकथा का शीर्षक भी बहुत महत्वपूर्ण है। कई बार कथा का शीर्षक कथा की तरफ आकृष्ट करता है। शीर्षक चयन कुछ इस तरह भी न हो कि कथा किस विषय को लेकर बुनी गयी है, वह कथा पढे बिना मात्र शीर्षक से ही ज्ञात हो जाये।

इस संकलन को अंतिम स्वरूप देने के पहले हमने परंपरा को समझने हेतु श्री बलराम अग्रवाल द्वारा चार खण्डों में संकलित 'बीसवीं सदी की लघुकथाएँ' पढ़ीं और उसके बाद इस विधा की परंपराओं का पालन करते हुए अपने ख़ज़ाने से लघुकथाओं का चयन कर यह पुस्तक तैयार की है।

इस लघुकथा संग्रह की पांडुलिपि भोपाल के निष्णात साहित्यकार श्री गोकुल सोनी जी को संपादन हेतु दी। उन्होंने रचनाओं को न सिर्फ़ पूरा पढ़ा अपितु वांछित सुधार के अलावा यह भी इंगित किया कि कौन सी रचना लघुकथा के मानदंड पर खरी नहीं उतरती है। तदानुसार सुधार करके यह संग्रह आपके समक्ष प्रस्तुत हो रहा है। श्री गोकुल सोनी को उनके अथक श्रम के लिए हम आजीवन कृतज्ञ रहेंगे।

तुलसी साहित्य अकादमी के राष्ट्रीय अध्यक्ष डॉक्टर मोहन तिवारी 'आनंद' जी और राष्ट्रीय स्तर के व्यंग्यकार श्री विवेक रंजन श्रीवास्तव ने अत्यंत अल्प समय में पांडुलिपि पढ़कर प्रस्तावना और मंतव्य लिखकर मुझे उपकृत किया। उन्हें हृदय से साधुवाद।

मैं साहित्यिक जायके की लघुकथा लेकर पाठकों की अदालत में उपस्थित हो रहा हूँ। आशा है पाठकों का आशीर्वाद और प्रतिसाद प्राप्त होगा।

–सुरेश पटवा

साफ़–सुथरा

1

अहंकार

पुडुचेरी स्थित अरविंद आश्रम में आवेश को एक विलक्षण व्यक्ति के दर्शन हुए। वे सुबह पाँच बजे उठकर दो कमरों की सफ़ाई करते, व्यायाम करते, ध्यान करते और पुस्तकों का अध्ययन करके छः बजे समुद्र किनारे घूमने निकल जाते। उनके चेहरे की चमक और विद्वता से प्रभावित होकर एक दिन आवेश उनके पीछे हो लिया। उन्होंने एक बार मुड़कर देखा कि कोई उनका पीछा कर रहा है। फिर थोड़ा आगे चलकर रुक गए और उससे पूछा–

'क्या चाहते हो?'

आवेश ने कहा– 'अहंकार के विषय में जानना चाहता हूँ।'

उन्होंने अपना नाम 'समर्पण' बताया और पूछा– 'तुम अहंकार के बारे में क्या जानते हो?'

आवेश ने कहा– 'अहंकार दूसरों से श्रेष्ठ होने का दृढ़ भाव है।'

समर्पण बोले– 'स्थूल उत्तर है, परन्तु ठीक है, यहीं से आगे बढ़ते हैं। जब व्यक्ति को बचपन में बताया जाता है कि वह दूसरों से अधिक ज्ञानी है, सुंदर है, बलवान है, गोरा है, ऊँचा है, ताकतवर है, धनी है, विद्वान है, इसीलिए वह दूसरों से श्रेष्ठ है– यहीं से आदमी के मस्तिष्क में रोपित श्रेष्ठताओं का अहम प्रत्येक सफलता से पुष्ट होता जाता है।

अहंकार श्रेष्ठता के ऐसे कई अहमों का समुच्चय है।

अहंकार स्थायी भाव तथा अकड़ संचारी भाव है।

जब अकारण श्रेष्ठता के विचार दिमाग़ में घनघनाते हैं, तब जो बाहर प्रकट होता है, वह घमंड है, और क्रोध उसका उच्छ्वास है।'

आवेश उन्हें सुनकर मुग्ध हो रहा था। आगे उन्होंने कहा–

'अहंकार व्यक्ति के निर्माण के लिए आवश्यक होता है। "अहंकार को शासक का आभूषण कहा गया है।" उम्र के अंतिम पड़ाव पर अहंकार का भाव तिरोहित होना चाहिए, अन्यथा व्यर्थ की बेचैनी पीछा नहीं छोड़ती है।'

आवेश ने पूछा– 'अहंकार से कैसे मुक्त हों? वह हमारे व्यक्तित्व का अनिवार्य अंग है। शास्त्रों में कहा गया है कि "पाँच भूतों से मनुष्य का स्थूल शरीर अस्तित्व में आया है।" मन, बुद्धि और अहंकार अनिवार्यतः सूक्ष्म शरीर हैं। वह कैसे तिरोहित हो?'

उन्होंने अहंकार को तिरोहित करने के विषय में कहा–

'आपका व्यक्तित्व मकान की तरह सफलता की एक–एक ईंट से खड़ा होता है। एक बार मकान बन गया, फिर ईंटों की ज़रूरत नहीं रहती। क्या बने हुए भव्य भवन पर ईंटों का ढेर लगाना विवेक सम्मत है? यदि आपको अहंकार भाव से मुक्त होना है तो विद्वता, अमीरी, जाति, धर्म, रंग, पद, प्रतिष्ठा इत्यादि की ईंटों को सजगता पूर्वक मन से हटाना होगा– जिसके लिए "समर्पण" पहली शर्त है। समर्पण के बिना अहंकार से मुक्ति असम्भव है। यही निर्माण से निर्वाण की यात्रा है।'

आवेश ने उन्हें नमन किया और एक शिला पर बैठ समुद्र की मचलती लहरों पर डूबते सूरज की लालिमा को हृदयंगम कर ध्यान में डूब गया।

2

अंधेरे का सामना

सारी कोशिशों के वाबज़ूद यह तीसरा अवसर था, जब समर्थ का प्रमोशन नहीं हुआ। वह दोस्तों के साथ शराब की प्यालियों में डूब कर देर रात घर पहुँचा। स्निग्धा दरवाज़े की आहट लिए उसकी राह देख रही थी।

स्निग्धा ने उसे सम्भालते हुए पूछा – 'खाना खाओगे।'

समर्थ – 'नहीं भूख नहीं है।'

समर्थ कपड़े उतार कर बिस्तर पर लेटते ही नींद में समा गया। स्निग्धा किचन समेट कर उसके बाजू में आकर लेट गई। उसकी आँखों में नींद नहीं थी। अचानक समर्थ चिल्लाने लगा – 'ये अंधेरा दूर क्यों नहीं होता? यह अंधेरा मुझे खा जाएगा। मैं अंधेरे को चीर दूँगा। उजाला क्यों नहीं होता?'

स्निग्धा ने उसे जगाया। उसके चेहरे पर हाथ फेरते हुए पूछा – 'कोई सपना देख रहे हो, क्या?'

समर्थ चौंककर बोला – 'अब क्या कोई सपना बचा है देखने को।'

स्निग्धा उसके कंधे पर हाथ रखते हुए बोली – 'समर्थ, सपने कभी ख़त्म नहीं होते। ज़िंदगी में सपनों का मर जाना सबसे ख़तरनाक होता है।'

समर्थ – पर मायूसी के इस गहराते अंधेरे का मैं क्या करूँ?

स्निग्धा – अंधेरा का सामना करने के दो तरीक़े हैं, एक सुबह का इंतज़ार करो और दूसरा दिमाग़ की बत्ती जला लो, जिससे सत्य के दर्शन होते हैं। उसका सामना करो। इस तरह कहते हुए उसने खड़े होकर बिजली का स्विच दबा दिया। कमरा प्रकाश से नहा गया।

स्निग्धा ने समर्थ के पास पहुँच उसके सिर को अपने वक्ष से टिकाकर हाथ फेरना शुरू किया तो समर्थ एक बच्चे की तरह स्निग्धा से लिपट गया।

3

सत्ता का मद

एक वीडियो में पार्टी की सभा में प्रवक्ता भाषण पेल रहे हैं, हमारे महान नेता ने माता–बहनों के सिन्दूर की लाज रखते हुए आतंकवादी दुश्मनों को उनकी ही बहन से ठिकाने लगवा दिया।

एक अनुयायी ने पूछा – 'हिन्द की फ़ौज की कर्नल दुश्मनों की बहन कैसे हुई?'

प्रवक्ता – 'आप लोग नासमझी की बातें करते हो। हम हिन्दुस्तान पाकिस्तान का भेद नहीं मानते, हम अखंड भारत वाले हैं। सब में एक "आत्मतत्व" का निवास है। कोई किसी का दुश्मन नहीं है, वसुधैव–कुटुंबकम'।

दूसरा अनुयायी – 'फिर भी मंत्री जी ने ठीक नहीं किया। एक वीरांगना को दुश्मनों की बहन बता दिया। पार्टी एक्शन लेगी।'

प्रवक्ता – 'युद्ध काल में एकता प्रदर्शन के बाद पार्टी की विचारधारा लाईन पर वापस आना ही पड़ता है। राजनीतिक मजबूरी समझा करो।'

तीसरा अनुयायी – 'मतलब यह सोची समझी चाल का हिस्सा है, और नैतिकता, राष्ट्रीय एकता ?'

प्रवक्ता – 'नैतिकता का राजनीति में कोई निश्चित स्थान नहीं होता। परिस्थिति और व्यक्ति के हिसाब से नैतिकता निर्धारित करनी पड़ती है। और राष्ट्रीय एकता तो संविधान में सुरक्षित है।'

पाँचवाँ व्यक्ति – 'हाई कोर्ट स्वतः संज्ञान लेगी।'

प्रवक्ता – 'पार्टी में बात हो गई है। कोर्ट के आदेश पर एफ़आईआर होगी। हमारे नेता कहेंगे "हम कोर्ट आदेश का पालन करेंगे।" कोर्ट का आदेश आने तक अगला चुनाव आ जाएगा। इसी घटना की टैग लाइन पार्टी को चुनाव जिताएगी। मंत्री जी को सेवा के पुरस्कार स्वरूप किसी राज्य का राज्यपाल बना दिया जाएगा।'

4

मटन करी

अब्दुल सुलेमान रेलगाड़ी के ड्राइवर हैं। गाड़ी प्रायः सभी स्टेशन पर रुकती है। एक दिन उसने सोनतलाई स्टेशन पर गाड़ी रोकी। उसके सामने एक बकरी का बच्चा आकर मासूमियत से देखने लगा। सुलेमान ने घर से लाए टिफ़िन से एक रोटी निकाल बकरी के बच्चे की ओर बढ़ा दी।

अगले दिन उन्होंने जैसे ही गाड़ी रोकी, बकरी का बच्चा उछलता-कूदता सुलेमान के पास आ गया। सुलेमान ने टिफ़िन से रोटी निकाली और उसके सिर पर हाथ फेरते हुए उसे खिलाई। गाड़ी का रुकना, मेमने का उसके पास आना और सुलेमान का उसको सहलाकर रोटी खिलाना एक दस्तूर बन गया। सुलेमान और मेमना एक दूसरे की राह देखते। सुलेमान उसको रोटी खिलाकर ही अपना खाना खाता।

एक दिन सुलेमान ने गाड़ी रोकी और एक रोटी लेकर नीचे उतरे तो बकरी का बच्चा नहीं दिखा। ट्रेन चलने का समय हो गया। उन्होंने रोटी ज़मीन पर रखी और गाड़ी लेकर आगे बढ़ गये।

अगले दिन बकरी के बच्चे के मालिक ने बताया कि मेमना पूरे दिन उदास रहा और उसने कुछ भी नहीं चरा। जब मैं रेहड़ के साथ वापस घर पहुँचा तो यह इसी जगह आया। यहाँ रखी रोटी खाकर संतुष्ट हुआ। साहिब, जानवर भी पेट के साथ प्यार का भूखा रहता है। सुलेमान ने मेमने को दुलराया और डिब्बे से रोटी निकाल कर खिलाई।

अगले दिन सुलेमान ने गाड़ी रोककर खाने का डिब्बा खोला, देखा और बंद करके रख दिया। मेमना उसे देखता खड़ा रहा। गाड़ी चल दी। उसके सहायक ने पूछा – 'ड्राइवर साहब, आज खाना नहीं खाएँगे क्या?

सुलेमान – नहीं मुझे भूख नहीं है।'

सहायक मज़ाक़ में बोला – 'लगता है कि मेमने की मुहब्बत से आपकी भूख मर गई है।'

सुलेमान चुप रहे, शाम को ड्यूटी से फ़ुरसत होकर घर पहुँचे। मुँह–हाथ धोकर तख्त पर लेट गये। थोड़ी देर में उसकी बीवी फ़ातिमा आकर बोली – 'आपने आज खाना नहीं खाया, मैंने कितने जतन से मटन करी के साथ बकरे के कलेजे का कीमा भी रखा था।' सुलेमान चुपचाप कमरे की छत को देखते रहे।

'तुम कुछ बोलते क्यों नहीं? खोए–खोए से लग रहे हो। कहीं दिल लगा बैठे हो क्या?'

सुलेमान बोला – 'बेगम, दिल लगा नहीं उचट गया है। अब हम कभी मटन करी नहीं खाएँगे।'

फ़ातिमा – 'क्यों क्या हो गया ?'

सुलेमान – 'हुआ कुछ नहीं है, बस हम आदमी से इंसान हो गये हैं।'

5

तीन–तलाक

रामपुर थाने में मदन और हसन रात की ड्यूटी पर तैनात थे। तभी हसन का फ़ोन बजा – 'हेलो... कौन सलमा बोल रही है। मेरी बहन... रो मत साफ़–साफ़ बता क्या बात है।'

'क्या! जावेद ने तुझे एक बारगी तीन तलाक़ कहकर घर से निकालने की धमकी दी है। उसका दिल किसी औरत पर आ गया है। अच्छा! तू घबरा मत ...वहीं ठहर... मैं कल आता हूँ... थानेदार मुझे जानते हैं। एफआईआर करवा कर तुझे नए क़ानून के अनुसार न्याय दिलाऊँगा।'

मदन बोला– 'चल मैं भी चलता हूँ, सिसोदिया साहब से मेरी भी खूब बनती है। मस्त आदमी हैं। धन्नी कहार से कह कर नदी से ताज़ी रोहू निकलवा ले। उनके बंगले पर चलेंगे।'

दोनों भोपाल के लिए निकल लिए। हसन रास्ते में मदन से बोला – 'तू सही कहता है यार, मानवाधिकार सिद्धांत के हिसाब से औरत को तलाक़ का कारण बताया जाना चाहिए और बाक़ायदा मुआवज़ा मिलना चाहिए।'

मदन – 'हाँ हसन, वो सब जो अपने को पुलिस प्रशिक्षण में बताया था कि 2 वर्ष या अधिक अलगाव, शारीरिक एवं मानसिक निर्दयता, कुष्ट रोग 1 वर्ष से अधिक, रतिजनित रोग 3 वर्ष से अधिक, विकृतिमन 2 वर्ष से अधिक तथा एक बार भी परपुरुष अथवा पर–स्त्री–गमन सिद्ध होने पर न्यायालय से तलाक़ मंज़ूर होना चाहिए।'

हसन – 'उस पर भी सन्तान की देखरेख, सन्तान से मेल–मिलाप और संपत्ति के बंटवारे का निर्णय भी कोर्ट करती है।'

मदन – 'हसन, इसीलिए कहता हूँ कि हमारे यहाँ कॉमन सिविल कोड आना चाहिए। धर्म को लेकर नेताओं की दुकानदारी बंद हो जायेंगी। तब देश "सर्व जन हिताय" की दिशा में अग्रसर होगा।'

उन्होंने सुबह–सुबह जावेद के घर पर दस्तक दी। जावेद दरवाजा खोलकर चौंकते हुए बोला – 'अरे हसन भाई आप लोग?'

हसन – 'वो सलमा ने फ़ोन किया था?'

जावेद – 'अरे वो..., वो तो एक मज़ाक़ था।'

सलमा अंदर से आकर बोली – 'भाईजान, इनका मुझे कुछ समझ नहीं आता, कब मज़ाक़ करते हैं और कब गंभीर होते हैं। सुबह से मुझे मनाने में लगे हैं।'

हसन – 'ठीक है, अबकी बार मज़ाक़ भी किया तो गंभीर अपराध समझा जाएगा।'

मदन – 'लो जावेद भाई, ताजी रोहू मछली है। ठीक से खाना बारीक कांटा है। मसूड़े में चुभ सकता है।'

6

महत्वाकांक्षा

बीज फोड़कर कई नन्हे पौधे निकल आये। अनेकों बड़े बरसाती पौधे मौसमी पुष्पों को बदन पर सजाए इतराने लगे। उनमें से एक छोटे पौधे की आकांक्षा उनके जैसा बड़ा बनकर महत्व प्राप्त करने की हुई। उसने प्रकृति देवी से प्रार्थना की 'हे माता, मुझे भी इन बड़े पौधों जैसा ऊँचा उठा कर मुझ में एक मादक ख़ुश्बू बिखरने वाला सुर्ख़रू गुलाब उगा दे।'

उसकी प्रार्थना का उत्तर नहीं मिला तो उसने भूमि से अन्न–जल लेना बंद कर दिया। बड़ा होने के लिए आमरण अनशन पर बैठ गया। उसकी ऊपरी पत्तियों को सूखता देख प्रकृति देवी को दया आ गई। वह हिमशिखर से उतर कर उसके पास पहुँची।

प्रकृति देवी – 'तुम जान देने पर क्यों आमादा हो?'

पौधा – 'मुझे सुर्ख़रू गुलाब का पौधा बनना है।'

प्रकृति देवी – 'लेकिन तुम्हारे बदन पर ग़म के नुकीले काँटे भी ऊग आएँगे, तभी तुम्हारे गुलाब में कमनीयता और मादक ख़ुश्बू आएगी। बिना तकलीफ़ के सुख नहीं मिलता। सुख चाहिए तो दुःख उठाने को तैयार रहना होगा।'

पौधा – 'गुलाब बनना मेरी महत्वाकांक्षा है। मैं सारे दुःख उठाने को तैयार हूँ। बस मुझे कुछ समय के लिए गुलाब का पौधा बना दो।'

प्रकृति देवी – 'देखो, जब तूफ़ान आता है तो बड़े पौधे टूटकर बिखर जाते हैं। परंतु छोटे बचे रहते हैं। तुम क्यों अपना जीवन जोखिम में डालना चाहते हो।'

पौधा – 'कुछ समय के लिए ही सही, मुझे एक दिन के लिए गुलाब के पौधे में बदल दो।'

प्रकृति देवी – 'समझो छुटकु, किसी देश के संविधान की तरह प्रकृति का भी कोई नियम होता है। ऐसे ही किसी को भी गुलाब के पौधे में नहीं बदल सकते।'

पौधा – 'नियम तो बदले जा सकते हैं। नियमों में संशोधन किया जा सकता है।'

प्रकृति देवी – 'तुम्हें हमेशा के लिए गुलाब के पौधे में नहीं बदला जा सकता। बाक़ी पौधों को आपत्ति होगी। प्रकृति का साम्य बिगड़ जायेगा।'

पौधा – 'मुझे एक दिन के लिए न सही एक घंटे के लिए गुलाब का पौधा बना दीजिए।'

प्रकृति देवी– 'हाँ कुछ घड़ी के लिए तुम इन सभी पौधों से अधिक ऊँचा हो जाओगे। लेकिन एक ऊँचाई पाने के बाद यह व्यवस्था स्वमेव समाप्त हो जाएगी और तुम्हारे बीजों को इस व्यवस्था का लाभ नहीं मिलेगा।'

इतना सुनते ही छोटे पौधे के चेहरे पर ब्यूटी पार्लर से तैयार होकर निकली महिला के मुखारविंद की सी चमक आ गई। प्रकृति देवी ने तथास्तु कहकर विदाई ली।

वह छोटा सा बरसाती पौधा एक गुलाब के पौधे में बदल गया। थोड़ी देर में उसमें एक बड़ा सा गुलाब खिल गया। तभी तेज़ आंधी आई। उसने बगीचे को तहत–नहस कर दिया। कई बड़े और छोटे पेड़–पौधे टूट कर बिखर गए। गुलाब का वह पौधा भी धराशायी हो गया। आँधी की मार से बचे बड़े पौधे उसे तकलीफ़ से कराहते देख कर हँसे और बोले, 'देखा, बड़ा गुलाब का पौधा बनना चाहता था, बड़ा बनना आसान नहीं होता। देख, तू अकाल ही काल के गाल में समा गया। मूर्ख, कुछ दिन और जी लेता, देख लिया बड़ों की नक़ल का अंजाम।'

आख़री साँसे लेता मरणासन्न पौधा बोला, 'मैंने अपने जीवन का उद्देश्य पा लिया है। जिस ऊँचाई से मैंने दुनिया देखी है वह तुमको कभी भी नसीब नहीं होगी। एक न एक दिन तो सभी को मरना ही होता है, जो मरने के डर से जीना छोड़ देते हैं, आगे बढ़ना छोड़ देते हैं, उनका जीना क्या और मरना क्या। अब मैं किसी अतृप्त कामना के बग़ैर शांत चित्त स्थिति में प्रकृतिस्थ हो रहा हूँ। कल किसी और पेड़ के रूप में लहराऊँगा। मैंने उस ऊँचाई पर आकाश से आती आवाज़ सुनी है। हम सब प्रकृति से आते हैं और प्रकृति में ही समा जाते हैं, यह अनादि अनंत चक्र है, ॐ शान्ति।' यह कहकर वह शांत हो गया।'

7

हिसाब–किताब

सरकारी स्कूल से सेवानिवृत्त प्राचार्य रघुनन्दन प्रसाद दुबे रेलगाड़ी से बैंगलोर जा रहे हैं। सहयात्रियों से बातचीत में उन्हें गर्वपूर्वक बताते चल रहे हैं कि बेटा–बहु बड़ी बहुदेशीय आई. टी. कम्पनी में बहुत बड़े पैकेज पर हैं। उन्होंने नया फ़्लैट ख़रीदा है। वे हली दिवाली उनके साथ मनाने जा रहे हैं।

बेटा रोहित और बहु रोहिणी एक बहुत महँगी गाड़ी में उन्हें लेने बैंगलोर स्टेशन आये। एक बहुत बड़े सुसज्जित फ़्लैट में ले गए। रघुनन्दन इंद्रलोक सी सुंदर साज–सज्जा– देख दंग रह गए।

रात को भोजन उपरांत उन्होंने बेटा–बहु को बिठाया और बोले – 'प्यारे बच्चों, अब तुम्हारी माँ भी मुझे छोड़कर चली गई। मेरा भी अब क्या ठिकाना, कब बुलावा आ जाए। ये मेरी बैंक पास बुक और सात लाख की मियादी जमा रसीदें हैं। इन्हें सम्भाल कर रख लो। मैंने सोचा था पोता या पोती कुछ हो जाता तो उनका नाम इनमें चढ़वा करके दिल का बोझ उतार लेता। लगता है ये बोझ मेरे साथ जायेगा। तुम लोगों का मानना है कि अभी ज़िंदगी का सबसे खूबसूरत समय जी रहे हो। बच्चों की झंझट क्यों पालें।'

बेटा–बहु चुपचाप भावहीनता से उनकी बाते सुनते रहे जैसे कॉर्पोरेट आफिस में बॉस किसी नौसीखिया अधीनस्थ की बातें सुनते हैं।

दूसरे दिन बेटा–बहु ने उनको अपने वार्डरोब में क़रीने से बनीं दस आलमारियों में कपड़ों और जूतों का भंडार दिखाया। रघुनन्दन सोचने लगे जितने बड़े कमरे में पाँच लोगों का परिवार हंसते–खेलते मज़े से ज़िंदगी गुज़ारता था, उतने में कपड़े और जूतों के अम्बार लगे हैं।

रोहित–रोहिणी शाम को पिताजी को गरूड़ मॉल घुमाने ले गए। उन्होंने क्रेडिट कार्ड पर मिल रही पाँच प्रतिशत की छूट का उपयोग करके दीपावली के लिए 'मान्यवर शोरूम' से अस्सी–अस्सी हज़ार की परम्परागत क़िस्म की नई पैरहन ख़रीदीं। पिताजी को भी नए कपड़े लेने को कहा। रघुनन्दन यह सोच कर परेशान थे कि जितने पैसों में उनका मकान बन गया था। अब उतनों के दो जोड़ी कपड़े आ रहे हैं। नए क़िस्म का विकास देख कर विस्मित थे। उन्होंने कहा– 'नहीं बेटा, उनके पास बहुत कपड़े हैं। जितना जुटाएँगे उतनी मुश्किलें बढ़ती जाती हैं।'

रात को दीपावली पूजन के लिए बहु ने उन्हें बुलाया। वे एक बड़े से मंदिर नुमा कमरे में पहुँचे। कमरे में इलेक्ट्रॉनिक मूर्ति के सामने इलेक्ट्रॉनिक दीपक जल रहा था। कमरा महँगे गुलाब–गेंदा और धूप–अगरबत्ती की सुगंध वाले स्प्रे से गुलज़ार था। एक आई–फ़ोन यू–ट्यूब पर गणेश जी, लक्ष्मी जी और ओम् जय जगदीश हरे... बजने लगा। बीच–बीच में आई–पैड से शंख, घंटी और तालियों की गूँज भी सुनाई दे रही थी। पूजा समाप्त कर सब भोजन करने बैठ ही रहे थे, तभी रोहित–रोहिणी के चार दोस्त दिवाली का जश्न मनाने आ गये। रोहित ने पिताजी को भोजन कराकर सबसे ऊपर के कमरे में पहुँचा दिया।

पिताजी विविध भारती पर "नाचो गाओ नाचो, धूम मचाओ नाचो। आया मंगल त्योहार, लेके ख़ुशियाँ हज़ार।" सुनते–सुनते गहरी नींद में समा गये। रात को दो बजे के आसपास उनकी नींद खुली तब नीचे से मादक ख़ुशबुओं के साथ डीजे के शोर की तेज़ आवाज़ें आ रही थीं।

सुबह नाश्ते की मेज़ पर रघुनन्दन ने रोहित से कहा – 'बेटा इतने महँगे कपड़ों का अम्बार लगा रखा है फिर भी और क्यों ख़रीदते हो।'

रोहित बोला – 'पिताजी नए फ़ैशन, नई डिज़ाइन, टेक्स्चर और पैटर्न के हिसाब से सोसायटी में मूव करना होता है। आपके ज़माने में हमारे कपड़े दिवाली के दिवाली सिलते थे। अब हर महीने पहनावा बदल जाता है। फिर आपकी तनख़्वाह भी रिटायर होने तक बीस हज़ार रुपए तक ही पहुँच सकी थी। हम दोनों के पैकेज चार लाख महीने याने अड़तालीस लाख रुपए सालाना हैं। आप नहीं समझ सकते। आप सोच भी नहीं सकते। अप टू डेट रहना पड़ता है, नहीं तो हंसी उड़ती है।'

रघुनन्दन बोले– 'हाँ बेटा, ज़माना बदल गया है, पर हम इतना समझते हैं कि हमने, तुम तीन भाई–बहनों को चार हज़ार मासिक तनख़्वाह में पढ़ा–लिखा और बड़ा कर के यहाँ तक पहुँचाया है, और तुम चार लाख महीना की आमदनी में एक औलाद नहीं पैदा कर पा रहे हो। सच है, ऊँचाई पर पहुँचने के बाद सीढ़ियों की क़ीमत नहीं रहती। उन्हें उनकी औक़ात दिखानी होती है। हम वही सीढ़ी हैं जिनके कंधों पर पैर रखकर तुम दशहरे का रावण जलते देख खुश होते थे कि बुराई पर अच्छाई की जीत हो रही है। आज बुराई जीत गई, मैं हार गया। मैं अपनी पासबुक और ज़िंदगी भर की कमाई की मियादी जमा जिससे तुम्हारे डस्टिंग और पौंछा का सामान भी नहीं आएगा। इन्हें लेकर कल सुबह की रेल से भोपाल निकल जाऊँगा। किसी ग़रीब को दान करूँगा, जिससे उनकी ज़िंदगी खुशहाल होगी।'

8

सौम्या का ख़्वाब

सौम्या को पक्का विश्वास था कि क्लैट में उसकी आल इंडिया रैंकिंग 100 के अंदर ही आएगी। वह शाम को अपने घर की छत पर डूबते सूरज की हल्की पीली रोशनी में उदास पंक्षियों को निहारते मम्मी–पापा के घर आने की बाट जोह रही थी।

सौम्या खड़ी–खड़ी गूगल मैप देखने लगी। उसने थ्री ड़ी इमेज में देखा, जो सूरज संध्या को बाहों में लिए भारत में लगभग बिल्कुल डूबने के कगार पर था, वहीं अमेरिका में ऊषा के साथ सुबह की लालिमा बिखेर रहा था। उसने सोचा धूप–छाँव की तरह दुख–सुख भी अपनी बारी से आते और चले जाते हैं लेकिन मेरा क्लेट स्कोर एक ही जगह पर क्यों अटक गया। तभी पापा की कार के हॉर्न की आवाज़ सुनकर सौम्या दरवाज़ा खोलने भागी। सीढ़ी से गिरते–गिरते बची।

मम्मी ने कार से उतर सौम्या को गले लगाया और पापा सौम्या की गर्दन में बाँह डालकर बैठक में दाखिल हुए। सोफ़ा पर बैठते–बैठते सौम्या की आँखों से आँसुओं की धार बहने लगी। वह पापा की गोद में दुबक कर सुबकने लगी। पापा ने उसे रो लेने दिया। जब वह रो चुकी तब सौम्या ने क्लैट के 139 वें नम्बर पर आने की बात बताई।

पापा थोड़ी देर सोचते रहे, तब तक कामिनी चाय बना लाई। चाय की पहली चुस्की लेकर पापा ने बोलना शुरू किया – 'सौम्या बेटा, जीवन ख़्वाबों

का घरौंदा है, जिसमें हम कई ख़्वाब बुनते हैं, वो ख़्वाब सच नहीं होते जो हम नींद में देखते हैं। उन ख़्वाबों में सच होने की तासीर होती है, जिन्हें हम जागते हुए देखते हैं और जो हमारी नींद उड़ा देते हैं। ख़्वाबों को पूरा करने की ज़िद और जुनून हमें ख़्वाबों को पूरा करने की मंज़िल तक पहुँचाते हैं।'

पापा बोलते जा रहे हैं – 'ख़्वाबों को देखते समय बस एक छोटा सा काम करो, उनके साथ सच होने की शर्त न लगाओ। अब देखो, मैं कब से पारदर्शी रेल कोच में कनाडा की ईस्ट–वेस्ट कोस्ट रॉकी माउंटेन रेल यात्रा का ख़्वाब बुन रहा हूँ। तुम्हारी मम्मी ख़्वाब को मुकम्मल नहीं होने दे रही। आदमी ख़्वाब देखना छोड़ देगा तो ज़िंदगी रुक जाएगी क्या? ज़िंदगी बहता दरिया है जिसमें ख़्वाबों की कई कश्तियाँ तैरती हैं। कोई कश्ती डूबने लगे तो काग़ज़ की नई कश्ती बना लो। उसमें बैठ निकल जाओ सात समुंदर पार जहाँ तुम्हें ख़्वाबों का एक और घरौंदा मिलेगा। उसमें बैठ कर देखो नए–नए ख़्वाब, बस एक ही शर्त है – "ख़्वाबों के साथ सच होने की शर्त न लगाओ।" ख़्वाब देखने वालों के ही सपने सच होते हैं।'

गिरते हैं शहसवार ही मैदान–ए–जंग में,
वो तिफ़्ल क्या गिरे घुटनों के बल जो चले।

सौम्या – 'पापा, आपकी ये उर्दू शायरी भी अजीब है। इनमे एकाध शब्द ऐसा ज़रूर होता है जिसका मतलब किसी को पता नहीं होता। अब ये तिफ़्ल क्या है?'

पापा – 'बेटा तुम्हें याद है, जब बहुत छोटी थीं तो घुटनों के बल चलती थीं। उसी बच्चे को तिफ़्ल कहते हैं। मैं तुम्हारी मम्मी की नज़रों में अभी भी तिफ़्ल हूँ, क्यों कामिनी, सच है न। कामिनी ओंठों पर गर्विली मुस्कान लिए चाय के कप समेट किचन की तरफ़ बढ़ गई।'

9

परलोक करेंसी

हसरत ने ख़्वाब देखा कि वह मर गया है। उसकी आत्मा ज़िदपूर्वक प्रॉपर्टी के मालिकाना हक़ के काग़ज़ात और रुपयों से भरे सूटकेस लेकर यमराज के पास पहुँची। यमराज ने यमदूत को डाँटा कि माल ओ असबाब सहित क्यों उठा लाया इसको।

यमदूत – 'हुज़ूर, इसकी आत्मा इन सबसे छूट ही नहीं रही थी, यदि इसे नहीं लाता तो आपकी हुक़्मउदुली होती। इसलिए जिस भी स्थिति में बना इसे उठा लाया।'

चित्रगुप्त ने उसका हिसाब किताब देखा तो उसमें साथ लाई सम्पत्ति में कुछ गड़बड़ दिखी। हसरत की कुल संपत्ति उसकी ज़िंदगी भर की कमाई से चालीस गुना अधिक थी। उन्होंने यमराज को बताया। तब तक उनके कार्यालय का समय ख़त्म होने लगा तो उन्होंने सलाह करके उसे एक दिन के लिए ट्रांज़िट हाउस में रख दिया कि उसका स्वर्ग–नरक आवंटन का निर्णय कल किया जाएगा।

हसरत कल तक के लिए फ़ुरसत था, इसलिए शाम को घूमते घुमाते स्वर्ग–नरक के चमचमाते मॉल में घुस गया। एक से एक शानदार चीजें ट्रॉली में भरकर बिल काउंटर पर पहुँचा। उसने क्रेडिट कार्ड दिया तो काउंटर की अप्सरा बोली – 'यह यहाँ नहीं चलेगा। आपका डेबिट–क्रेडिट बैलेंस आपके कर्मों से निर्धारित होगा।'

हसरत ने मृत्यलोक से छुपा कर लाए दो–दो हज़ार के नोट की गिड्डियाँ दीं।

अप्सरा बोली – 'ये भी नहीं चलेंगे।'

हसरत ने कहा – 'क्यों नहीं चलेंगे, मैनेजर को बुलाओ।'

मैनेजर आया, उसने उलट पलट कर नोट देखे फिर बोला – 'आपके ये नोट श्रीलंका या पाकिस्तान तक में नहीं चलते तो यहाँ इतनी दूर स्वर्गलोक में कैसे चलेंगे।'

हसरत ने पूछा – 'यहाँ इस परलोक में कौन सी करेंसी चलेगी। मैं इन नोटों से एक्सचेंज कर लूँगा।'

मैनेजर बोला – 'यहाँ स्वर्ग में सिर्फ़ "सुकर्म क्रेडिट कार्ड" चलता है। जिसे किसी करेंसी से बदला नहीं जा सकता। यही इस लोक की करेंसी है।'

इतने में हसरत की नींद खुल गई। वह अब तक नींद में था। आज नींद से जाग गया।

10

पुलिसिया ड्राई फ्रूट

यही कोई ग्यारह बजे के लगभग थानेदार राज कुमार शर्मा कुर्सी पर बैठे हैं। उन्हें एक पुलिस कर्मी उनके दरवाज़े के ठीक सामने घूमता दिखाई दिया। उन्होंने फाइल निपटाते हुए एक निगाह उस पर डाली। वह सामने से हट गया। वे फाइल में उलझ गये।

थोड़ी देर बाद वह सिपाही फिर उनके दरवाज़े के सामने नमूदार हुआ। फिर हट गया। तीन–चार बार ऐसा होता देख उन्हें लगा है कि सिपाही को उनसे कुछ काम है। उन्होंने उसे अंदर बुलाकर पूछा – 'आपको मुझसे कुछ काम है क्या?'

सिपाही – 'जी सर।'

थानेदार – 'कहिए, क्या काम है?'

सिपाही – 'महोदय, मेरी बड़े साहिब के घर पर तैनाती है, मैडम साहिबा ने भेजा है।'

थानेदार ने सचेत होकर पूछा – 'किसलिए?'

सिपाही – 'हुज़ूर, दिवाली पर उपहार में ड्राई फ्रूट के बहुत सारे डिब्बे आ गये हैं, मैडम साहिबा ने कहा कि इन्हें किसी दुकानदार को वापस करवा कर नगद रक़म ले आओ।'

थानेदार साहिब का चेहरा थोड़ा लाल हुआ। मगर उन्होंने ख़ुद को संयत करके सोचा कि मामला बड़े साहिब के घर का है। उन्होंने थाने के दीवान को बुलाया और कहा – 'खत्री जी, ये बड़े साहिब के बँगले से तशरीफ़ लाए हैं। जरा इनका काम करवा दीजिए। दीवान साहिब 'जी सर' कहकर सिपाही को साथ लेकर चले गये।'

लंच के बाद क़रीब तीन बजे के आसपास वही सिपाही फिरसे उनके दरवाज़े के सामने मंडराने लगा तो शर्मा जी ने उसे तलब किया और पूछा – 'क्या तुम्हारा काम अभी तक नहीं हुआ।'

सिपाही – 'हुज़ूर, काम तो हुआ लेकिन मैडम साहिबा ने कहा है कि जितना माल था उसकी तुलना में...'

थानेदार – 'हाँ, बोलो डरो नहीं।'

सिपाही – '...तुलना में पैसे कम मिले हैं।'

थानेदार – 'कितने कम मिले?'

सिपाही – 'हुज़ूर, पाँच सौ रुपये।'

शर्मा जी कुर्सी से टिककर सोच में पड़ गये। उनके सामने वाली दीवार पर "देशभक्ति–जनसेवा" का बोर्ड लगा था। उन्होंने सोचा यार, डीएसपी का प्रमोशन इसी साल ड्यू है। बड़े पद पर रहकर उमड़ती देशभक्ति से अधिक जनसेवा कर सकेंगे। उन्होंने अपनी जेब से पाँच सौ रुपये का एक नोट निकाल कर उसे पकड़ा दिया और राहत की साँस ली।

11

प्यार का रिश्ता

सौम्या ने अपनी सहेली को पत्र लिखा। प्रिय सहेली, मैं नहीं जानती थी, प्यार क्या होता है। कल रात सवा दस बजे पापा जी के बड़े भाई का अस्पताल में देहांत हो गया। उन्हें इसका दुख नहीं हुआ। उनके भाई के शरीर की नसें मधुमेह के कारण ख़राब हो गईं थीं। उन्हें लकवा मार गया था। वे चार–पाँच साल से मौत से जूझ रहे थे। बिस्तर पर पड़े रहते थे। आवाज़ निकलना भी बंद हो गई थी। उन्हें क्या तकलीफ़ है, बता नहीं पाते थे।

पापा जब भी उनको देख कर लौटते उस रात सो नहीं पाते थे। उन्हें दुख तो बहुत होता लेकिन प्रकट नहीं करते। एक दिन बड़े पापा को कपड़े बदलने हेतु तिरछा किया तब पता चला कि एक ही स्थिति में लेटे रहने से उनकी पीठ में बॉडी सोल के फोड़े उभर आये हैं।

उस रात पापा जी उन्हें देख कर लौटे थे। रात में चिल्लाकर उठ बैठे कि उनकी पीठ में फोड़े हुए हैं। जिनसे मवाद रिस रहा है। हमने उनकी पीठ देखी और उनसे कहा कि नहीं ऐसा कुछ नहीं हुआ है।

जब बड़े पापा का स्वर्गवास हुआ। पापा मम्मी के साथ मैं अस्पताल पहुँची, तब वहाँ रोना पीटना चल रहा था। पापा जी ने बड़े भाई की नब्ज़ देखी और डॉक्टर से बात की। डॉक्टर ने इंतक़ाल होना बताया। पापा जी के चेहरे पर एक गहरी विषाद की छाया उभरी। उन्होंने तुरंत ख़ुद को सम्भाला और

डॉक्टर से कहा – 'बॉडी रैप करवा दीजिए।' भतीजे और भतीजी को कहा कि किसी को घर भेजकर कमरे में एक निश्चित जगह साफ़ करवा कर रखें। अस्पताल का बिल भुगतान करवाया। जिनको खबर देना था, उन्हें मोबाइल से सूचना दी। बॉडी घर पहुँचाई। उनके घर में मेहमान अधिक होने से लेटने की जगह नहीं होने के कारण पापा और हम अपने घर आ गए।

पापा रास्ते भर अपने भाई के बचपन की बातें बताते रहे कि उन दोनों ने विषम परिस्थितियों और मुफ़लिसी से किस तरह संघर्ष किया था। पढ़ाई के लिए कहाँ–कहाँ भटकते फिरे थे। उनकी माँ बचपन में ही स्वर्ग सिधार गई थीं तो वे किस तरह आपस में एक दूसरे का ध्यान रखने के लिये एक दूसरे की माँ बन जाया करते थे।

पापा जी पूरी रात करवट बदलते रहे। ज़रा भी नहीं सोये। सुबह सात बजे अंतिम संस्कार की तैयारी को पहुँचने हेतु तैयार हो गये। अंतिम संस्कार के दौरान, पापा कुछ बोले नहीं; उनकी निगाह कहीं दूर खोई कुछ खोजती रही।

अंत्येष्टि वाली रात गहरे दर्द और उदासीनता के वातावरण में उन्हें बचपन के किस्से याद आए। क़िस्से सुनाते वक्त कभी विषाद की गहरी कन्दरा में उतर जाते तो कभी मुस्कुराने लगते। उन्होंने अचानक शमशान चलने के लिए कहा।

'पिताजी!' हमने जवाब दिया, 'रात के 11 बज रहे हैं, हम अभी शमशान नहीं जा सकते! और फिर अंत्येष्टि तो हो चुकी है। क्या करेंगे वहाँ जाकर।'

उन्होंने कड़कदार आवाज़ में कहा, 'मुझसे बहस मत करो, कृपया उस आदमी के साथ बहस मत करो जिसने आज 70 साल से जुड़े भाई को खोया है।'

अजब सी खामोशी का लम्हा था, अब हम बहस नहीं कर सकते थे। हम शमशान गए। एक टॉर्च के साथ उस जगह पहुँचे जहाँ उनकी अंतिम क्रिया की गई थी।

वे बहुत देर तक ख़ामोश बैठे रहे, फिर बोले – 'किसी को सच्चे प्यार का पता तब चलता है जब वह उसे खो देता है। हमारा रिश्ता केवल भाई का

नहीं... दर्द और तकलीफ़ का था, ...मायूसी और मुफ़लिसी का था, उदासी और बदहवासी... का था, एक दूसरे की चिंता और देखभाल का था।'

थोड़ी देर गुमसुम रहने के बाद फिर बोले – 'मैं आज रात खुश हूँ। क्योंकि वो मुझसे पहले ही चले गए। मुझे दफनाने की तकलीफ़ और मेरे जाने के बाद तन्हा रह जाने के दर्द से उन्हें गुजरना नहीं पड़ा। मेरे जाने के बाद उनका तड़पना मुझे नहीं भाता... मैं इसके लिए ईश्वर का धन्यवाद देता हूँ।'

उस रात मुझे समझ आया सच्चा प्यार क्या होता है। प्यार इंद्रियों के सुख से उभरने वाला रोमांच और कर्तव्य निभाने से कुछ अलग होता है, जब दो लोग एक दूसरे के साथ खड़े होते हैं, एक दूसरे के लिए प्रतिबद्ध होते हैं... अच्छे और बुरे समय में जीवन नैया खेते हैं। वही प्यार होता है, फिर चाहे उनके बीच कोई रिश्ता हो या ना हो या रिश्ता किसी भी क़िस्म का क्यों ना हो।

तुम्हारी मित्र
सौम्या

12

प्यारी दुश्मनी

ठाकुर भानु प्रताप सिंह और नज़दीक गाँव के शेख शमशेर ख़ान दोनों बचपन में गाँव से दूर स्कूल में साथ–साथ पढ़ने जाते थे। साथ–साथ खेलते, खाते–पीते, मिलकर त्योहार मनाते थे।

जब वे बड़े हुए, तब तक समाज की सांप्रदायिक फ़िज़ा में राजनीतिक जहर घुलने लगा था। समाज सम्प्रदाय की तंगदिली में बुरी तरह बँट गया। चुनाव में एक पार्टी ने ठाकुर भानु प्रताप सिंह को और दूसरी पार्टी ने शेख शमशेर ख़ान को प्रत्याशी बनाया। चुनाव युद्ध का मैदान बन गया। दोनों पार्टियों के राष्ट्रीय स्तर के नेताओं ने आग में घी का काम किया। बचपन की दोस्ती दुश्मनी में बदल गई।

चुनाव प्रचार के बीच ही ठाकुर भानु प्रताप सिंह की बेटी की शादी हुई। उन्होंने राजनीतिक बैर के चलते शमशेर को शादी का न्योता भिजवाया, परंतु शमशेर के लड़कों ने राजनीतिक बैर के चलते निमंत्रण पत्र दबा दिया। शेख शमशेर को निमंत्रण नहीं आने की बात दिल में कचोट गई।

ठाकुर भानु प्रताप सिंह की बेटी की बारात की विदाई का क़ाफ़िला शेख शमशेर के घर के सामने से निकल रहा था। तभी शेख के आदमियों ने बारात को रास्ते में रोक लिया। आगे ना जाने दिया। दूल्हे का पिता भी उन दोनों का सहपाठी था। वह कार से उतरकर शमशेर से बात करने लगा। तभी ठाकुर

भानु प्रताप सिंह का एक कारिंदा भागा हुआ उनके घर पहुँच, उनके लड़कों से बोला, 'हुज़ूर, आपके दुश्मन शेख शमशेर ने बारात अगवा कर ली है।'

ठाकुर भानु प्रताप सिंह के घर कोहराम मच गया। ठाकुर साहब कलेक्टर से मिलने शहर निकल गए थे। उनके दीवानखाने में गाँव के लोगों का हुजूम इकट्ठा हो गया। इनके लड़कों और लठैतों ने बंदूक़ें निकाल लीं। ठाकुर साहब ने घर पहुँच हालात का जायज़ा लिया। सभी लोग उन्हें तुरंत शमशेर के घर पर हमला करने को उकसाने लगे।

सबकी बातें ध्यानपूर्वक सुनकर ठाकुर साहिब बोले, 'ये कमबख़्त शमशेर बेटी की दुबारा विदाई किए बग़ैर बारात को आगे नहीं जाने देगा। इसने जन्म के बाद पहली बार बिटिया को गोद में लेते वक्त कहा था बिटिया, इन हाथों में डोली उठने तक तुम महफ़ूज़ रहोगी, बचपन से ही बहुत ज़िद्दी है शमशेर।'

13

सिर ठंडा

अवधेश शर्मा पदोन्नत होकर बैंक प्रबंधक बन गया तो कृषि ऋण वसूलने में पारंगत होने के कारण प्रबंधन ने उसे सुदूर अंचल की किशनगंज शाखा में शाखा प्रबंधक बना कर पदस्थ कर दिया। वहाँ पहुँच कर उसने पाया कि ट्रैक्टर ऋण खातों में वसूली नहीं आ रही है।

चैत–वैशाख के महीनों में सीधी धूप पड़ने से न सिर्फ़ फसल पकने लगती है बल्कि आदमी भी आग में भुंजती मूँगफली की तरह काला पड़कर चटकने लगता है। फसल आने से अप्रेल–मई के महीनों में किसान के हाथ में पैसा आता है। एक बार किसान के पैसे पर सूदख़ोर बनिए की नज़र पड़ी तो बैंक वाले हाथ मलते रह जाएँगे। इसीलिए बैंक वाले टोपी पर साफ़ा बाँध वसूली हेतु इन्हीं दिनों गावों का दौरा करते हैं। अवधेश शर्मा ने मोटर साइकिल पर फ़ील्ड आफ़िसर अशोक सक्सेना के साथ क्षेत्र के बड़े बक़ायादारों के घरों पर जाकर वसूली हेतु दबिश देने का कार्यक्रम बनाया।

आँवलीखेड़ा गाँव के ठाकुर भैरो सिंह का ट्रैक्टर ऋण खाता ख़राब हो गया था। अवधेश शर्मा साथी सहित सुबह मोटर साइकिल पर सवार हो किशनगंज से निकले। रास्ते में रामाखेड़ी गाँव के एक किसान को हड़काया। आगे बढ़े तो बढ़ना मुश्किल था। किसी किसान द्वारा सब्ज़ी उगाने हेतु खेत में पानी छोड़ने से सड़क पर भारी कीचड़ हो गई। मोटर साइकिल निकालना सम्भव नहीं था। उन्हें मोटर साइकिल वहीं खड़ी करके कड़ी धूप में दो

किलोमीटर पैदल चलना पड़ा। दोपहर दो बजे भैरो सिंह के घर पर दस्तक दी। एक गमछा सिर पर बाँधे भैरो सिंह दरवाज़े पर प्रकट हुए। बातचीत शुरू हुई। उन्होंने घर के अंदर से तीनों पुत्रों रामसिंह, मोहनसिंह और धनसिंह को बुलाकर बिठा लिया।

अवधेश शर्मा आधा घंटा उन्हें खूब डाँटते–धमकाते रहे– 'ट्रैक्टर खींच कर के जाएँगे... ज़मीन नीलाम कर देंगे... आप लोगों को शर्म नहीं आती... बैंक ने आपको ट्रैक्टर दिलवाया... आपकी आमदनी बढ़ गई... और आप लोन नहीं चुका रहे...!'

माहौल तनावग्रस्त हो गया। थोड़ी देर सन्नाटा पसरा रहा। भैरोसिंह ने उन्हें बाजु में रखा खाने को गुड़ और पीने को पानी दिया। भैरोसिंह ने अवधेश शर्मा को ध्यान से देखा। आख़िर में भैरोसिंह उठकर घर के अंदर गए और एक नया सफ़ेद कोरा गमछा लेकर आए। अवधेश शर्मा के सिर पर बाँधते हुए बोले, 'बेटा, खूब पैदल चलो, खूब पानी पियो, मनो चैत–बैसाख और क्वाँर–कार्तिक के घाम में निकरो तो सिर पर गमछा बाँध लिया करो। सिर ठंडा रखा करो। एक कहावत गाँठ बाँध लो।'

'पैर गरम, पेट नरम, सिर ठंडा,
वैद्य घर आए तो मारो डंडा।'

अवधेश शर्मा अवाक रह गये, उनको पिता की याद आ गई। वे किशनगंज लौटते समय चाय पीने एक गुमठी पर रुके। भैरोसिंह के दिए सफ़ेद गमछे से पसीना पौंछ कर बहुत देर गमछे को देखते रहे। फिर आकाश में उड़ते काले बादलों को निहारते हुए आँखों में नमी लाकर अशोक सक्सेना से बोले – 'इस फसल पर यह खाता भी सही हो जाएगा।'

(14)

दाम्पत्य सुख

राजेश और मंजुला में किसी छोटी सी बात पर किच–किच हो गई। राजेश बड़बड़ाते घर से निकला। यह सोचते हुए कि कभी इस लड़ाकू औरत से बात नहीं करूँगा, शक्ल भी नहीं देखूंगा, पता नहीं खुद को समझती क्या है? जब देखो लड़ाई–झगड़ा, सुकून से रहने नहीं देती, जिंदगी बर्बाद कर के रख दी है। इस मनहूस साए से बहुत दूर कहीं सुकून भरी हुई जिंदगी गुज़ारूँगा।

वह गुस्से में घर से निकल गया। उसने चाय के स्टॉल पर पहुँच कर चाय ऑर्डर की और सामने रखे स्टूल पर बैठ गया।

उसे एक आवाज सुनाई दी – 'इतनी सर्दी में बाहर चाय पी रहे हो?'

उसने गर्दन घुमा कर देखा तो साथ के स्टूल पर अक्सर सुबह के सैर के दौरान मिलने वाले सक्सेना जी उनसे मुख़ातिब थे।

राजेश – 'आप भी तो इतनी सर्दी... और इस उम्र में बाहर हैं।'

सक्सेना जी ने मुस्कुरा कर कहा – 'मैं निपट अकेला, न कोई संगी न साथी, तुम तो गृहस्थी वाले लगते हो।'

राजेश – 'पत्नी घर में चैन से नहीं देती, हर समय किच–किच, बाहर न भटकूँ तो क्या करूँ।'

सक्सेना जी – 'पत्नी जीने नहीं देती। बरखुरदार ज़िन्दगी ही पत्नी से होती है। आठ बरस हो गए हमारी पत्नी को गए, जब ज़िंदा थी, कभी कद्र नहीं की, आज कम्बख़्त चली गयी तो याद आती है, घर काटने को दौड़ता होता है, बच्चे अपने काम में मस्त। आलीशान घर, धन दौलत सब है... पर उसके बिना... कुछ मज़ा नहीं। यूँ ही कभी कहीं... कभी कहीं... भटकता रहता हूँ। कुछ अच्छा नहीं लगता, मन को कुछ भी भाता नहीं जब देखो दहाड़ मार कर रोने का मन करता है परंतु रो नहीं पाता, आँसू सूख गए हैं। जिंदगी सूनी–सूनी, वीरान, उजाड़, बोझ लगती है। उसके जाने के बाद, पता चला वो धड़कन थी मेरे जीवन की ही नहीं... मेरे घर की भी... वो जिंदगी थी मेरी। पूरे घर में संगीतमय झंकार गूंजती रहती थी, अब सब बेजान हो गया है।'

सक्सेना जी की आँखों में बेशुमार दर्द और आंसुओं का समंदर था।

राजेश ने चाय वाले को पैसे दिए, नज़र भर सक्सेना जी को देखा, एक मिनट गंवाए बिना घर की ओर मुड़ गया।

उसने दूर से ही देख लिया, पत्नी डबडबाई आँखो से निहारती दरवाजे पर खड़ी थी।

मंजुला – 'कहाँ चले गए थे, तुम्हें पता भी है, बिन बताए तुम्हारे इस प्रकार चले जाने से मन आशंकाओं–कुशंकाओ से घिर जाता है। दिल जोर–ज़ोर से धड़कने लगता है मेरी तो जान ही निकल जाती है। जैकेट भी नहीं पहना, ठण्ड लग जाएगी तो?'

राजेश – 'तुम भी तो मेरे आने की प्रतीक्षा में बिना स्वेटर के दरवाजे पर खड़ी हो, सारी रात यूं ही निकाल देती... यहीं दरवाज़े पर खड़े रहकर... इतनी सर्द रात में बीमार पड़ जाओगी... चलो अंदर।'

दोनों ने आँखों से एक दूसरे के प्यार को पढ़ लिया, सारे गिले शिकवे अश्रु धारा बनकर... बह निकले।

15

पशु गणना

राजा द्वारा जंगल में पशु गणना के आदेश जारी होते ही जंगल में हड़कंप मच गया। गणना अधिकारी भालू ने राजा से पूछा – 'हुज़ूर, गणना का आधार क्या होगा ?'

राजा – 'मनुष्यों में गणना कैसे होती है?'

भालू – 'मनुष्यों को दो श्रेणी में बांट के गणना होती है, रिश्वत देने वाले और रिश्वत लेने वाले।'

राजा – 'रिश्वत लेने वाले का कोई दोष नहीं है। यदि देने वाले रिश्वत न दें, तो लेने वाला कैसे लेगा। रिश्वत दाता भ्रष्टाचारी है। लेने वाला सदाचारी है, जो अर्थ व्यवस्था को गतिशील बनाए रखता है।'

भालू – 'हुज़ूर, लेकिन जंगल में भी दो श्रेणी के पशु हैं – भ्रष्टाचारी और सदाचारी। भ्रष्टाचारी आपके अंधभक्त हैं। उन्होंने आपकी गुफाएं आदमियों की फाइव स्टार होटल सी हाईटेक बनवा दी हैं।'

राजा – 'हाँ तो सुनो, आदमियों की छोड़ो, वे मूर्ख हैं। पशु गणना तीन श्रेणी में होगी, भक्त, अंधभक्त और जंगलद्रोही।'

भालू – 'हुज़ूर, इसका निर्णय कैसे करेंगे।'

राजा – 'सिंपल है, जो हमको वोट देने के पहले जंगल हित नहीं सोचता है वह अंधभक्त है, जो सोचता है वह जंगल भक्त है। जो हमको वोट नहीं देता जंगलद्रोही है।'

भालू – 'जी हुज़ूर।'

राजा – 'इसमें एक रहस्य छुपा है। गणना विभाग का काम भक्त को अंधभक्त में बदलना है और जंगलद्रोहियों को जंगल से बाहर का रास्ता दिखाना है, हमको निष्कंटक जंगल चाहिए। ये लोकतंत्र वोकतन्त्र का लफड़ा नहीं चाहिए, समझे।'

भालू – 'हो जाएगा हुज़ूर।'

16

ज़िम्मेदारी

जंगल के जानवरों ने राजा के सामने अर्जी पेश कर कहा कि जंगल में चार शिकारियों ने हमला किया और छब्बीस मासूम पशुओं को मार दिया।

राजा – शिकारियों को जंगल में घुसने किसने दिया, आप जानवरों ने।

खरगोश – हुज़ूर, हमारी रक्षा आपकी ज़िम्मेदारी है।

हिरण – हुज़ूर, राजा प्रजा की सुरक्षा की ज़िम्मेदारी से भाग नहीं सकता।

सूअर – राजा और सूअर में यही अंतर है कि राजा सूअर सा नीच नहीं हो सकता।

कौआ – हुज़ूर, मैंने आपको ख़तरे से चेताया था।

राजा – कौआ, तू मेरी जूठन खाकर मेरी ही जासूसी करता है। तुझे तो मैं अलग से देखूँगा। और तुम तीनों मुझसे मेरी गुफा में आकर मिलो। मेरी ज़िम्मेदारी तय करने वाले तुम कौन होते हो। तुम पर राजद्रोह का मुकदमा चलेगा।

यह कहकर राजा सत्ता पक्की करने दौरे पर निकल लिया। अगले दिन जंगल में तीन जानवर और कम हो गए। अब जंगल में शांति है।

17

आरज़ू की दिवाली

दिवाली की रात बस्ती रोशनियों से जगमगा रही थी। आरज़ू को उसके स्कूल मित्रों से 'दिवाली मुबारक' बधाई संदेश मिल रहे थे। उसकी सहेली रोशनी कुछ ही दूरी पर रहती थी, उसका संदेश आया कि उनके बहुत से दोस्त रोशनी के घर आकर दिवाली के जश्न के साथ मिठाई और फटाकों का मज़ा ले रहे हैं, आरज़ू भी वहाँ आ जाये।

आरज़ू ने पिताजी से अनुमति लेना चाही तो वे बोले, 'यह हिंदुओं का त्योहार है, हमें इससे क्या?'

आरज़ू ने दलील दी 'पिछली ईद पर मेरे सभी हिंदू दोस्तों ने आपको ईद मुबारक दी थी, और जिसे आपने खुश होकर क़बूल भी फ़रमाया था। उन्होंने अपने इसी घर में खूब मज़े से सेवाइयाँ खाईं थीं।'

'बेटा वह अलग बात थी। यही तो फ़र्क है मोमिन और काफ़िरों में, अब इस्लाम ख़तरे में है, हम लोग दीन पर क़ायम नहीं रहे इसीलिए हमारी क़ौम की माली हालत ठीक नहीं है क्योंकि हमने काफिरों की तहज़ीब अपनाना शुरू कर दिया है।'

आरज़ू कुछ बोलने को हुई तो उसकी अम्मी ने उसे नज़र के इशारे से रोक दिया।

टीवी पर विश्व कप मैच चल रहा था। सब लोग चुप होकर विश्व कप क्रिकेट प्रतियोगिता में भारत–नीदरलैंड्स का मैच देखने लगे। मैच के बीच में भारतीय टीम के सभी खिलाड़ियों को परिवार सहित दिवाली मनाते दिखाया गया। जिसमें मुहम्मद शमी और मुहम्मद सिराज भी उत्साह पूर्वक दिवाली की मिठाइयों और फटाकों का मज़ा लेते दिख रहे थे।

आरज़ू ने अम्मी की तरफ़ तिरछी निगाहों से देख। अम्मी ने आँखें झपका कर सहमति दी। आरज़ू उत्साहित होकर बोली 'अब्बा, शमी और सिराज ने अच्छी शिक्षा ली है और क्रिकेट में जी तोड़ मेहनत से एक मुक़ाम हासिल किया है। तभी दिवाली मनाते हुए भी उनकी माली हालत इतनी उम्दा है कि हमारी क़ौम के दस हज़ार दबे कुचले घर मिलकर भी उनका मुक़ाबला नहीं कर सकते हैं।'

अब्बा के पास कोई जवाब नहीं था, वे आँखें नीची किए कुछ सोचने लगे। तभी रोशनी बाक़ी दोस्तों के साथ उनकी बैठक में पहुँची। आरज़ू की अम्मी सबके लिए मिठाई और पानी ले आई। आरज़ू के दोस्त उसे खींचकर ले जाने लगे तब उसके अब्बा पहले उन्हें घूरते रहे फिर बोले 'जाओ बिटिया, दोस्तों के साथ त्योहार का जश्न मनाओ। हम बेवजह भटक रहे थे। यही हमारे मुल्क की तहज़ीब है, हम सब लोग मिलकर सबके त्योहार मनाते हैं। लेकिन जल्दी घर वापस आ जाना।'

(18)

रंगरेलियाँ

छोटी सी शोभापुर गोंडी में एक राजस्थानी मूल के जैसों पटेल की दो बेटियाँ थीं सोहिनी और मोहिनी। उनको लड़कों जैसा पाला था। खेत–खलिहानों और जंगलों की मुक्त हिरणियाँ थीं। तीर–कमान, गुलेल, घुड़सवारी, तलवारबाजी, शिकार में पारंगत। एक होशियार बंजारन बेड़नी से घूमर नृत्य सीख लिया था। जब वे नितम्बों पर कसे घेरदार सौ चुन्नट के घाघरे में चक्करदार घेरे लेती तो देखने वाले की नज़र चक्कर खा जाती, दिमाग़ घूम जाता और गदराये यौवन में उभरी देहों के लास्य से कलेजा मुँह को आ जाता।

रीवा नरेश राम सिंह उज्जैन और ओंकारेश्वर की यात्रा से लौट रहे थे। रात विश्राम के लिए शोभापुर राजा के मेहमान बने। राजा साहब ने रात के भोजन के बाद बेडनियों का नाच करवाया। आख़िर में सोहिनी और मोहिनी ने घूमर नृत्य किया। दोनों अभी अधखिली कलियाँ थीं। बदन में हल्का सा उभार आया थ। कस के बंधी चोली से घाघरे तक खुली कटि पर मछलियाँ मचल रहीं थीं। जब उन्होंने कमर को गोल घुमाकर दोनो तरफ़ ठुमकों की रहल चलाई तो राजा साहब का महुए रस में सिक्त कलेजा मुँह को आ गया। वे उनकी चाल–चपलता पर मंत्रमुग्ध हो गए। गद्दे–गावदे तकियों पर बिखरे मोगरे–गुलाब की नशीली ख़ुश्बू में जब नर्तकियों के स्याह लम्बे केशों से ब्राह्मी आँवला तेल की सुगंध मिली तो छिटकी चाँदनी में वातावरण इन्द्रलोक सा

मदहोशी में डूब गया। राजा साहब हिरणियों पर मुग्ध हो गए तो उन्हें पाने की चाहत होना लाज़िमी है।

अगले दिन उन्होंने जैसों पटेल को बुला भेजा। बातचीत चली। दीवान ने कहा – 'राजा साहब आपकी बेटियों को दरबारी नृत्यांगना बनाना चाहते हैं।'

जैसों – 'लड़कियां आपकी हैं। मगर कबीले का सरदार होने के नाते बिना शादी के इन्हें आपके सुपुर्द नहीं कर सकता।'

राजाओं ने मंत्रणा के बाद शादी का प्रस्ताव दिया। जैसों पटेल भी घुटा हुआ घाघ था। बोला – 'हुज़ूर इनके अलावा मेरा कोई नहीं है। यही बुढ़ापे का सहारा हैं। बदले में मुझे क्या मिलेगा।'

काम का डंक दिखता नहीं पर उतरता गहरा है। इस नशे का डंक खाया आदमी एक अनजान दुनिया में खोया रहता है उसे कहीं चैन नहीं मिलता सिवाय उस हसीना के सुडौल वक्ष के, जो उसके मन मस्तिष्क में समा गई है। राजा बेचैन हो रहे थे।

दीवान ने राजा साहबों से मंत्रणा के बाद प्रस्ताव रखा – 'बनखेड़ी और गोंडीखेड़ी के जंगलों का इलाक़ा तुम्हारे नाम कर देंगे।'

दूसरे दिन कबीले में जश्न मनाया गया। राजा साहब मोहिनी और सोहिनी को हासिल कर रंगरेली में मस्त हो गए।

19

काँटे की टक्कर

बड़ती नगर पालिका के चुनाव में मशहूर तवायफ़ और महफ़िलों की शान ट्रांसजेंडर 'दिलरुबा जान' उम्मीदवार बनीं, उनके ख़िलाफ़ कोई चुनाव लड़ने को तैयार नहीं हो रहा था।

बड़ती के लोग मशहूर हकीम शम्शुद्दीन के पास पहुँचे। उनका चौक में दवाख़ाना था। उनकी लोगों में बड़ी इज़्ज़त थी। दोस्तों ने ज़बरदस्ती उनको दिलरुबा जान के ख़िलाफ़ चुनाव में खड़ा करवा दिया।

दिलरुबा जान का चुनाव प्रचार ज़ोर पकड़ा... बस्ती में महफ़िलें लगने लगी, मशहूर नर्तकियों के प्रोग्राम होने लगे, महफ़िलें खचाख़च भरी रहती थीं। वहीं हकीम साहेब के साथ बस चंद दोस्त थे, जिन्होंने उनको चुनाव में झोंका था। हकीम साहेब मरीज़ों को देखने से समय नहीं निकाल पाते थे। हकीम साहेब नाराज़ हुए कि 'तुम लोगों ने पिटवा दिया मुझे। एक तवायफ़ से मेरी हार तय है।'

चुनाव के अंतिम दिन दिलरुबा जान ने नारा दिया–

"है हिदायत चौक के हर वोटर–ए–शौक़ीन को,
वोट दीजिए दिलरुबा को, नब्ज़ शम्शुद्दीन को।"

हकीम साहेब इस एक तरफ़ा चढ़ते चुनावी बुख़ार से बहुत नाराज़ हुए। परंतु दोस्तों ने हार नहीं मानी और उनके बीच मौजूद एक शायर ने एक नारा दिया–

"है हिदायत चौक में इलेक्शन की तौहीन को,
दिल दीजिए दिलरुबा को, वोट शम्सुद्दीन को।"

कहना ना होगा हकीम साहेब का नारा कामयाब हो गया और वो इलेक्शन जीत गए। बस्ती की तहज़ीब के मुताबिक़ दिलरुबा जान ने हकीम साहेब को घर पहुँच कर बधाई देते हुए कहा – मैं इलेक्शन हार गयी, आप जीते, मुझे इसका कोई रंजोग़म नहीं है। लेकिन आपकी जीत से एक बात तो साबित हो गयी कि –

"जनाब हम और आप तो नेताओं के प्यादा हैं,
इस बस्ती में मर्द कम और मरीज़ ज्यादा हैं।"

हकीम साहेब कब चुप रहने वाले थे। उन्होंने नहले पर दहला मारा–

"नब्ज़ इंसानों की हकीम के हाथ में होती है,
दिलरुबा तवायफ़ बोसे लुटा कर भी रोती है।"

20

दूर की कौड़ी

जब नगर नए राज्य की राजधानी बना तब बड़े स्तर पर सरकारी बाबुओं की भर्ती की गई। मोहन बाबू सचिवालय में नौकरी पा गए। वे सरकारी आवास के लिए निर्मित आवास में आकर बस गए। बाबूओं की अधिकता होने के कारण सरकारी बाबूगिरी का छलकपट भरा माहौल विकसित होने लगा। उनका एकमात्र पुत्र सुमित उसी वातावरण में एक घोर अवसरवादी और स्वार्थी स्वभाव का व्यक्तित्व बना।

मोहन बाबू सेवनिवृत्ति के बाद पत्नी सुधा, बेटा–सुमित और बहु तान्या के साथ एक फ़्लैट में रहते थे। एक रोज़ मोहन बाबु ने कमरे में घुसते ही कहा... 'सरप्राइज... सरप्राइज...?'

'क्या सरप्राइज है पापा??' सुमित ने उत्सुकता पूछा।

'सुमित और तान्या, ये लो बगल वाली सोसायटी में दो बेडरूम का फ्लैट तुम्हारे लिये।'

'व्हाट...? ये आप क्या कह रहे हैं पापा... हमारे लिए अलग से फ्लैट...? हम यहां खुश है पापा, क्यूँ तान्या...'

'हां पापा... सुमित सही कह रहा है, मुझे यहां कोई दिक्कत नहीं है तान्या बोली।'

इससे पहले मोहनबाबू कुछ बोलें सुमित बीच में बोल पडा – 'और पापा! हर मां बाप चाहते हैं, कि उनकी औलाद उनके पास रहे तो आपकी ये अलग फ्लैट वाली बात... और इतने पैसे कहां से आए आपके पास?'

बेटा बात ऐसी है – 'तुम्हारी शादी के लिए.. बहुत कुछ जोड़कर रखा था, तुम हमारे इकलौते बेटे जो ठहरे। बडे अरमान थे ये करूँगा... वो करूँगा ...सब धरे के धरे रह गए, क्योंकि तुमने चुपचाप लव मैरिज जो कर ली, तो शादी के तामझाम में होनेवाला मेरा खर्चा बच गया। उसी से तुम दोनों के लिए एक फ्लैट ले लिया है। दस लाख बैंक से उठाया है।'

'तुम दोनों कमाते हो, दोनों सुबह ऑफिस निकल जाते हो, बस किस्तें है कुछ सालों की, भर दिया करना, और कल को बच्चे होगे, तो उनके भविष्य के लिए.. अपना अलग मकान होना बडी बात होगी...। लो संभालो पेपर्स।'

कहकर मोहनबाबू ने पेपर्स सुमित और तान्या को दे दिए...

दोनों ने पहले तो ना नुकुर की, मगर जब... मोहनबाबू जिद पर अडे रहे, तो अलग फ्लैट में रहने के लिए राजी हो गए, अपना सामान लेकर बगल वाली सोसायटी में शिफ्ट हो गए।

उसी रात सुधा ने मोहनबाबू से पूछा – 'एक बात पूछूँ...?'

'हां पूछो ना सुधा...'

'ये अलग फ्लैट दिलाने की... मेरा मतलब... आपको तो... सुमित की पसंद भी स्वीकार थी, फिर तान्या को अपने से दूर करने की बात... मुझे कुछ अटपटी सी लग रही है...'

'सुधा ...अटपटी सी बात जरूर है, मगर... बात थोड़ी गहरी है। जानती हो सुधा ...बचपन से तुमने.. सुमित की हर तमन्ना को... गैर जरूरी इच्छाओं को... पूरा किया मेरे मना करने के बावजूद ...इससे वह थोड़ा अडियल जिद्दी सा हो गया। अपनी मनमर्जी करना, यहां तक की... उसने हमसे पूछे बिना.. हमें दिखाए बिना... एक अलग समाज की लडकी से... गुपचुप शादी तक कर ली... बच्चे बडे होकर अपने जिंदगी के फैसले खुद लेते हैं, ठीक है मगर... क्या हम दोनों... उसके दुश्मन थे... जो हमें बताना भी मुनासिब

नहीं समझा। खैर... मैं उसका यहां भी बचपना समझकर चुप कर गया, बहु को स्वीकार किया, बेटी की तरह मान दिया। मगर उसने... यहां आकर हमें सम्मान देना तो दूर की बात है बल्कि वो तुम्हें और मुझे नौकर समझने लगी है... स्वयं से कभी चाय नहीं बनाकर पिलाई। ऑफिस जाते समय ....मम्मी आज राजमा चावल... आलू गोभी ...कभी ये कभी वो ...और वो नालायक सुमित ...उसको भी शायद हम दोनों नौकर ही लगने लगे हैं... मुझे तो आदत है बाहर से सामान वगैरह लेकर आने की मगर तुम्हें... अब हम बूढे हो रहे है सुधा और बुढापे मे हर मां बाप अपने बेटे बहुओं से उम्मीद करते हैं।'

मोहन बाबू बोलते जा रहे थे, 'तुम्हारे साथ जरा सा नमक तेज़ होने पर बदतमीजी होने लगी है... उस दिन टीवी देखते हुए अचानक तान्या ने बिजली बिल बढ़ जाएगा कहकर टीवी बंद कर दिया। ...अरे अपने घर में टीवी पर मनपसंद प्रोग्राम नहीं देख सकते क्या हम ...मुझे तुम्हारे लिए बहुत बुरा लगा ...मैंने उसे समझाया तो बोली... घरखर्च हम चलाते हैं, बजट बनाकर चलना पड़ता है...।

तुम और मैं ...हमारे लिए तो हमारी पेंशन ही काफी है और ऊपर वाला कमरा जिस पर वह दोनों रहकर अपना हक जमा रहे हैं, पढ़ने वालों बच्चों को किराए पर दे देने से हमें एक्सट्रा इनकम भी हो जाएगी। 'देखो ...अब ऐसे तो वो यहां से जाते नहीं तो मैंने ये फ्लैट वाली स्कीम खेली ...दोनों लालच में चले गए। अब भरेंगे हर महीने ईएमआई ...वहां का बिजली बिल मेंटेनेंस वगैरह ...स्वयं बनाकर खाऐंगे या होटलों से मंगवायेंगे, तब पता चलेगा मां बाप क्या होते हैं।'

'मगर ...ये सब करना जरुरी था क्या?'

'सुधा ...जब मरीज डायबिटीज का हो तो उसे करेले का जूस देकर ठीक किया जाता है मीठी मीठी जलेबी नहीं देते ...और वैसे भी कहीं दूर नहीं भेजा है। पास की सोसायटी में रहेंगे तो हम उनके आसपास ही तो होंगे। कल यदि वह अपनी गलतियों से सीखकर हमारे साथ रहना चाहेंगे तो कुछ शर्तों के साथ उन्हें साथ मे भी रखेंगे।'

‘और यदि वह अपने स्वभाव में बदलाव नहीं करते तो ...सुधाजी ने प्रश्न दागते हुए कहा’

‘तो... हम दोनों तो है ना ...पहले भी थे आज भी है ...साथ खाऐंगे ...साथ रहेंगे ...मगर स्वाभिमान के साथ’

मोहनबाबू के साथ–साथ सुधा भी मुस्कुरा दी।

21

मुखौटा

साहित्यकार दम्पत्ति रोहन और रोहिणी रविंद्र भवन में प्रख्यात रंगकर्मी राजीव वर्मा निर्देशित मुखौटा नाटक देख कर घर लौटे। रोहिणी शयनकक्ष के आइने में अपना चेहरा निहारते सोच रही थी कि अब ये चेहरे पर लिपापुता उतारने में आधा घंटा लगेगा। तभी रोहन उसके नज़दीक आकर पीछे से उसे समेटते हुए बोला – यार क्य देर लगा रही हो, सोने नहीं चलना। क्या कर रही हो?

रोहिणी ने खुद से बेख़बर आईने में देखते हुए कहा – 'चेहरा निहार रही थी। मुखौटे से चेहरा कितना बदल जाता है।'

रोहन – 'कितना बदल जाता है या कितना बदल गया है ?'

रोहिणी – 'तुम किस चेहरे की बात करने लगे।'

रोहन – 'यही मुखौटे, जो हम देश काल परिस्थिति के अनुसार चस्पा करते रहते हैं।'

रोहिणी – 'अच्छा, ये बताओ यदि हम–तुम अपना वर्तमान सच्चा चेहरा एक दूसरे को सही–सही दिखा दें तो तब भी क्या हम एक दूसरे से पहली रात का सा प्यार आज की रात भी कर पाएँगे।'

रोहन – 'यार... वह रात अलग थी, तब हम एक दूसरे को सिर्फ़ एक चेहरे से जानते थे। अब तो कई लेप चढ़ चुके हैं, सम्पादन, प्रस्तावना,

पुरस्कार, सम्मान, आलोचना, समीक्षा, संस्था, प्रकाशन, कवि–गोष्ठी, सम्मेलन, कहानीकार, उपन्यासकार और ऊपर से रिश्ते–नाते, पिता, श्वसुर, चाचा, मामा, पैसा, प्रॉपर्टी, अध्यक्ष, मुख्य अतिथि और न जाने क्या–क्या?'

रोहिणी – 'कार्यालय में एक चेहरा, कार्यक्रम में दूसरा चेहरा, बाज़ार में ख़रीद फ़रोख़्त वाला जुदा चेहरा, वह भी महँगे कपड़े ख़रीदारी के वक्त अलग और सब्ज़ी ठेले वाले से झिकझिक करते समय अलग और रिश्तेदारी में बिल्कुल अलग सधा हुआ चेहरा।'

रोहन – 'हाँ, सच कहती हो, अब चेहरा देखने की फ़ुरसत भी किसे है। भूख का अहसास कह लो या अहसास की भूख बची है। पूरी करो और सो जाओ। यह दाम्पत्य भी कितना रूखा और रूढ़ हो चला है।'

रोहिणी – 'कल भी तीन कार्यक्रम हैं। सुबह फिर चेहरा सजाने नया मुखौटा लगाना है।'

रोहिणी को पीछे से आलिंगनबद्ध किए रोहन ने नींद भरी लंबी उबासी ली। उसने बंधन ढीला किया और यह कहकर कि "जल्दी सोने आ जाना", बिस्तर पर पसर गया।

रोहिणी को महँगे परिधान, गहने और लेप उतार कर अपना मौलिक चेहरा देखने तक क़रीब एक घंटा लग गया। तब तक उसके अहसास की भूख मिट चुकी थी – चेहरे पर तनाव से उभरी लकीरें साफ़ नज़र आ रही थीं।

उसने महँगे परिधान उतार कर गाउन पहनते हुए ख़ुद की वसंत उतरती पतझड़ देह को आईने में निहारा तो सहम गई। कनखियों से रोहन की तरफ़ नज़र फेरी कि कहीं वह उसका सही रूप तो नहीं देख रहा। और रोहन, वह तो गहरी नींद में खर्राटे भर रहा था। दोनों एक दूसरे से बेख़बर एक कमरे में मौजूद थे।

22

बेख़ौफ़ हुकूमत

वज़ीर–ए–आज़म आसफ़ ख़ान ने बग़ावत के जुर्म में क़ैद में पड़े ख़ुद जहांगीर के बेटे खुसरो की आँख फोड़ने का शाही फ़रमान दस्तख़त हेतु उनके सामने पेश किया। जहांगीर ने फ़रमान पढ़कर वज़ीर की तरफ़ देखा।

आसफ़ ख़ान बोला – 'जहाँपनाह, शहज़ादे ने बग़ावत की आवाज़ ही बुलंद नहीं की बल्कि वे उस काफ़िर अर्जुन सिंह से भी मिले हैं।'

जहांगीर – 'लेकिन वो हमारी औलाद हैं। मरहूम दादा जलालुद्दीन अकबर के लाड़ले थे, और बग़ावत तो हमने भी बुलंद की थी।'

इतना कहकर जहांगीर सोचने लगे कि इलाहाबाद में बग़ावत के दौरान उनके मन में भी अब्बा के क़त्ल का विचार आया था, और हमने उनके ख़ास दोस्त अबुल फ़ज़ल का ख़ात्मा करवा ही दिया था। क्या पता ख़ुसरो के भी दिमाग़ में हमको लेकर कुछ ऐसा ही चल रहा हो।

जहांगीर ने कलम उठा कर रोशनाई में डुबोई, फिर कुछ सोचकर एक तरफ़ रख दी।

आसफ़ ख़ान उन्हें सोचते देख बोला – 'जहाँपनाह, ग़ुस्ताफ़ी माफ़ हो, जरा ग़ौर फ़रमाएँ, काफ़िरो की किताब में कृष्ण भी अर्जुन से यही कहता है कि रिश्तों का मोह ना करते हुए परदादा या उस्ताद तक को हुकूमत के रास्ते से हटा देना चाहिए। हुज़ूर, हुकूमत रिश्तों–नातों का लिहाज़ नहीं करती। फिर

हुकूमत के फ़ैसले दिल से नहीं दिमाग़ से लिए जाते हैं। यह आपकी बेख़ौफ़ हुकूमत के लिए लाज़िमी है।'

जहांगीर ने शाही फ़रमान पर दस्तख़त करके शाही मुहर लगा दी।

23

चाय वाला लड़का

दिसम्बर की कड़कड़ाती ठंड में सुबह पाँच बजे बिलासपुर से इंदौर जाने वाली नर्मदा एक्सप्रेस होशंगाबाद रेल स्टेशन पर रुकी थी। उसे दिल्ली से आने वाली थ्रू ट्रेन के लिए रोका गया था। डिब्बे की सभी खिड़कियाँ बंद थीं। डिब्बे में उतनी ठंड नहीं थी, जितनी कि ट्रेन के बाहर थी। फिर भी यात्री कम्बल, स्वेटर, मफ़लर, जैकिट और टोपों में कसे ऊँघ रहे थे। मावट की रिमझिम बारिश ने बाहर का तापमान और नीचे गिरा दिया था।

बारह–तेरह साल का एक लड़का ख़ाकी हाफ़पैंट और आधे बाहों की शर्ट में एक हाथ में चाय की केटली और दूसरे हाथ में कुल्हड़ की बाल्टी लेकर डिब्बे में घुसा – 'चाय बढ़िया...अदरकवाली... इलायची–वाली... गर्मागर्म....चा.....य.... चा...य ...चा ...य।'

एक यात्री – 'ऐ छोकरे, कितने की चाय?'

'साहब दस रुपये की...'

'हट यहाँ से... लूटता है... बुलाऊँ पुलिस को...'

'क्या साहब, अभी तो पुलिस को मुफ़्त में चाय पिला कर आया हूँ, कह लड़का मुस्कुरा कर आगे बढ़ गया।'

'दूसरा यात्री – पाँच रूपये की लगा ले... पाँच चाय ले लेंगे।'

यात्री की पत्नी ने पति को गोल उनीदीं आँखों से घूर कर देखा तो यात्री बोला – 'चल पाँच चाय लगा।'

चाय पीने के बाद यात्री ने पाँच सौ का नोट दिखाते हुए लड़के से खुल्ले पैसे पहले माँगे।

लड़का बोला – 'साहब पहली बोहनी है... फिर इतनी सुबह खुल्ले कहाँ मिलेंगे? खुल्ले दे दो।'

'खुल्ले लेकर आ... जा भाग... नहीं तो गए तेरे पैसे'

लड़का खुल्ले तलाशने दूसरे डिब्बे गया। चाय पीकर डकार लेने वाली सवारी बोली – 'साले उठाईगिरे बदमाश होते हैं लौंडे, पाँच सौ का नोट लेकर भाग जाता तो।'

उसकी बीबी जो चाय पीकर नीचे की बर्थ पर पसर चुकी थी, खूब जमकर हंसी तो दो गरम चाय धारण किया उसका बड़ा सा पेट भी खिलखिला कर हँसा।

लड़का खुल्ले लिए बग़ैर वापस आकर बोला– साहब.. पाँच सौ के नोट के बग़ैर कोई खुल्ले न देगा। सवारी ऊँघने का बहाना कर बैठी रही। सामने ऊपर की बर्थ पर एक सवारी यह सब नज़ारा देख रही थी। उसने लड़के को बुलाकर पाँच सौ के खुल्ले दिए।

लड़के ने उस भले आदमी को चाय पिलाई।

सज्जन सवारी ने लड़के को दस रूपये देना चाहे तो लड़के ने लेने से मना कर दिया।

सवारी ने पूछा – 'क्यों, गरम कपड़े नहीं हैं क्या?

'मेरे पास नहीं हैं।'

'किसके पास हैं?'

'पैसे वालों के पास।'

'इतनी सुबह ठिठुर रहा है, घर नहीं है तेरे पास?'

'घर बाप के पास है।'

‘बाप कहाँ हैं?’

सौतेली माँ के पास।

‘और, तेरे पास क्या है?’

‘बस, यही एक जोड़ी कपड़ा और आठ–दस किताबें।’

‘कौन सी किताबें... स्कूल की?’

‘नहीं साहब वे तो अलग हैं...’

‘फिर कौन सी किताबें हैं तेरे पास?’

‘प्रेमचंद और शरत चंद्र की हैं साहब’

‘पढ़ता है?’

‘हाँ साहब कल ही “ईदगाह” परसों “पंच परमेश्वर” पढ़ी थी।’

‘और?’

‘उसके पहले “प्रेमा” पढ़ी थी। गोदान से कफ़न तक... सब पढ़ मारीं।’

‘लंबी–लंबी कहानियाँ और उपन्यास ही पढ़ता है?’

‘नहीं साहब, आजकल लघुकथा का भी चलन है। लघुकथा भी पढ़ता हूँ।’

‘नए लेखकों को नहीं पढ़ता?’

‘बहुत महँगी हैं, साहब। अख़बार में देखते रहता हूँ, भोपाल के अंक में गोकुल सोनी, कांता रॉय, घनश्याम मैथिल, मुज़फ़्फ़र और गिरिजेश सक्सेना के नाम आते रहते हैं। वे लघुकथा लिखते–लिखवाते रहते हैं। अख़बार में छपती भी हैं।’

‘उस सवारी ने गोकुल सोनी की लिखी पुस्तक “सारे बगुले संत हो गए” लड़के को दी।’ लड़का कुछ देर किताब देखता रहा फिर बोला – ‘सर, हमारी बस्ती के तो सारे संत बगुले हो गए हैं, नर्मदा की मछली और रेत खोद–खोद कर भोपाल ले जाते हैं। मैं बड़ा होकर इस पर किताब लिखूँगा।’

‘गाड़ी चलने को हुई, तो लड़का उनको पुस्तक लौटाने लगा।’

उस भली सवारी ने कहा – 'रख लो बेटा, अगली बार मिलेंगे तो और किताबें देंगे। मैथिल जी की "एक लुहार की" देंगे। अभी ये शाल और टोपा रख ले।'

लड़का बोला – 'साहब, "एक लुहार की" मैंने पढ़ी है। अच्छी है।'

'अच्छा ठीक है, कांता रॉय की?'

'सर, उनकी "अस्तित्व की यात्रा" मैंने पढ़ी है।'

इतने में गाड़ी चल दी। चाय वाला लड़का यात्रियों से नमस्कार करके ट्रेन से उतर गया।

चाय पीकर पाँच सौ रुपये के खुल्ले माँगने वाला आदमी बर्थ पर हिंद महासागर सी पसरी बीबी के कान में फुँसफुसाया, 'यह कैसा पागल आदमी है... किताब भी दे दी... और गरम कपड़े भी।'

साइड वाली बर्थ पर उसका बीस साल का लड़का मोबाइल पर नज़र जमाए वहीं से बोला – 'पापा, अंकल आदमी हैं... पागल नहीं।'

24

बौद्धिक भोला

कोरोना का संकट गुज़रने की कगार पर था। स्कूल खुल गए, लेकिन शुल्क जमा करने के बावजूद स्कूल बस का आना प्रारंभ नहीं हुआ। श्रद्धा के लिए, बोर्ड परीक्षा के कारण स्कूल से ग़ैरहाज़िर रहना मुनासिब नहीं था। उसे दोपहिया वाहन से स्कूल जाना पड़ता था। किसी आपात स्थिति में माता–पिता से संपर्क के लिए वह मोबाइल साथ ले जाती थी। स्कूल पहुँचने पर वह अपना मोबाइल दोपहिया वाहन की डिक्की में रखकर कक्षा में चली जाती थी

कक्षा में मोबाइल रखना अनुमत नहीं था। एक दिन विलंब होने के कारण मोबाइल बैग में ही रह गया। कक्षा में चार अन्य सहपाठियों के साथ उसका मोबाइल भी शिक्षिका ने जप्त कर प्राचार्या के पास भेज दिया। श्रद्धा को गुस्सा आया–एक तो वाहन शुल्क जमा करने के बाद भी बस नहीं चला रहे, ऊपर से यह अत्याचार!

प्राचार्या का फ़ोन आया। तब पापा ने श्रद्धा से बात करने को कहा। उन्होंने श्रद्धा से कहा कि वह अपनी गलती के लिए माफ़ी माँगे।

वह बोली – पापा आप बड़े भोले हैं, ये लोग एक तो बस नहीं चला रहे, आपके कहने पर हम अपने दोपहिया से स्कूल आते हैं। आपने ही किसी अनहोनी से निपटने के उद्देश्य से मोबाइल लाने को कहा। अब एक दिन जल्दबाज़ी में मोबाइल कक्षा में आ गया तो कोई इतनी गम्भीर बात नहीं है।

पापा ने प्राचार्या से बात करके माफ़ी माँगी और आगे से इस तरह की गलती नहीं होने का भरोसा दिलाया। तब श्रद्धा को मोबाइल वापिस मिला।

श्रद्धा घर आकर बोली – 'पापा, आपकी गलती नहीं थी फिर आपने क्यों माफ़ी माँगी? आप बड़े भोले हैं।'

पापा – 'विद्यालय शिक्षा के मंदिर होते हैं। हमें गुरुओं के नियमों का पालन करना चाहिए। विनम्रता से ही नम्रता का जन्म होता है।'

श्रद्धा – 'ये नम्रता और विनम्रता मुझे समझ नहीं आती...'

इतने में स्कूल प्राचार्य का फ़ोन बजा – 'हम क्षमा प्रार्थी हैं। आप सही होते हुए भी चुप रहकर सबकुछ सह गये। स्कूल प्रशासन ने बच्चों को स्कूल बस चलाने तक मोबाइल साइलेंट मोड में रखने की इजाज़त दे दी है।'

25

धर्म संकट

एक बार एक व्यक्ति रेगिस्तान में भटक गया। उसके पास खाने–पीने की जो थोड़ी बहुत चीजें थीं, वो ख़त्म हो गयीं। दो दिनों से वह पानी की एक–एक बूंद के लिए तरस रहा था। वह मन ही मन जान चुका था कि अगले कुछ घण्टों में अगर उसे कहीं से पानी नहीं मिला तो उसकी मौत हो जाएगी। परंतु कहीं न कहीं उसे भरोसा था कि कुछ अवश्य होगा और उसे पानी मिल जाएगा। तभी उसे एक झोपड़ी सा कुछ दिखाई दिया। उसे अपनी आँखों पर यकीन नहीं हुआ। पहले भी वह मृगतृष्णा के कारण धोखा खा चुका था। पर बेचारे के पास यकीन करने के अलावा कोई चारा भी न था। आखिर वह झोपड़ी उसकी आखिरी उम्मीद जो थी।

वह अपनी बची खुची ताकत से उसकी तरफ चलने लगा। जैसे–जैसे करीब पहुँचता, उसकी उम्मीद बढ़ती जाती और इस बार भाग्य भी उसके साथ था। सचमुच वहाँ एक झोपड़ी थी। पर यह क्या ? झोपड़ी तो वीरान पड़ी थी। मानो सालों से कोई भूला–भटका भी वहाँ न आया हो। फिर भी पानी की उम्मीद में वह व्यक्ति झोपड़ी के अन्दर घुसा। अन्दर का नज़ारा देख उसे अपनी आँखों पर यकीन नहीं हुआ।

वहाँ एक हैण्ड पम्प लगा था। वह व्यक्ति एक नयी उर्जा से भर गया। पानी की एक–एक बूंद के लिए तरसता तेज़ी से हैण्ड पम्प को चलाने लगा। लेकिन हैण्ड पम्प तो कब का सूख चुका था। वह निराश हो गया, उसे लगा

कि अब उसे मरने से कोई नहीं बचा सकता। वह निढाल होकर पीठ के बल चित्त पड़ गया।

तभी उसे झोपड़ी की छत से बंधी पानी से भरी एक बोतल दिखाई दी। वह किसी तरह उसकी तरफ लपका और उसे खोलकर पीने ही वाला था कि तभी उसे बोतल से चिपका एक कागज़ दिखा उस पर लिखा था, "इस पानी का प्रयोग हैण्ड पम्प चलाने के लिए करो और वापिस बोतल भरकर रखना ना भूलना?"

यह एक अजीब सी स्थिति थी। उस व्यक्ति को समझ नहीं आ रहा था कि वह पानी पिए या उसे हैण्ड पम्प में डालकर चालू करे। वह धर्मसंकट में पड़ गया। उसके मन में तमाम सवाल उठने लगे, अगर पानी डालने पर भी पम्प नहीं चला तो? अगर यहाँ लिखी बात झूठी हुई और क्या पता जमीन के नीचे का पानी भी सूख चुका हो तो ? लेकिन क्या पता पम्प चल ही पड़े, यहाँ लिखी बात सच हो, वह समझ नहीं पा रहा था कि क्या करे?

उसका मन पानी के लालच और हाथ में आया पानी ख़त्म हो जाने के भय की रस्सी पर नट की तरह झूलने लगा। उसे सत्य नारायण व्रत कथा याद आई, जिसका आधार ही लालच और भय है। दुनिया में समस्त प्रशासन का आधार भी लालच और भय पर रखा हुआ है। उसने सोचा वह पानी पीकर जाने वाले पिछले भटके यात्री और भविष्य में भटकने वाले भावी यात्री के बीच एक कड़ी है। वह स्वतंत्र सत्ता नहीं है। वह अन्योन्याश्रित व्यवस्था का एक हिस्सा है। बोतल के पानी पर उसका अधिकार है तो उसे वापस रखना भी उसका कर्तव्य है। देश इसी अधिकार–कर्तव्य की डोर से बँधा होता है। समाज ऐसे ही आगे बढ़ता है।

कुछ सोचने के बाद उसने बोतल खोली और कांपते हाथों से पानी पम्प में डालने लगा। पानी डालकर उसने भगवान से प्रार्थना की और पम्प चलाने लगा। एक... दो... तीन... चार... पाँच... और हैण्ड पम्प से ठण्डा–ठण्डा पानी निकलने लगा।

वह पानी किसी अमृत से कम नहीं था। उस व्यक्ति ने जी भरकर पानी पिया, उसकी जान में जान आ गयी। दिमाग काम करने लगा। उसने बोतल

में फिर से पानी भर दिया और उसे छत से बांध दिया। जब वो ऐसा कर रहा था, तभी उसे अपने सामने एक और शीशे की बोतल दिखी। खोला तो उसमें एक पेंसिल और एक नक्शा पड़ा हुआ था, जिसमें रेगिस्तान से निकलने का रास्ता था।

उस व्यक्ति ने रास्ता याद कर लिया और नक़्शे वाली बोतल को वापस वहीं रख दिया। इसके बाद पहले से ही उसके पास रखी बोतलों में पानी भरकर वहाँ से जाने लगा। कुछ आगे बढ़कर उसने एक बार पीछे मुड़कर देखा, फिर कुछ सोचकर वापिस उस झोपड़ी में गया और पानी से भरी बोतल पर चिपके कागज़ को उतारकर उस पर कुछ लिखने लगा। उसने लिखा, "मेरा यकीन करिए यह हैण्ड पम्प काम करता है। जिन्दगी एक उलझे हुए धागे के समान है। जिसके एक सिरे पर लालच और दूसरे सिरे पर भय की गाँठ लगी है। जीवन की गुत्थी सुलझाने हेतु मन की दोनों गाँठ खोलना होगा। जिन्हें खोलने के लिए आस्था पूर्वक आत्मचिंतन से मन को निर्विकार करना होगा। लालच में पड़कर बोतल का पानी न पिएँ और उसे हैंडपम्प में डालने से भय न खाएँ। कुछ देने से ही कुछ मिलता है।"

26

माकूल जवाब

पत्रकार – 'हमारे देश की एक ज़िम्मेदार पार्टी के ज़िम्मेदार नेता ने आपको दुश्मन देश की बेटी कहा है। आपकी प्रतिक्रिया क्या है?'

हिन्द की कर्नल – 'यह उनसे जाकर पूछिए उन्होंने ऐसा क्यों कहा है?'

पत्रकार – 'फिर भी कुछ तो बोलिए।'

हिन्द की कर्नल – 'मैं क्या बोलूँ, मेरे इस प्यारे देश के देशभक्त उनको जवाब देंगे।'

पत्रकार – 'आपको बुरा नहीं लगा?'

हिन्द की कर्नल – 'दुश्मन देश का कोई नेता यह बात बोलता तो बुरा लगता। नफ़रत की ज़मीन पर वोटों की खेती करना इन नेताओं की रोज़ की क़वायद है। उनकी बातों पर ध्यान देना समय की बर्बादी है। वो ईसा ने उन्हें सूली पर चढ़ाने वालों के लिए कहा था न कि "ये नहीं जानते ये क्या कर रहे हैं।"'

पत्रकार – 'क्या आपको फ़ौज में इस तरह की बातों से निपटना नहीं सिखाया जाता?'

हिन्द की कर्नल – 'फ़ौज में सिर्फ़ देश की रक्षा के किए जान कुर्बान करने की सीख दी जाती है। यही मेरे फ़ौजी परिवार की भी सीख है।'

27

सिंदूरी शहीद

सातवें आसमान पर हिंदुस्तानी और पाकिस्तानी दो जोड़ी स्वर्ग–नरक हैं। 06 और 07 मई की दरम्यानी रात सौ से अधिक आतदंकवादी शहादत की हैसियत से पाकिस्तानी स्वर्ग के दरवाजे पर पहुंच हूरों की माँग करने लगे। उनके माथे पर लाल टीका लगा था। दरबान ने उन्हें अंदर जाने से रोक दिया। वे भूख हड़ताल पर बैठ गए।

जन्नत एक कर्मचारी ने मुख्तार से जाकर कहा – 'हुज़ूर, माथे पर सिंदूर लगाए सौ से अधिक शहीद दरवाज़े पर आंदोलन कर हूरों की माँग कर रहे हैं।'

मुख्तार – 'ये सिन्दूर क्यों लगाये हैं। सिंदूर हटाकर उन्हें हूर उपलब्ध कराईं जाएँ।'

कर्मचारी – 'हुज़ूर, उन्हें काफ़िरों ने ऑपरेशन सिन्दूर में मारा है इसलिए वह सिंदूर हट नहीं रहा है। दूसरा, ऑपरेशन सिंदूर के बाद से कई नक़ली शहीद यहाँ दाखिल हैं। हूरें भी पहले से ही तीन शिफ्ट में काम कर रही हैं।'

मुख्तार – 'उन्हें हिंदुस्तानी स्वर्ग भेज दिया जाए।'

जब आतंकवादी रूहें हिंदुस्तानी स्वर्ग के दरवाजे पर पहुँचीं तो दरबान उन्हें देख हँसने लगा।

एक आतंकवादी बोला – 'मरदूद हँसता क्यों है?'

दरबान – 'काफ़िर पत्नियाँ सौभाग्य का प्रतीक सिंदूर लगाती हैं। तुम तो ख़ूनी सिंदूर लगाये नापाक हिज़ड़े हो। चलो हटो नहीं तो फिर एक बार और मिसाइल से भून दिए जाओगे।'

यह क़िस्सा जब पाकिस्तानी प्रधानमंत्री को बताया गया तो वे बोले – 'हमारा ज़िम्मा आतंकवादी बनाने तक का था। फिर वे रूहें सिंदूर लगाने से काफ़िर रूहें हो गई हैं। अब हमारी कोई ज़िम्मेदारी नहीं है।'

28

हूरों की मंडी

ऑपरेशन सिन्दूर के दौरान एक पाकिस्तानी मुल्ला वीडियो में ताकीद कर रहा था – 'काफ़िरों ने हवाई हमलों में मोमिनों को मारना शुरू किया है। जिहाद में जो मारा जाएगा, वो सीधा "हूर मंडी मुकाम जन्नत" पहुँचेगा।'

कृत्रिम बुद्धिमत्ता (आर्टिफीशियल इंटेलिजेंस) से अचानक मोबाइल पर एक संदेश पॉपअप हुआ।

"ए दुनिया के काफ़िरों, ऑनलाइन क़लमा पढ़कर पाकिस्तान आ जाओ, यहाँ काफ़िरों के हाथ शहादत जारी है। बग़ैर पासपोर्ट और वीसा के हूर मंडी में दाखिले का सुनहरा अवसर है।"

हमने पूछा – 'हूर निजी होगी या सार्वजनिक और क्या धर्म बताने पर मिलेगी? जिस तरह धर्म पूछ कर मारा था।'

पॉपअप हुआ – "बिरादरन, यहाँ सब साझा मिल्कियत होती हैं। नाम-वाम छोड़िए, आ जाइए। हूरें इंतज़ार में हैं।"

हमने संदेश दिया – 'हमको जीते जी सिंदूर वाली निजी समर्पित हूर सात जन्मों के लिए उपलब्ध है। हम नहीं आ रहे। तुम्हारे लिए एके-47 की सिंदूरी गोली भेज रहे हैं। जय श्री राम।'

29

स्टिकर

इस समय ज़िंदगी बड़ी बेबसी और बदहवासी के निज़ाम में गुज़रने को अभिशप्त है। किसी के पास काम नहीं है, किसी के पास नाम नहीं है, किसी के पास दाम नहीं है, तो किसी के पास गुज़ारने को शाम नहीं है। मैं भारी ट्रैफ़िक में फँसा, यह सोचता हुआ, क्लच दबा कर पहले गेयर में कार चलाता धीरे–धीरे सरक रहा था।

मेरे आगे वाली कार बहुत ही धीमी गति से कछुए की तरह चल रही थी और मेरे बार–बार हॉर्न देने पर भी रास्ता नहीं दे रही थी। मैं अपना आपा खो कर चिल्लाने ही वाला था कि मैंने कार के पीछे लगा एक छोटा सा स्टिकर देखा जिस पर लिखा था – "शारीरिक विकलांग–कृपया धैर्य रखें।" यह पढ़ते ही जैसे सब–कुछ बदल गया। मैं तुरंत ही शांत हो गया और कार को धीमा कर लिया। यहाँ तक कि मैं उस कार और उसके ड्राईवर का विशेष खयाल रखते हुए चलने लगा कि कहीं उसे कोई तक़लीफ न हो। मैं ऑफिस कुछ मिनट देर से ज़रुर पहुँचा मगर मन में एक संतोष था।

इस घटना ने दिमाग को हिला दिया। कुर्सी पर बैठकर सोचने लगा। क्या हमें हर बार शांत करने और धैर्य रखने के लिए किसी स्टिकर की ही ज़रुरत पड़ेगी...?

क्या हम लोगों से धैर्यपूर्वक अच्छा व्यवहार सिर्फ़ तब ही करेंगे जब लोग अपने माथे पर स्टिकर्स चिपकाए घूम रहे होंगे कि...!

- मेरी नौकरी छूट गई है!
- मैं कैंसर से संघर्ष कर रहा हूँ!
- मेरी शादी टूट गई है!
- मैं भावनात्मक रुप से टूट गया हूँ!
- मुझे प्यार में धोखा मिला है!
- मेरे प्यारे दोस्त की अचानक मौत हो गई है!
- लगता है इस दुनिया को मेरी ज़रुरत ही नहीं!
- मुझे व्यापार में बहुत घाटा हो गया है, इत्यादि

हर इंसान अपनी ज़िंदगी में कोई न कोई ऐसी जंग लड़ रहा है जिसके बारे में हम कुछ नहीं जानते। क्योंकि वे स्टिकर्स नहीं लगाए हैं। बस हम यही कर सकते हैं कि लोगों से धैर्य और प्रेम से बात करें। हम सभ्य नागरिकों को स्टिकर्स की ज़रूरत ही क्यों पड़े।

30

शुद्ध अंतःकरण

जब सरपंच शेरसिंह ने रामदीन को खाँसी से दोहरा होते देखा तो बोले – 'भैया रामदीन, मैं देख रहा हूँ कि तुम्हारी खाँसी को दो महीने से ऊपर हो गए, यह दिनोंदिन बढ़ती ही जा रही है। क्यों इलाज नहीं करवाते?'

रामदीन – 'क्या बतायें सरपंच साहब, शहर के डॉक्टर को दिखा चुके, मगर अब लगता है यह खांसी मरने पर ही छूटेगी।'

शेरसिंह – 'भैया, मुझे तुम्हारी बात पर एक क़िस्सा याद आ गया, सुनो। एक गाँव में भागवत कथा हो रही थी। आसपास के गाँवों से लोग कथा सुनने आते थे। कुछ खाने–पीने की दुकानें लग गईं। लोग नज़दीक के कुएँ से पानी खींचकर पीने लगे। जूठन चाटने के लिए कुत्तों का जमघट लग गया। आपसी छीना–झपटी में चार कुत्ते कुएँ में गिरकर मर गए। गाँव में वही एकमात्र कुआँ था। उसके शुद्धीकरण की सलाह लेने ग्रामवासी कथावाचक के पास गए।'

जब कथावाचक ने गाँव के लोगों को देखा तो पूछा – 'कैसे आना हुआ?'

लोगों ने कहा, 'महात्मा जी गाँव भर में एक ही कुंआ है और कुएँ का पानी हम पी नहीं सकते हैं।'

कथावाचक ने पूछा, 'क्या हुआ, पानी क्यों नहीं पी सकते हो?'

गाँव के लोग बोले कि, 'चार कुत्ते आपस लड़ते–लड़ते उसमें गिर गए थे, जो बाहर नहीं निकल पाने के कारण उसी में डूब कर मर गए। हम इस पानी को कैसे पियें, महात्मा जी?'

कथावाचक ने कहा, 'एक काम करो, उसमें गंगाजल डलवाओ।' कुएँ में गंगाजल छोड़ दिया गया फिर भी समस्या जस की तस रही। लोग फिर से कथावाचक के पास पहुँचे।

कथावाचक ने कहा, 'सत्य नारायण भगवान की कथा कराओ।' कथा हुई फिर भी समस्या जस की तस रही।

लोग फिर कथावाचक के पास पहुँचे। इस बार संत ने कहा, 'उसमें सुगंधित द्रव्य डलवाओ।' सुगंधित द्रव्य डाला गया, नतीजा सिफर रहा।

अब कथावाचक खुद चलकर आए। लोगों ने कहा, 'महाराज वही हालात है, हमने सब करके देख लिया, गंगाजल डलवाया, कथा भी करवाई, प्रसाद भी बांटा, सुगंधित पुष्प और बहुत सी चीजें डालीं।'

अब कथावाचक ने आश्चर्यचकित होते हुए पूछा कि, 'तुमने सब कुछ किया, लेकिन वे चार कुत्ते जो इस कुंए में मरे पड़े थे, उन्हें निकाला कि नहीं?'

लोग बोले – 'उसके लिए ना आपने कहा था, ना हमने निकाला।'

यह सुनकर कथावाचक हैरान रह गए। फिर बड़े शांत भाव से उन्होंने ग्रामवासियों को समझाया–

'पानी में पड़े हुए चारों मृत शवों को जब तक बाहर नहीं निकालोगे, तब तक बाहरी उपायों का कोई असर नहीं होगा। सबसे पहले भीतर जमी काम, क्रोध, लोभ और मोह की गंदगी को बाहर निकालो।'

कुएँ की सफ़ाई के बाद, भंडारे के दिन कथावाचक ने लोगों से कहा–

'सुख–कामना की प्रतिस्पर्धा में इस शरीर रूपी कुएँ में काम, क्रोध, लोभ और मोह आपस में लड़ते–झगड़ते गिर गए हैं। ये तुम्हारे अंतःकरण को अंदर से धीरे–धीरे सड़ा रहे हैं। जब तक इन्हें बाहर नहीं निकालोगे, तब तक कोई भगवत–कृपा काम नहीं आने वाली। विवेक, भक्ति–रथ का सारथी है।'

किस्सा सुनाकर सरपंच बोले– 'समझे कुछ, भैया रामदीन? हम इतनी देर से देख रहे हैं कि एक बीड़ी बुझती नहीं, तुम दूसरी जला लेते हो। दवाई कितनी भी खा लो, खाँसी की जड़ तो कुर्ते की जेब में रखे घूमते हो!'

रामदीन ने कुर्ते की जेब से बीड़ी का बंडल और माचिस निकालकर नाली में फेंक दी।

31

कायर

शमशेर बहादुर सिंह को वीरता पुरस्कार से सम्मानित किया गया। शाम को दिल्ली के आर्मी गेस्ट हाऊस में उसने दोस्तों को पार्टी दी। दोस्तों ने उससे वीरतापूर्ण कारनामों के क़िस्से सुनाने को कहा।

शमशेर ने बोलना शुरू किया – दोस्तों, जो दिखता है, वह कभी–कभी होता नहीं है। ट्रेनिंग पूरी करने के बाद मैं शिमला में तैनात था। एक दिन मॉल रोड पर मुझे एक बेहद सुंदर युवती दिखाई दी। उसका पीछा करते–करते मैं नगर के सबसे प्रतिष्ठित घर के दरवाज़े तक पहुँच गया। पता चला कि उस घर की बेटी आकांक्षा का जन्मदिन मनाया जा रहा है। उस लड़की को एक बार और देखने के बहाने मैं किसी तरह उस भव्य मकान में दाख़िल होने में सफल हो गया।

वह लड़की अपनी सहेली के पास बैठी थी। पीने–खाने के दौर चल रहे थे। तभी अचानक नृत्य शुरू होने की घोषणा हुई। मैंने समय न गँवाते हुए तुरंत जिस लड़की का जन्मदिन मनाया जा रहा था, उसके पास जाकर नृत्य की पेशकश कर दी। उस लड़की के दोनों पैर पोलीयो से ख़राब हो गए थे। आकांक्षा शाल पैरों पर डाले व्हील चेयर पर बैठी थी। अपंग लड़की से नृत्य की पेशकश से सभी उपस्थित लोगों में सन्नाटा छा गया। मुझे सच्चाई जानकर बड़ी ग्लानि हुई।

दूसरे दिन उस लड़की को सांत्वना देने और उससे क्षमा माँगने उसके पास गया। मुलाक़ातें होती रहीं। आकांक्षा मुझे चाहने लगी। लोगों को लगा कि लड़की के घर वाले सगाई की पेशकश करने वाले है। लोगों की बातें सुनकर मुझे घबराहट हुई तो मैं ट्रांसफ़र करवा कर अंबाला चला गया।

अगले दिन पता चला कि आकांक्षा ने अवसाद की मन:स्थिति में आत्महत्या कर ली। मैं अपराध बोध और आत्मग्लानि से विक्षिप्त होने लगा। तभी पाकिस्तान से युद्ध छिड़ गया। मेरी यूनिट को खेमकरण सेक्टर में छिड़ी लड़ाई पर भेजा गया। जब भी किसी ख़तरनाक मुहिम की बात आती तो मैं जान देने के उद्देश्य से सबसे आगे होता। इस तरह लड़ाई पर लड़ाई जीतकर यूनिट का हीरो बन गया। जबकि मैं कायरता पूर्वक अपनी जान देने पर आमादा था। इस तरह यह शमशेर बहादुर सिंह नाम का कायर वीरता पुरस्कार का हक़दार हुआ। यही मेरी बहादुरी की कहानी है।

32

वापसी तोहफ़ा

बात उन दिनों की है, जब कूरियर सेवा नहीं हुआ करती थी। चिट्ठियाँ बाँटने का एकमात्र ज़रिया डाकिए ही होते थे। मोहन काका डाक विभाग के कर्मचारी थे। वे वर्षों से मुख्य डाकघर से साइकिल पर निकलकर बैरागढ़, चीचली और आसपास के गाँवों में चिट्ठियाँ बाँटने का काम करते थे।

एक दिन उन्हें एक चिट्ठी मिली, नलिनी का पता कोलार रोड बैरागढ़–चीचली का लिखा था। लेकिन आज से पहले उन्होंने उस पते पर कोई चिट्ठी नहीं पहुंचाई थी।

रोज की तरह आज भी उन्होंने अपना थैला उठाया और चिट्ठियां बांटने निकल पड़े। सारी चिट्ठियां बांटने के बाद वे उस नए पते पर पहुँचे। दरवाज़े पर पहुँच कर उन्होंने आवाज़ दी, 'पोस्टमैन!'

अन्दर से किसी लड़की की आवाज़ आई, 'काका वहीं, दरवाजे के नीचे से चिट्ठी डाल दीजिये।'

मोहन काका ने मन ही मन सोचा – 'अजीब लड़की है, मैं इतनी दूर से चिट्ठी लेकर आ सकता हूँ और ये महारानी दरवाजे तक भी नहीं आ सकतीं।'

'बाहर आइये, रजिस्ट्री आई है, हस्ताक्षर करने पर ही मिलेगी!', काका भुनभुनाते हुए बोले।

'अभी आई'

मोहन काका इंतज़ार करने लगे, पर जब 2 मिनट बाद भी वह नहीं आयी तो के सब्र का बाँध टूटने लगा।

'यही काम नहीं है मेरे पास, जल्दी करिए और भी चिठ्ठियां पहुंचानी है', ऐसा कहकर वे दरवाज़ा पीटने लगे। कुछ देर बाद दरवाज़ा खुला, सामने का दृश्य देख कर वे चौंक गए।

पैरों से अपंग एक 12–13 साल की लड़की को देखकर काका को अपनी अधीरता पर शर्मिंदगी महसूस होने लगी।

नलिनी बोली – 'क्षमा कीजियेगा मैंने आने में देर कर दी, बताइए हस्ताक्षर कहाँ करने हैं?'

उन्होंने हस्ताक्षर कराए, चिट्ठी दी और वहाँ से चले गए। करीब आठ–दस दिन बाद काका को फिर उसी पते की एक और चिट्ठी मिली। इस बार भी सभी जगह चिठ्ठियाँ बाँटने के बाद वे उस घर के सामने पहुँचे।

'चिट्ठी आई है, हस्ताक्षर की ज़रूरत नहीं है। नीचे से डाल दूँ', मोहन काका बोले...

अंदर से आवाज़ आई, 'नहीं–नहीं रुकिए मैं अभी आई।'

कुछ देर बाद दरवाजा खुला, उस अपंग लड़की के हाथ में गिफ्ट पैक किया हुआ एक डिब्बा था।

'काका लाइए मेरी चिट्ठी और लीजिये अपना तोहफ़ा', वह मुस्कुराते हुए बोली।

'इसकी क्या ज़रूरत है बेटा', मोहन काका उपहार लेते हुए संकोच वश बोले।

नलिनी बोली, 'बस ऐसे ही काका, आप इसे ले जाइए और घर पहुँच कर ही खोलियेगा।'

काका डिब्बा लेकर घर की ओर बढ़ चले। उन्हें समझ नहीं आ रहा था कि उसमें क्या होगा।

घर पहुँचते ही उन्होंने डिब्बा खोला, और तोहफ़ा देखते ही उनकी आँखों से आँसू टपकने लगे... डिब्बे में एक जोड़ी नए जूते थे।

मोहन काका बरसों से फटे जूते पहनकर चिट्ठियाँ बाँटा करते थे, लेकिन आज तक किसी ने इस ओर ध्यान नहीं दिया था। उस लड़की के अपने पैर नहीं थे, इसलिए उसने उनके फटे जूतों को पास से देख लिया था। यह उनके जीवन का सबसे कीमती तोहफ़ा था। मोहन काका जूतों को सीने से लगाकर फूट–फूट कर रो पड़े। उनके मन में एक ही विचार उमड़ रहा था – 'जिसके अपने पैर ही नहीं हैं, वो मेरे फटे जूतों का दर्द कैसे जान गई?'

33

अंतिम प्रयास

सरकारी नौकरी लगते ही गुरुदेव की शादी तृषा से हो गई। तीन सालों में दो बच्चियाँ भी हो गईं। गुरुदेव निश्चिंत होकर पदोन्नति की तैयारी करने लगे। उन्हें किताबें पढ़ने का भी शौक़ था। सोने के पहले पलंग पर लेटे फ्रांसीसी लेखिका सोमोन द बोऊबर द्वारा नारी आज़ादी पर लिखित 'सेकंड सेक्स' की डॉक्टर प्रभा खेतान द्वारा अनुवादित पुस्तक 'स्त्री' पढ़ रहे थे।

तृषा चौका निपटा कर उनके पास आकर बैठ गई। गुरुदेव ने उसकी आहट पाकर किताब में निशान लगा कर तृषा की तरफ़ देखा।

तृषा बोली– 'आज फिर मम्मी जी का फ़ोन आया था। हमारी सभी बहनों के लड़के हो गए हैं। आपके भी सभी भाईयों के लड़के हैं। लड़के से वंश चलता है। वे कह रही थीं कि एक प्रयास और करना चाहिए।'

गुरुदेव बोले– 'तुम तो मेरे विचार अच्छी तरह जानती हो कि मैं लड़का–लड़की में भेद नहीं करता।'

तृषा – 'लेकिन वंश तो लड़के से ही चलता है न।'

गुरुदेव – 'क्या लड़के अकेले से वंश चलता है?'

तृषा – 'वो तो ठीक है, फिर भी एक मौक़ा...'

गुरुदेव – 'अच्छा ये बताओ, तुम्हें तुम्हारे नाना और दादा का नाम तो पता है लेकिन उनके दादा और नाना का नाम तुम जानती हो क्या? नहीं न,

फिर तुम या हम किसका वंश चला रहे हैं। ये सब दक़ियानूसी बातें हैं। मेरे चाचा का लड़का अमेरिका में जा बसा है। दो पीढ़ी बाद यहाँ चाचा जी का नाम लेने वाला भी नहीं होगा। तो उनका वंश कैसे पहचाना जायेगा।'

तृषा – 'मैं वो कुछ नहीं जानती, मम्मी पीछे पड़ी हैं इसलिए...'

गुरुदेव – 'तुम क्या चाहती हो...'

उसके बाद चुप्पी छा गई। दोनों सो गए। लेकिन उनके बीच अनबोला सा हो गया। औपचारिक बातों के अलावा कोई बात नहीं होती थी। दस दिन ऐसे ही गुज़र गये। बर्फ़ पिघलने का नाम नहीं ले रही थी।

आख़िर एक रविवार गुरुदेव ने तृषा से पूछा – 'दुनिया की बातें छोड़ो, तुम यह बताओ तुम क्या चाहती हो? मेरे लिए तुम अधिक महत्वपूर्ण हो। तुम क्या चाहती हो, मेरे लिए यह महत्वपूर्ण है।

तृषा – 'एक बार मम्मी जी का कहना मान लेने में क्या हर्ज़ है?'

गुरुदेव – 'ज़िंदगी वे भी जीते हैं जिनकी कोई संतान नहीं होती। जिनकी औलाद साथ नहीं देतीं, दिन उनके भी कट जाते हैं'

तृषा – 'माँ की इच्छा के सम्मान की बात है, और फिर आपकी माँ जी की भी इच्छा यही है। बुज़ुर्ग कहते हैं कि पुत्र पिंडदान न करे तो आत्मा भटकती है।'

गुरुदेव – 'तृषा, वे पिछली पीढ़ी की हैं। पिंडदान संस्कार तो पौराणिक युग अर्थात पाँचवीं सदी में विकसित कर्मकांडी अवधारणा है। क्या उसके पहले की करोड़ों आत्माएँ भटक रही हैं। फिर आत्मा का प्रत्यक्ष प्रमाण संदेहास्पद है। बुद्ध और महावीर आत्मा के अस्तित्व को नहीं मानते हैं। अब एक बच्चे को पैदा करना, पालना, अच्छी शिक्षा और संस्कार देना बड़ा खर्चीला और कठिन काम हो गया है। लोग सिर्फ़ एक बच्चे तक सीमित रहने लगे हैं। अच्छा ठीक है, मेरी दो शर्त हैं, लड़का या लड़की की जाँच नहीं कराएँगे, और तीसरी संतान के साथ ही आपरेशन करवा लेंगे।'

तृषा मुस्करा दी। एक साल बाद उनको तीसरी पुत्री प्राप्त हुई। उन्होंने तीनों को बहुत अच्छी शिक्षा और संस्कार दिए। दो लड़कियाँ प्रशासनिक सेवा

में चली गईं और एक सर्जन बनकर अस्पताल चला रही है। गुरुदेव और तृषा सेवानिवृत्ति उपरांत सुखी, स्वस्थ, सम्पन्न और स्वतंत्र जीवन जी रहे हैं। तीनों बच्चियों के यहाँ बारी–बारी से साल में दस–दस दिन बिता कर अपने आशियाने की बालकनी में कबूतरों को दाना चुगाते हैं, किताबें पढ़ते हैं, दोस्तों से गप्प लड़ाते हैं, शनिवार–रविवार को साहित्यिक–सांस्कृतिक कार्यक्रमों में शिरकत करते हैं। वे दोनों वंश चलाने की चिंता से मुक्त संजीदगी और नफ़ासत से ज़िंदगी जी रहे हैं।

34

अचानक

कोरोना का समय था। गुरुग्राम निवासी राकेश और सुदेश की प्यारी बिटिया एक साल से माता-पिता से मिलने दिल्ली नहीं आ सकी थी। वीडियो काल से संतुष्ट होते रहते थे। एक दिन राकेश के पास अमेरिका से दामाद का फ़ोन आया कि उनकी एक सहकर्मी भारत आ रही है। उसके हाथ उनके लिए कुछ गिफ़्ट भिजवा रहे हैं। सुबह पाँच बजे फ़्लाइट दिल्ली एयरपोर्ट पहुँचेगी। आप एयरपोर्ट पहुँच गिफ़्ट ले लेना। वे दोनों सुबह चार बजे उठकर एयरपोर्ट पहुँचने की तैयारी करने लगे। पाँच बजे उन्हें दामाद का फ़ोन आया कि एयरपोर्ट पहुँचने की ज़रूरत नहीं है उनकी सहकर्मी के ठहरने की जगह गुरुग्राम में ही है। वह स्वयं गिफ़्ट उनके निवास पर देती हुई चली जाएगी।

सात बजे के आसपास राकेश के मोबाइल पर उस लड़की का संदेश आया कि वह पहुँचने वाली है। राकेश लिफ़्ट से नीचे पहुँच इंतज़ार करने लगे। दस मिनट बाद एक टैक्सी से मुखौटा याने पूरा मास्क लगाए एक लड़की उतरी। वह राकेश के साथ लिफ़्ट में सवार हुई। लड़की धीरे-धीरे राकेश के पास खिसकने लगी। उनसे सटने लगी। लड़की ने राकेश को बाजू से चूम लिया। कोरोना की बीमारी चल रही थी। राकेश को कुछ अटपटा लगा। आख़िर वह उसके दामाद की सहकर्मी थी। वे सकपका गए कि यह क्या हो रहा है।

वे दोनों चौथी मंज़िल पर पहुँच लिफ़्ट से उतर दरवाज़े से अंदर की तरफ़ बढ़े। तभी उस लड़की ने कैमरा निकाल विडीओ बनाना शुरू कर दिया। राकेश और सुदेश चौंके कि यह लड़की उनके घर का विडीओ क्यों बना रही है। परंतु चुप रहे। वह लड़की एक कमरे से दूसरे कमरे में घूम कर विडीओ शूट करती रही। वे दोनों घबरा गए कि हो क्या रहा है। गिफ़्ट कहाँ है। लड़की पागल है क्या। वे सोचने लगे कि बेटी को फ़ोन लगाकर स्थिति बताएँ।

लड़की विडीयो कैमरा टेबल पर सेट कर बड़ी तेज़ी से राकेश की तरफ़ बढ़ी। अचानक उनको पकड़ कर आलिंगन करने लगी तो सुदेश घबरा गई कि यह लड़की अमेरिका से सीधी आई है। महामारी का समय चल रहा है। यह मेरे पति के इतने नज़दीक क्यों आ रही है। कोई लुटेरों का गिरोह तो नहीं है। पति पर छेड़खानी का आरोप लगवा कर जेल भिजवा देगी। अब ज़मानत भी नहीं होती।

सुदेश ने गुस्से में लड़की को पीछे से बाल पकड़ कर खींचा और उसके चेहरे से मास्क हटाया तो वे दोनों भौंचक रह गये – 'अरे! ये तो हमारी श्वेता बिटिया है, बाप रे! हमारी तो हालत ख़राब हुई जा रही थी।' वे तीनों गले लगकर आधा घंटा रोते रहे, फिर खूब हंसे। जब होश आया तो बेटी पिता की गोद में सिर रख कर लेटी थी और माँ उसकी पिंडलियों को हल्का–हल्का दबाते कहती जा रही थी कि चौदह घंटों की उबाऊ और थकाऊ हवाई यात्रा में पैर दर्द करने लगते हैं।

35

कमाई

चाय की दुकान कर एक दुकानदार मज़दूर से पूछता है – 'क्यों भाई, दिन भर हाड़तोड़ मेहनत से कितना पा जाते हो।'

मज़दूर – 'सात सौ रुपये।'

दुकानदार – 'तुम्हारे परिवार में और कौन है?'

मज़दूर – 'एक छोटा भाई साथ रहता है।'

दुकानदार – 'वह दिन भर में कितना कमा लाता है?'

मज़दूर – 'कभी दो हज़ार और कभी तीन हज़ार, कभी–कभी तो अंग्रेज़ी शराब की बोतल के साथ पाँच हज़ार तक ले आता है।'

दुकानदार – 'वह क्या तुमसे ज्यादा मेहनत करता है ?'

मज़दूर – 'करता कुछ नहीं है, कुर्सी पर बैठ चौकसी करता है कि किसे अंदर जाने देना है और किसे नहीं। मंत्री जी का निजी सचिव है।'

दुकानदार – 'तो तुम कमाई आपस में बाँट लेते हो क्या?'

मज़दूर – 'नहीं साहिब, मैं बड़ा हूँ ना, पूरा खर्च मैं उठाता हूँ। छिटकू बहुत समझदार है। कहता है कि "बड़ों का काम है छोटों का ध्यान रखना।" एक और बड़े ज्ञान की बात कहता है – "पाण्डवों की तरह पत्नी और कमाई आपस में बाँटी नहीं जाती। सब अपनी–अपनी रखते हैं।"'

दुकानदार – 'हाँ, वह मंत्री जी के साथ रहकर बहुत ही होशियार हो गया है। मेरी दुकान से चाय पीकर जाता है तो कहता है पैसे बड़े भैया से ले लेना।'

36

विवशता

पाँच साथियों के साथ नर्मदा परकम्मा को निकले सुदेश सुबह आठ बजे साँकल घाट के लिए रवाना हुए। पिछले दिन की थकाऊ यात्रा के बाद थोड़ा आराम से चलने का निर्णय लिया। धीरे–धीरे चलना शुरू किया। पहले बरगी से आती नहर के किनारे चलने लगे लेकिन एक राहगीर के सुझाव पर नर्मदा के किनारे उतर गए। रास्ता ऊबड़–खाबड़ और कीचड़ सने खेतों से था, सामने से चमकते सूर्य से बढ़ती गर्मी और मुश्किल बढ़ा रहीं थीं, शरीर पसीने से तरबतर और माँसपेशियाँ लस्तपस्त हो चुकीं थीं, ऐसे में साँकल सराय तक जाने वाली सड़क पर एक किलोमीटर की तंग पहाड़ी सामने आ गई। बैठकर पाँच मिनट हाँफती साँस को थामा, फिर चढ़ने लगे और आधा घंटे की चढ़ाई के बाद एक मकान पर धर्मशाला लिखा दिखा। वहाँ पहुँचे तो पता चला कि रामप्रसाद साहू ने परकम्मा वासियों के लिए धर्मशाला बनाई है। उन्होंने एक कमरा खोला उसमें आमने सामने दो दरवाज़े थे और चारों कोनों में गेहूँ के बोरों की छल्ली लगी थी।

अस्सी वर्षीय रामप्रसाद साहू से मुलाक़ात हुई उनके पोते–पोतियाँ आ गए। उन्होंने स्वागत करके भोजन इत्यादि के लिए आश्वस्त करके पोती को बुलाकर उनकी माँ को भोजन की व्यवस्था करने को कहा। थोड़ी देर बाद ख़बर आई कि मम्मी कल ग्यारस उपासी थीं, आज शनीचर उपासी हैं उनने कही है कि वे थकीं हैं न बना पाएँगी। रामप्रसाद आँखों में पानी भरकर बोले,

'बाबा हम परवश हैं। आप सीधो लेकर बना लो।' क़रीब दो घंटे बाद परांत में हँसिए के साथ एक गोल लौंकी डोलती आई।

आसपास के सारे बच्चे मज़ा लेने खड़े हो गये कि अब शहर के बाशिंदे कैसे हँसिया से गोल लौकी काटेंगे। सुदेश को हाथ आजमाते देख सब बच्चे एक दूसरे की तरफ़ देख मुस्कुराने लगे। सुदेश को नहीं मालूम था कि हंसिए को किस तरह पकड़ कर गोल लौकी को कैसे छीला जाय।

दादा की बहु पल्लू में मुस्कुराते हुए देख रही थी। सुदेश के हाथ से दी-तीन बार लौकी छिटक कर दूर जा गिरी। बहू बोली, 'रहन दो बाबा हम बनाए दे रहे।' बहू की कृपा से चार बजे तीस रोटियों के साथ सब्ज़ी बनकर आ गईं। हरेक ने चार-चार रोटियाँ लौकी साग के साथ साफ़ कीं और दो-दो रोटियाँ बचाकर रखीं जिन्हें रात को आठ बजे दूध-गुड़ से खाने के लिए। इस प्रकार लंच-डिनर दोनों सध गए।

सुदेश रात में सोचता रहा, 'हम शिक्षित और प्रशिक्षित शहरी लोग जीवन हेतु अनिवार्य भोजन तक पकाना नहीं जानते। हम इन ग्रामीणों की तुलना में कितने बौने हैं।'

37

काल्पनिक भय

जिस दिन अयोध्या की बाबरी मस्जिद राम मंदिर केस पर सुप्रीम कोर्ट का निर्णय आया था, उसी शाम कम्युनिस्ट विचारधारा पर कमलेश की प्रयास जोशी से बातचीत चल निकली। अरुण सहित तीन दोस्त और बैठे थे। कमलेश की बात काल मार्क्स के साम्यवादी विचार से बोल्शेविक क्रांति में ज़ारशाही के अंत से ईसाइयत से होती हुई यहूदी और इस्लाम के मूल सिद्धांतों पर आ गई। प्रयास सहित सभी लोग बड़े तल्लीन होकर सुन रहे थे।

टेलीविजन पर और अख़बारों में निर्णय की चीरफाड़ करके बहुत ख़तरनाक बहसें हो रहीं थीं, लेकिन डर का इलाज़ हकीम लुकमान के पास भी नहीं था। कभी चंगेज़ खान के पोते उलूग ख़ान की पच्चीस हज़ार फ़ौज ने डरे हुए बग़दाद के ख़लीफ़ा व उसकी दो लाख अजेय फ़ौज को हराकर ख़लीफ़ा को बोरे में बाँधकर पटक–पटक कर मारा था क्योंकि ख़लीफ़ा का ख़ून ज़मीन पर गिरता तो क़यामत बरपा हो जाती, डर है ही ऐसी चीज़, जीतने और हारने वाले दोनों डरे रहते हैं।

असल बिंदु पर बात आने वाली थी कि कम्युनिस्ट और मुस्लिम किसी देश को अपना नहीं मानते क्योंकि पूरी दुनिया में कम्यूनिज्म और इस्लाम फैलाना उनका धर्म है इसलिए उनकी ईमानदारी रूस–चीन और मक्का से जुड़ी रहती है, कम्युनिस्ट धर्म को 'अफ़ीम' मानते हैं लेकिन इस्लाम की कट्टर सोच के विरुद्ध एक भी शब्द नहीं बोलते, दोनों लोकतंत्र पसंद नहीं करते एक

सीरिया सी इस्लामिक स्टेट की तानाशाही तो दूसरा रुस सी सर्वहारा–वर्ग की तानाशाही की वकालत करता है। अरुण भाई ने बुरी तरह डाँट कर बात बंद करा दी। सब चुप हो गए, लम्बी चुप्पी के बाद बात के विषय को बदल दिया।

उन्हें डर लगा कि कहीं कोई विडियो बनाकर दंगे न भड़का दे। जबकि ऐसी किसी सम्भावना का दूर तक अता पता नहीं था, न तो कोई विडियो बना रहा था और न ही वहाँ मुस्लिम कम्यूनिटी का कोई सदस्य मौजूद था।

38

सब्ज़ी का धर्म

'ऐ सब्ज़ी के ठेलेवाले – आलू क्या भाव दिये?'

सब्ज़ी वाला – 'जी हुज़ूर, बीस रुपये किलो।'

ग्राहक – 'और टमाटर?'

सब्ज़ी वाला – 'जी चालीस रुपये किलो'

ग्राहक – 'और भिंडी?'

सब्ज़ी वाला – 'जी तीस रुपया किलो, बढ़िया ताजी है साहिब, कितनी तौल दूँ?'

ग्राहक – 'हाँ दिख तो ताजी रही हैं। तेरा नाम क्या है?'

सब्ज़ी वाला – 'सलीम'

ग्राहक – 'पर तेरी सब्ज़ी सही नहीं दिख रहीं हैं। भिंडी भी कड़क और अकड़ी हैं।'

सब्ज़ी वाला – 'सब्ज़ी सही है साहिब, राम मंदिर के खेत में उगाई है। मैं तो मंदिर के पुजारी का मुलाज़िम हूँ।'

ग्राहक भिंडी हाथ में लेते हुए – 'हाँ, भिंडी बहुत नरम और ताज़ी हैं, छाँटने की ज़रूरत ही नहीं है। चल एक किलो तौल दे।'

39

शिव क्या हैं?

आधुनिक मसीही कॉन्वेंट स्कूल में दसवीं में पढ़ हो रहे रोहन ने शिवरात्रि के दिन सुबह चाय की चुस्कियों लेते माता–पिता से पूछा– 'ये शिव क्या हैं? व्हाट इस शिवा?'

माँ बोली, 'शिव शिव हैं, देवों के महादेव हैं।'

रोहन बोला – 'महादेव क्या हैं?'

माँ खीझकर बोलीं – 'महादेव महादेव हैं।'

इसके पहले कि रोहन तीसरा तीर छोड़ता, पिता चाय की चुस्की लेकर बोले – 'बेटा, पानी में गीलापन क्या है? अग्नि में तेज़ क्या है? हवा में जीवनी शक्ति क्या है? धरती में धारणा क्या है?'

बेटा अवाक पिता को देखने लगा। सोचता रहा, फिर बोला – 'पापा जी हमारी मैम कहती हैं, प्रश्न का जबाव प्रश्न नहीं होता... उत्तर होता है। आप बताइए न शिव क्या हैं?'

पिता बोले – 'बेटा, जब इंसान मरता है, तब निर्जीव देह को शव कहा जाता है, शिव में "ई" निकल जाता है, "श" अकेला "व" के साथ शव शेष रहता है। देह में ईश्वर का अंश ही शिव है, नहीं तो देह शव है। शव प्रकृति का अंश है उसे अग्नि को समर्पित किया जाता है ताकि जल, पवन, आकाश अपना हिस्सा वापस ले लें। पुरुष और प्रकृति से मिलकर सबकुछ है। शिव

पुरुष हैं। ब्रह्मांड का एकमात्र सत्य। पुरुष का मतलब मर्दाना नहीं है बल्कि परमात्मा है। जब परमात्मा का अंश प्रकृति के पंचभूत से संयोजित होता है, तब चेतना जागृत होती है।'

रोहन बोला – 'बट इट्स फ़िलासफ़ी।'

पिता – 'यस, ईच रिलिजन हेस इट्स ओन फ़िलासफ़ी, परंतु भारतीय दर्शन तार्किक और तत्वों से जुड़ा है। इट्स हिंदू फ़िलासफ़ी।'

रोहन – 'पापा, इट अपियर्स क्वाइट लॉजिकल एंड इंट्रेस्टिंग। नाउ आई विल टेल सम्थिंग लॉजिकल टू माई मैम एंड फ्रेंड्ज़।'

40

स्मृति शेष

शहर के एक वरिष्ठ कवि का देहांत हुआ। 'मर्माहत' जी को जब खबर लगी तब वे बस्ती से बाहर गए हुए थे। उन्हें दिवंगत कवि की अंतिम यात्रा में शरीक नहीं हो सकने का मलाल रहा। अगले दिन शहर की एक प्रतिष्ठित साहित्यिक संस्था ने दिवंगत कवि की स्मृति में एक श्रद्धांजली सभा का आयोजन किया। वे सभा में उपस्थित हुए।

उपस्थित वक्ताओं ने विचार व्यक्त किए। एक वक्ता ने दिवंगत कवि को प्रखर ओजपूर्ण कवि और दबंग कविता पाठ करने वाला बेबाक व्यक्ति बताया।

दूसरे ने कहा – 'कि लोग उनके प्रति जितनी सहानुभूति मृत्यु पश्चात प्रदर्शित कर रहे हैं। वे जीवन पर्यंत उन्हें उतना प्रेम प्रदर्शित नहीं कर पाए।'

तीसरे ने कहा – 'दिवंगत कवि की कविताओं का कोई भी संग्रह प्रकाशित नहीं हो सका। क्या उपस्थित लोग उनकी रचनाओं का एक संग्रह प्रकाशित करने का कार्य का बीड़ा उठाएँगे।'

चौथे ने धार्मिक शास्त्रों का संदर्भ देते हुए नश्वर जीवन से सम्बंधित व्याख्यान दिया –

'माली आवत देख के, कलियन करे पुकार,
फूले फूले चुनि लिये, कालि हमारी बार।'

कई साहित्यकारों ने कवि के साथ गुज़ारे समय को याद करते हुए संस्मरण सुनाकर श्रद्धांजली अर्पित की।

अध्यक्षता करने के आदी एक साहित्यकार ने अपने अनुभव सुनाते हुए बताया कि, 'हम एक आभासी दुनिया में जीने लगे हैं। अब मानवीय सम्बन्ध भौतिक रूप से सिमटते जा रहे हैं। जीवन के दो सत्य हैं– एक हमारा जन्म जिसके साक्षात प्रमाण हम स्वयं हैं, दूसरा– अटल सत्य मृत्यु है। हम जब दिवंगत आत्मा को याद करते हैं तब भूल जाते हैं कि हमारा भी वही हश्र होना है, जो उनका हुआ है। इस ज़िंदगी से कोई भी ज़िंदा वापस नहीं जाने वाला। देर–सबेर हमें भी वहीं पहुँचना है जहाँ वे गए हैं। कोई यहाँ हमेशा रहने वाला नहीं है।'

"हाड़ जले लकड़ी जले, जले जलावन हार,
कौतिकहारा भी जले, का से करूँ पुकार।"

संस्था के अध्यक्ष ने एक निश्चित व्यक्ति द्वारा एक निश्चित समय में दिवंगत कवि की रचनाओं को पुस्तक स्वरुप में प्रकाशित करने का संकल्प लेने की आवश्यकता प्रतिपादित की।

कार्यक्रम संचालक से स्मृति संजोने में व्यावहारिक दिक्कतों का ज़िक्र किया, और कहा कि 'मृत्यु एक उत्सव है, जब हम उनकी ख़ासियतों का ज़िक्र कर रहे हैं तो हमें तालियाँ बजा कर उन्हें ख़ुशी–ख़ुशी याद करना चाहिए।' सभी ने तालियाँ बजा कर दो मिनट का मौन रख कर दिवंगत आत्मा को श्रद्धांजली अर्पित की।

"आया है सो जायेगा, राजा रंक फकीर,
एक सिंहासन चढ़ि चले, हम बांधे जंजीर।"

उसके बाद लोग चाय नाश्ते में व्यस्त होकर हंसी मज़ाक़ करते रहे। मृतक साहित्यकार की आत्मा भी उन्हें देखकर मुस्कुरा रही थी। ॐ शान्तिः

(41)

रक्षा बंधन

आरज़ू ने पापा–मम्मी से कहा – 'आज हम भी रेहान भैया को राखी बांधेंगे।'

'नहीं बेटा, यह हमारी तहज़ीब नहीं है', पापा ने कहा।

मम्मी और रेहान चुप रहे। सभी लोग मोबाईल देखने लगे। जिनमें रक्षा बंधन के चित्र और संदेश छाए हुए थे।

आरज़ू ने थोड़ी देर बाद फिर कहा – 'नहीं पापा, मेरे स्कूल की सारी सहेलियाँ अपने भाइयों को राखी बाँध रही हैं। हम भी भैया को राखी बांधेंगे।'

'अच्छा आरज़ू, यह बताओ, तुम रेहान को राखी नहीं बाँधोगी, तो क्या रेहान तुम्हारी हिफ़ाज़त नहीं करेगा?' पापा ने पूछा।

आरज़ू ने कहा – 'वही तो हमारा कहना है कि जब भैया हमारी रखवाली करेगा तो रक्षा बंधन बाँधने में क्या परेशानी है आपको?'

पापा – 'आप नहीं समझेंगी, यह मज़हबी मसले हैं।'

आरज़ू – 'तो पापा समझाइए न।'

पापा – 'यह हिंदुओं का त्योहार है और हम मुसलमान हैं। वे लोग हिंदू हैं इसलिए राखी बाँधते हैं।'

आरज़ू – 'पापा, वे लोग हिंदू क्यों हैं?'

पापा – 'बहुत सरल है, क्योंकि वो हिंदुस्तान में रहते हैं।'

आरज़ू – 'तो पापा हम लोग भी तो हिंदुस्तान में रहते हैं। हमारी तहज़ीब भी हिंदुस्तानी होनी चाहिए ना। मज़हब अलग हो सकते हैं मगर तहज़ीब तो एक है। इस तहज़ीब के चलते नसीर चाचू की दुकान से राख़ी, रूमाल, नारियल, मिठाई बिकती हैं। जिससे उनका घर चलता है। इस मज़हबी जुनून में हिंदू अगर उनकी दुकान से सामान ख़रीदना बंद कर देंगे तो क्या होगा?'

पापा उठकर आरज़ू के पास गये। उसे गले लगाया। साथ में डी–मार्ट लेकर गये। थोड़ी देर बाद रेहान की कलाई में 'जय–हिंद' राखी बँधी दिख रही थी।

42

अभागा भाग्यशाली

कुसुम मुंबई की एक फ़िल्म कंपनी में नौकरी करती थी। वह गोरेगाँव से नौ बजे की लोकल से चर्चगेट जाती। गोरेगाँव स्टेशन के सामने बड़ा–पाव खाती। बहुत भीड़ होने से पता नहीं चलता कि किसने पैसे दिये और किसने नहीं दिये। एक दिन उसने देखा कि एक बहुत ग़रीब सा बुज़ुर्ग बड़ा–पाव खाकर पैसे दिये बग़ैर निकल लिया। दुकानदार को भुगतान करते समय उसने उस बुज़ुर्ग के भी पैसे काटने को कहा।

दुकानदार ने कहा – 'आप परेशान मत होइए। मुझे पता है। वह आता है, खाता है, निकल जाता है। उसके आने के समय मेरी दुकान पर भारी भीड़ होती है। उसी के कारण मेरी दुकान में बरकत है। मैंने हमेशा इसे नज़रअंदाज़ किया और उसे कभी रोका नहीं उसे कभी पकड़ा नहीं और ना ही कभी उसका अपमान करने की कोशिश की...। वह कोई साधारण आदमी नहीं है। वह गुजराती बुज़ुर्ग एक समय गोरेगाँव का बहुत पैसे वाला आदमी था। फ़िल्म बनाता था। उसने भगवान दादा के साथ नृत्य किया था। उसने एक फ़िल्म में सारा पैसा लगा दिया। फ़िल्म पिट गई। उसके मकान और सामान नीलाम हो गये। उसके बच्चे नहीं हैं। उसकी बीवी भाग कर एक दूसरे पैसे वाले के साथ रहने लगी। वह अर्श से फ़र्श पर आ गया। अब यहीं गोरेगाँव स्टेशन के फ़र्श पर रात गुजारता है। यह मुंबई है, साहिबा इधर में ऐसे बहुत किस्से कहानी मिलेंगे आपको। जो मुंबई आता है, यहाँ एक कहानी बनकर रह जाता है।'

कुसुम उसे नज़रअंदाज़ ना कर सकी। उसने उस बुजुर्ग का पीछा किया। वह एक पुराने फ़िल्म स्टूडियो के खंडहर में पहुँचा। कुसुम ने देखा – वह एक टेबल पर खड़ा हुआ, उसने फ़िल्म का क्लैप देने के तरीक़े से हाथ की मुद्रा बनाई, एक्शन कहा और फ़िल्म शूट करने की मुद्रा में घूमने लगा। फिर थक गया तो लेट कर सुस्ताने लगा। इतने में एक नेपाली उसके लिए खाना लेकर आ गया।

कुसुम को नेपाली से पता चला कि वह बहुत बड़ा निर्माता निर्देशक था। वह नेपाली उसका दरबान था। उससे मिलने आते बड़े–बड़े कलाकारों को गेट पर ही रोक देता था। उसने बताया – 'एक समय साहब का जलवा था, मैडम।'

कुसुम अक्सर इतवार को छुट्टी के दिन उस नेपाली से मिलने जाने लगी। निर्माता की कहानी की बारीकियाँ पता की और एक फ़िल्म की पटकथा लिखकर अपनी फ़िल्म कंपनी को दी। उस पर फ़िल्म बनी और चल निकली। कुसुम स्क्रिप्ट राईटर हो गई। वह बूढ़ा सिवाय ख़ुद के सबके लिए भाग्यशाली था।

43

अश्रु कविता

कविता संगोष्ठी का आकर्षक बैनर, सुपरिचित स्थान। नगर के सिद्ध कवि, प्रसिद्ध साहित्यकार, उद्यमी और रसिक मित्र अपने काव्यानुभव के रंजन हेतु तत्पर थे। मंच से कविता पढ़ना यानि अपनी विजयगाथा का उदघोष। रोशन मंच का छायाचित्र लेने को मोबाइल पर उंगली तत्पर, फोटोग्राफर, समाचारपत्र में प्रकाशन हेतु कविता की आरंभिक पंक्ति पूछता हुआ आयोजक। सचिव और कवियों की उपस्थिति को निहारता संचालक। दर्शक दीर्घा के ठीक पीछे बेतरतीब फैले हुए चाय के कप और थैले में बंद समोसे की भीनी-भीनी सुगंध संगोष्ठी को जीवंत बनाए हुए थी।

एक बुज़ुर्ग पुरानी डायरी को अपने सीने से चिपकाए, आंखों में आंसुओं की झिलमिल चमक लिए सबसे पीछे की कतार में बैठे थे। संचालक तीन मिनट से अधिक की रचना को भाव नहीं दे रहे थे। बुजुर्ग का नाम काव्यपाठ सूची में सम्मिलित नहीं था लेकिन उन्हें विश्वास था कि प्रभु अवश्य ही कोई चमत्कार करेंगे।

सारे कवियों के पाठ होने के उपरांत संचालक महोदय ने कहा कि यदि किसी का नाम छूटा हो, तो कृपया वे भी आकर काव्यपाठ कर सकते हैं। बुज़ुर्ग ने हाथ खड़ा किया। उनके स्वागत के लिए तालियां बजी और वे धीरे-धीरे मंच की ओर बढ़े।

उन्होंने मंच की सीढ़ियों को और मंच को प्रणाम किया। हिलते हाथों से माइक को छुआ। कांपती उंगलियों से डायरी के पन्ने को खोला। वे पढ़ने का प्रयास कर रहे थे किंतु आंसुओं से रूँधी आँखों में रोशनी अवरुद्ध थी। थोड़ी देर खड़े रहने के बाद, उनकी आंखों से अश्रु प्रवाहित होने लगे। डायरी बंद कर बोले –

'संवेदना कविता की आत्मा है
इस डायरी में मेरी आत्मा है।'

आँसू भारी आँखों और रुँधे गले से विवश उनकी कविता कहन से दृश्य में बदल गई। वह पढ़ नहीं पा रहे थे। जो मर्म की नज़र से पढ़ सके तो वह दृश्य एक कविता था।

सबने देखा – मंच पर एक कविता घटित हो रही है। सभा भवन में देर तक तालियों की गड़गड़ाहट गूँजती रही।

44

अंगद का पाँव

विनोद शर्मा बस्ती की नगरपालिका में मुख्य कार्यपालन अधिकारी है। बस्ती में सड़क निर्माण का टेंडर खुला। टेंडर उनके मनपसंद ठेकेदार को मिला। टेंडर समिति में सम्मिलित दोनों पार्षदों के मुँह उतर गये। उनके ठेकेदार ने सबसे कम रक़म का टेंडर भरा था। फिर कैसे हाथ से काम निकल गया। उन्होंने विनोद शर्मा से कहा – 'साहब, कही कुछ गड़बड़ है। इतनी कम रक़म में सड़क नहीं बन सकती।'

विनोद शर्मा बोले – 'स्थिति आपके सामने है। ठेका तो सबसे कम रक़म वाले ठेकेदार को ही दिया जाएगा, जैसा कि नियम है।'

पार्षद बोले– 'हम निर्वाचित प्रतिनिधि हैं। हम यह नहीं होने देंगे।'

विनोद शर्मा ने कहा – 'आपको जो समझ आये करिए। टेंडर की प्रक्रिया विधिवत सम्पन्न हो चुकी है। अब कुछ नहीं ही सकता है।'

पार्षद बोले – 'हम आपको निलंबित करवा देंगे। आप नहीं जानते, मंत्री जी हमारे पहचान के हैं।'

शाम को बस्ती के ढाबे पर पार्षदों की बैठक हुई। जिसमें तय किया गया कि विनोद शर्मा पर भ्रष्टाचार के आरोप लगाते हुए, शिकायतें मंत्री जी और प्रेस को भेजी जायें। अगले दिन बस्ती में पर्चे बंटे और अख़बारों में खबर थी –

'गली गली में शोर है, विनोद शर्मा चोर है।
रिश्वत खूब खाता है, मोटा होता जाता है।'

पार्षद एक प्रतिवेदन लेकर मंत्री जी से मिलने राजधानी पहुँचे। उन्होंने विनोद शर्मा को निलंबित करने की माँग रखी। मंत्री जी बोले बिना किसी वाजिब कारण के किसी अधिकारी को निलंबित नहीं किया जा सकता। हाँ, उसका ट्रांसफ़र कर देते हैं। उन्होंने निजी सचिव को बुलाकर विनोद शर्मा का ट्रांसफ़र ऑर्डर पार्षदों को पकड़ा दिया और ऑर्डर की एक प्रति सीधे कलेक्टर को भिजवा दी।

पार्षद ख़ुशी–ख़ुशी गृहनगर लौट कर विनोद शर्मा की रवानगी का तमाशा देखने को आतुर थे। तीन दिन हो गये। कोई घटना नहीं घटी। पार्षद ग़ुस्से में तमतमाते हुए विनोद शर्मा के कार्यालय में दाखिल होकर बोले – 'आप अभी तक यहाँ कैसे हैं? आपका तो ट्रांसफ़र हो गया है ना।'

विनोद शर्मा ने उन्हें उनके ट्रांसफ़र ऑर्डर निरस्त होने के पत्र की छायाप्रति पकड़ा दी। पार्षदों के तनबदन में आग लग गई। उन्होंने अपनी बोलेरो सीधी राजधानी की तरफ़ मोड़ी और मंत्री जी के बँगले पर पहुँचे। उन्होंने मंत्री जी से कहा, 'विनोद शर्मा यह बात फैला रहे हैं कि उन्होंने पच्चीस हज़ार में ट्रांसफ़र निरस्त करवा लिया।'

मंत्री जी बोले – 'मैं दिखवाता हूँ। क्या घालमेल हुआ है।'

मंत्री जी ने कार्यालय पहुँचते ही निजी सचिव राजेश मेहरा की बुलाया और कहा – 'क्यों बे, तूने विनोद शर्मा के ट्रांसफ़र कैंसिल बाबत लिफ़ाफ़े में कितने रुपये रखे थे।'

सचिव – 'सर, बीस हज़ार।'

मंत्री जी – 'साले, मैं ही मिला था चूना लगाने को। तू पाँच हज़ार बीच में ही खा गया। चल अपना ट्रांसफ़र ऑर्डर राज्य के सुदूर जगह कोंटा का बना ला।'

उन्होंने पार्षदों को फ़ोन से बताया कि, 'यह सारी गड़बड़ निजी सचिव का कारनामा था। उसने पैसे खा लिए। हमने उसे निलंबित कर कोंटा अटैच कर दिया है। जाँच होने तक विनोद शर्मा वहीं रहेंगे।'

45

सच का सामना

इलाके के पुलिस अधीक्षक अर्थात एसपी साहिब थाने के निरीक्षण दौरे पर पहुंचे। उन्होंने थानेदार से कहा – उस महिला उप–निरीक्षक, जिसने लव–जिहाद और जबरिया धर्म परिवर्तन की एफआईआर दर्ज़ करने अर्ज़ी दी है, उसके साथ हमारी बातचीत की व्यवस्था एक अलग कमरे में कीजिए। पूछताछ करनी है, और एक अन्य महिला सिपाही सहित आप भी बातचीत में मौजूद रहेंगे।

एसपी – 'संध्या, यह बताइये यह एफआईआर अर्ज़ी आपने दाखिल की है ?'

संध्या – 'जी सर।'

एसपी – 'आप दो साल से उसके साथ पत्नी के रूप में रह रहीं थीं, उससे आपको एक बच्चा भी हुआ, आपको अब जाकर पता चला कि वह दूसरे धर्म का है। आपको धोखा दिया गया है।'

संध्या – 'जी सर।'

एसपी – 'आप तो ख़ुद दर्ज़ प्रकरणों की विवेचना करती हैं, आँख की पुतलियों और चेहरे की मांसपेशियाँ की हलचल से अपराधियों के मंतव्य को पहचान लेती हैं। आपकी गणना एक अच्छी विवेचना करने वाली इंस्पेक्टर के रूप में होती है।'

संध्या चुप रही।

एसपी – 'सच बताइए, सही बात क्या है।'

संध्या – 'सर, बात यह है कि घर वाले मेरी शादी बिरादरी के एक चपरासी से तय कर रहे थे। मैं सहमत नहीं हुई तो उन्होंने मुझे छोड़ दिया। तब अमन ने मेरा साथ दिया। शादी के कुछ दिन बाद पता चला कि वह मुस्लिम है।'

एसपी – 'तो अब क्या दिक़्क़त है, चुपचाप वैवाहिक जीवन गुज़ारतीं।'

संध्या – 'मुझे तीन महीने पहले मालूम पड़ा कि अमन ने एक मुस्लिम लड़की से एक और शादी कर ली है। वह लड़की पिछले साल नायब–तहसीलदार नियुक्त हुई है।'

एसपी – 'उन्होंने शादी कैसे की है?'

संध्या – 'मुस्लिम विधि से निकाह किया है।'

एसपी – 'तुमने उससे शादी किस विधि से की थी?'

संध्या – 'सर, हम "लिव इन" में रहने लगे थे।'

एसपी – 'तुम्हारा प्रकरण बहुत कमज़ोर है। विरोधी वकील के सामने तुम्हारी कोई दलील नहीं चल पाएगी। तुमने तो 2021 का जबरिया धर्म परिवर्तन कानून ट्रेनिंग के दौरान पढ़ा है। तुम ख़ुद बताओ।'

संध्या – 'जी सर।'

एसपी – 'थानेदार से, ठीक है इनकी एफ़आईआर दर्ज़ करके विवेचना कराइये, लेकिन इनसे कहिये कि पब्लिक प्रॉसिक्यूटर केस जिता नहीं पाएगा। और रिपोर्ट झूठी सिद्ध होने की दशा में इनके विरुद्ध डिपार्टमेंटल इंक्वायरी की कार्यवाही हो सकती है और इनकी नौकरी भी जा सकती है।'

संध्या – 'सर, मैं अर्ज़ी वापिस लेती हूँ।'

46

तहज़ीब

अरमान और आकांक्षा इनफार्मेशन टेक्नोलॉजी टेक्नोक्रेट हैं। छह माह पहले इश्क़ हुआ और शादी कर ली। आकांक्षा ने नहा धोकर विवाह का लाल जोड़ा निकाल कर बिस्तर पर रखा। उसके बाद अरमान के कपड़े निकालने कबर्ड की तरफ़ नीचे झुकी। तभी अरमान ने आकर उसे पीछे से बाहों में भर लिया। वह चौंककर उसकी बाहों में थी।

अरमान – 'हाँ, आज घर पर दावत हेतु "तबलीग़ी जमात" के लोग आ रहे हैं। उनका ध्यान रखना।'

आकांक्षा – 'जी, आपके बाद अब उनके अरमान भी पूरे करने होंगे।'

अरमान के जाने के बाद उसने शादी का जोड़ा पहना। मंगल सूत्र गले में डाल बहुत देर तक ख़ुद को शीशे में निहारती रही। माँग में सिंदूर भरा, पैरों में माहुर, हथेलियों में मेहंदी लगाई, हाथों में सुर्ख चूड़ियों के बीच एक-एक पीली चूड़ी डाली, और पैर की उँगलियों में बिछिया पहन तबलीग़ी जमात का इंतज़ार करने लगी।

तभी उसकी सास ने आवाज़ लगाई – 'दुल्हन वे लोग आ गए। वज़ू करने को पानी ले आओ।'

मुल्ला आकांक्षा को सजा देख बौखला कर बोले – 'ला हौल विला कुव्वत, तुम्हारे घर का पानी भी हराम है। यहाँ इस्लाम खतरे में है। काफ़िर

लौंडी घर में घुसा रखी है। तभी मुल्क में उल्टे सीधे क़ानून पास हो रहे हैं। तुम्हें अल्लाह का ख़ौफ़ नहीं है।'

उनके फ़तवे पर आकांक्षा का सुहाग श्रृंगार उतार दिया गया। वह रोती सिसकती रही। शाम को रोते हुए उसने यह किस्सा अरमान को सुनाया।

अरमान – 'ठीक है न डार्लिंग एक ही दिन की तो बात थी, ना।'

आकांक्षा – 'लेकिन तुमने तो कहा था कि मैं अपने तरीकों से यहाँ रहूँगी जैसे जोधा, अकबर के महल में रहती थी।'

अरमान – 'वे लोग बादशाह थे जानूँ, अपन इंसान हैं। धीरे–धीरे तुम्हारी आदत पड़ जाएगी। एक बार मोमिन होने के बाद गर्दन उतरती है, इस्लाम का मुलम्मा नहीं उतरता।'

आकांक्षा – 'मतलब आप मुझे तलाक कहकर भी भगा सकते हैं।'

अरमान – 'उसकी ज़रूरत नहीं होगी। इस्लामिक क़ानून मुताबिक़, मैं तुम्हारे अलावा तीन बेग़म और ला सकता हूँ।'

आकांक्षा – 'तुमने पहले तो इस तरह बातें कभी नहीं की थीं। कहते थे "मुहब्बत" धर्म से बड़ी चीज़ होती है।'

अरमान – 'वे सब रूमानी बातें बर्तन पर कलई की तरह होती हैं। थोड़े दिन में उतर जाती है। और फिर सब बातें एकसाथ थोड़े ही बताई जाती हैं। मुझे लगा था कि तुम्हें हमारी "तहज़ीब" के बारे में पहले से पता होगा।'

आकांक्षा पिंजरे में बंद मुर्गियों को देख कर सोच रही थी, मैं तो हलाल हो चुकी। काश पापा–मम्मा की बात मान लेती। उन्होंने कितना समझाया था।

47

दिमाग़ी नासूर

रोहिणी ने सुबह–सुबह एक ख़्वाब देखा कि सातवें आसमान पर दो जोड़ी स्वर्ग–नरक हैं। पाकिस्तानी स्वर्ग–नरक और हिंदुस्तानी स्वर्ग–नरक। पाकिस्तानी स्वर्ग–नरक में अचानक कुछ एक जैसी रूहें पहुँची। रूहों को कर्मों के हिसाब से फैसले के वास्ते न्यायकर्ता के समक्ष पेश किया गया।

न्यायकर्ता ने एक नज़र डालकर कहा – 'ये तो काफ़िर रूहें हैं। इनका हम से क्या सरोकार, यहाँ तो मोमिन रूहें आती हैं।'

पेशकार – 'ये सभी एकसाथ कश्मीर के जन्नत से यहाँ पहुँची हैं। ये इसलिए यहाँ आई हैं क्योंकि पाकिस्तान इस इलाक़े को मुस्लिम राष्ट्र का हिस्सा मानता है। लेकिन इस कश्मीर पर काफ़िर हिंदुस्तानियों का क़ब्ज़ा है।'

न्यायकर्ता – 'लेकिन सिर्फ़ मर्द, इनके साथ औरतें और बच्चे नहीं हैं ?'

पेशकार – 'हुज़ूर, पहली बार खुदाई फ़रमान के हिसाब से जिहाद हुआ है। जिहादियों ने काफ़िर जवानों को चुन–चुन कर मारा है। औरतों और बच्चों को बख़्श दिया है, जिन्हें ग़ज़नवी के समय गुलाम बनाकर बग़दाद की मंडी में नीलाम किया जाता था। अब इनको सुलगते ज़ख्म बना कर छोड़ दिया जाता है।'

न्यायकर्ता – 'लेकिन ये रूहें हिंदुस्तान के क़ब्ज़े वाले कश्मीर से आई हैं इन्हें उनके क़ब्ज़े वाले स्वर्ग–नरक में भेज दिया जाय। और हाँ, वे काफ़िर

उन जिहादियों को छोड़ेंगे नहीं उनके लिए जन्नत में हूरों का आरक्षण करके रखो।'

इस तरह जब उन्हें हिन्द के क़ब्ज़े वाले स्वर्ग–नरक भेजा गया तो वहाँ के पेशकार ने अपने सिस्टम पर 'डेथ डेली लिस्ट' देखकर बताया कि इन रूहों का अभी टाइम ही नहीं हुआ था। ये प्रीमेच्योर आ गई हैं। इन्हें स्वीकार नहीं किया जा सकता। अब दोनों स्वर्ग–नरक उन्हें नहीं ले रहे हैं। वे त्रिशंकु की तरह उल्टी लटकी हैं।

रोहिणी ने सुबह की चाय पर परिवार के सामने इस ख़्वाब का ज़िक्र किया तो उनका बेटा रोहन बोला – 'मम्मा, आपको लगता नहीं है कि इन कपोलकल्पित आसमानी स्वर्ग–नरक के चक्कर में इंसानों ने पृथ्वी पर लोगों के जीवन को नरक से भी बदतर बनाया हुआ है। आप लोग मुस्लिम राष्ट्र, ईसाई राष्ट्र, यहूदी राष्ट्र, हिंदू राष्ट्र की राजनीति के चक्कर में हम बच्चों को कैसी सुलगती दुनिया दे रहे हैं।'

पापा बोले – 'हे आदम की औलाद, अब कुछ नहीं हो सकता। आदमियों को लड़ने के वास्ते कोई न कोई कारण चाहिए। महाभारत में व्यास जी कह गए हैं कि ईर्ष्या कई रूप धरती है। इस ईर्ष्या रूपी मजहबी गीत का मुखड़ा है – "मेरी है संस्कृति श्रेष्ठ दूसरे निकृष्ट हैं।" अंतरे कई हैं, "जैसे किताब का अंतरा", "पहनावे का अंतरा", "खाना–पाना का अंतरा"। यह ईर्ष्या मनुष्यों के मस्तिष्क में रिसता दिमाग़ी नासूर है। निरंतर बजती एक धुन है। यह ज़मीन सूरज द्वारा रोज़ तपाया जाता एक बड़ा तंदूर है, जिस पर राजनीतिक रोटियाँ सेंकी जाती हैं। इन राजनीतिक दावपेंच के आगे सुकरात, कन्फ़्यूशियस, बुद्ध, महावीर, गांधी और सब के सब मानवतावादी फेल हैं।'

48

लव जिहाद

जांचकर्ता – 'क्यों, तुम्हें किसी मासूम की ज़िंदगी बर्बाद करते शर्म नहीं आई।'

आरोपी – 'हमने किसी को नहीं फँसाया। लड़कियां ख़ुद हमारे पास आती थीं।'

जांचकर्ता – 'तुम्हारा कर्तव्य था कि तुम उन्हें सही रास्ता दिखाते।'

आरोपी – 'हमने हमारे मज़हब के मुताबिक ही कर्तव्य पालन किया है।'

जांचकर्ता – 'धर्म में किसी बच्ची का जीवन बर्बाद करना सबसे निकृष्ट पाप है।'

आरोपी – 'होगा आपके लिए, हमारे क़ौम के लिए तो यह सबाब कमाना और स्वर्ग का दरवाज़ा है। एक लड़की फिर दूसरी लड़की को हमारे पास लाती थी। हमने उनकी चाहत पूरी की है। किसी की चाहत पूरी करना किस तरह पाप हो सकता है। हमने तो हर निगाह से पुण्य का काम किया है। सबाब कमाया है।'

जांचकर्ता – 'कौन सिखाता है यह सब ?'

आरोपी – 'हमको हुक्म है कि काफ़िरों की क़ौम बिगाड़ो और अपना मज़हबी संदेश फैलाओ तो यहाँ भी हूरें और जन्नत में भी हूरें।'

जाँचकर्ता – 'तुमने क़ानून तोड़ा है।'

आरोपी – 'हमने रिवायत का पालन किया है। किसी की इच्छा से संबंध बनाना तुम्हारी नज़र में अनैतिक हो सकता है, परंतु क़ानून विरुद्ध नहीं होता। इस देश में कितनी ही लड़कियां "लिविंग इन" में रह रही हैं। वे अपनी लड़कियों को सम्भालें। जो अपने धर्म पर क़ायम नहीं रहतीं। हम तो मज़हब मुताबिक़ ही ज़िंदगी बिताते हैं। क़ौम की गिनती बढ़ाना पैग़ाम है। आप इसे लव जिहाद कहने लगे।'

जांचकर्ता – 'तो तुमने कोई ग़लत काम नहीं किया।'

आरोपी – 'आप कोर्ट में यह सिद्ध कर पायें, तब ना। लड़कियां हमको ब्लैकमेल करके फँसा रही हैं। हम निर्दोष हैं।'

जांचकर्ता निरुत्तर हो गया। उच्च अधिकारियों से सलाह मशविरा कर रहा है।

(49)

संगत का असर

आज सुबह की सैर पर बहुत अजीबोगरीब संगत के असर के दर्शन हुए। खूब पैदल चलने के बाद एक बगीचे में बेंच पर आसन जमा लोगों को दार्शनिक मुद्रा में निहारना शुरू किया। एक सज्जन अपने कुत्ते संग आते दिखे। फिर दूसरे और उसके बाद तीसरे भी सह निवासी कुतिया संग आ धमके। इनके कुत्ते, पट्टे और डंडे अलग–अलग नस्ल के थे अर्थात् जैसी ऊपरी कमाई वैसी नस्ल।

कुत्ते मालिकों के बीच एक बात समान थी। मालिक कुत्ते को भौकने के अन्दाज़ में डाँट रहे थे। कुत्ते भी डाँटने के अन्दाज़ में मालिक पर भौंक रहे थे। अंतर करना मुश्किल था कि कौन भौंक रहा है और कौन डाँट रहा है। मालिकों और कुत्तों के चेहरों के भाव भी लगभग एक जैसे ही थे। उनके स्वरूप में दो पाए और चार पाए का अंतर था। परंतु एक अंतर और था जिस काम को कुत्ते एक टाँग उठा कर कर रहे थे उसी काम को मालिक दो टाँग चौड़ी करके कर रहे थे। उस उपक्रम में टांगों का अनुपात दो–तीन हो गया था। वह दिन दूर नहीं जब संगत के असर से यह अनुपात भी विलुप्त हो जाएगा। मालिक कुत्ता हो जाएगा या कुत्ता मालिक हो सकता है। कार्ल मार्क्स ज़िंदा होते तो इसे वर्ग संघर्ष के बीच का जैविकीय समाजवाद कहते, जो पूर्णता पर जैविकीय साम्यवाद का उद्देश्य अवश्य प्राप्त कर लेगा।

अचानक ठाकुर साहब का कुत्ता जो बहुत ऊँचा, ताकतवर और ख़ूँख़ार था। उसने ज़ोर का झटका मारा तो ठाकुर साहब के हाथ से चैन छूट गई। ठाकुर साहब के कुत्ते ने शर्मा जी के कुत्ते पर हमला कर दिया। जमकर जंग छिड़ गई। दोनों कुत्ते गुत्थमगुत्था थे। शर्मा जी को घर जाने में देर हो रही थी। वे ठाकुर साहब पर चढ़ बैठे – 'जब कुत्ता संभलता नहीं है तो पालते क्यों हैं। देखिए आपके कुत्ते ने मेरे कुत्ते को घायल कर दिया।'

ठाकुर साहब गुस्से से बोले – 'जब अच्छी नस्ल का महंगा कुत्ता खरीदने की हैसियत नहीं है तो कुत्ता पालते क्यों हो।'

अब दोनों में तू–तू मैं–मैं हो रही थी। कुत्ते शांत भाव से दोनों को आदमियों जैसे देख रहे थे कि दोनों आदमी कुत्तों जैसे क्यों लड़ रहे हैं।

50

असहज

एक अति सुंदर महिला ने विमान में प्रवेश किया और अपनी सीट की तलाश में नज़रें घुमाईं। उसने देखा कि उसकी सीट एक ऐसे व्यक्ति के पास है जिसके दोनों हाथ नहीं हैं। महिला को उस अपाहिज व्यक्ति के बगल में बैठने में झिझक हुई।

उस 'सुंदर' महिला ने एयरहोस्टेस से कहा, 'मैं इस सीट पर सुविधापूर्वक यात्रा नहीं कर पाऊँगी, क्योंकि साथ वाली सीट पर जो व्यक्ति बैठा है, उसके दोनों हाथ नहीं हैं।'

उस सुन्दर महिला ने एयरहोस्टेस से सीट बदलने हेतु आग्रह किया।

दिखने में पढ़ी लिखी और विनम्र प्रतीत होने वाली महिला की यह बात सुनकर एयरहोस्टेस अचंभित हो गई। महिला ने एक बार फिर एयरहोस्टेस से ज़ोर देकर कहा, 'मैं उस सीट पर नहीं बैठ सकती। अतः मुझे कोई दूसरी सीट दे दी जाए।'

एयरहोस्टेस ने खाली सीट की तलाश में चारों ओर नजर घुमाई, पर कोई भी सीट खाली नहीं दिखी। एयरहोस्टेस ने महिला से कहा, 'मैडम इस इकोनोमी क्लास में कोई सीट खाली नहीं है, किन्तु यात्रियों की सुविधा का ध्यान रखना हमारा दायित्व है। अतः मैं विमान के कप्तान से बात करती हूँ। कृपया तब तक थोड़ा धैर्य रखें।' ऐसा कहकर होस्टेस कप्तान से बात करने चली गई।

कुछ समय बाद लोटने पर उसने महिला को बताया, 'मैडम! आपको जो असुविधा हुई, उसके लिए बहुत खेद है। इस पूरे विमान में, केवल एक सीट खाली है और वह बिज़नेस क्लास में है। मैंने हमारी टीम से बात की और हमने एक असाधारण निर्णय लिया। एक यात्री को इकोनॉमी क्लास से प्रथम श्रेणी में भेजने का कार्य हमारी कंपनी के इतिहास में पहली बार हो रहा है।'

'सुंदर' महिला अत्यंत प्रसन्न हो गई, किन्तु इसके पहले कि वह अपनी प्रतिक्रिया व्यक्त करती और एक शब्द भी बोल पाती – एयरहोस्टेस दोनों हाथ विहीन व्यक्ति की ओर बढ़ गई और विनम्रता पूर्वक उनसे पूछा, 'सर, क्या आप प्रथम श्रेणी में जा सकेंगे...? क्योंकि हम नहीं चाहते कि आप एक असुविधाजनक यात्रा कर के परेशान हों।'

यह बात सुनकर सभी यात्रियों ने ताली बजाकर इस निर्णय का स्वागत किया। वह अति सुन्दर महिला अब शर्म से नजरें ही नहीं उठा पा रही थी।

तब उस अपाहिज व्यक्ति ने खड़े होकर कहा– 'मैं एक भूतपूर्व सैनिक हूँ। और मैंने एक ऑपरेशन के दौरान कश्मीर सीमा पर हुए बम विस्फोट में अपने दोनों हाथ खोये थे। सबसे पहले, जब मैंने इन देवी जी की चर्चा सुनी, तब मैं सोच रहा था कि मैंने भी किन लोगों की सुरक्षा के लिए अपनी जान जोख़िम में डाली और अपने हाथ खोये? लेकिन जब आप सभी की प्रतिक्रिया देखी तो अब अपने आप पर गर्व हो रहा है कि मैंने अपने देश और देशवासियों के लिए अपने दोनों हाथ खोये।'

इतना कहकर वह बिज़नेस क्लास में चले गए।

'सुंदर' महिला अपनी सीट पर यूँ हाथ लटकाए ऊँघने लगी, मानो उसके खुद के दोनों हाथ ही न हों।

51

भगवान

मेजर साहब नम आँखों से एकदम शांत भाव से पहाड़ी से उतरते समय तीन महीने पूर्व की घटना के बारे में सोच रहे थे।

जम्मू एवं कश्मीर के कुपवाड़ा सेक्टर में, एक मेजर के नेतृत्व में 15 भारतीय जवानों की एक टुकड़ी हिमालय के चढ़ाई वाले रास्ते पर थी। उन्हें अगले तीन महीनों के लिए वहाँ तैनात दूसरी टुकड़ी की जगह लेनी थी। दुर्गम रास्ता, कड़ाके की ठंड और बर्फबारी ने चढ़ाई को और भी कठिन बना दिया था।

बेतहाशा ठंड में मेजर ने सोचा कि अगर एक कप चाय मिल जाती, तो आगे बढ़ने की ताकत आ जाती। लेकिन रात हो चली थी और आसपास कोई बस्ती भी नहीं थी। लगभग एक घंटे की कठिन चढ़ाई के बाद उन्हें एक जर्जर झोपड़ी में चाय की एक दुकान दिखाई दी, लेकिन अफ़सोस – उस पर ताला लगा था। भूख और थकान से बेहाल जवानों के आग्रह पर मेजर साहब ने दुकान का ताला तोड़ने की अनुमति दे दी।

खैर, ताला तोड़ा गया तो भीतर उन्हें चाय बनाने का सारा सामान मिल गया। जवानों ने चाय बनाई, वहाँ रखे बिस्किट आदि खाकर राहत महसूस की। थकान से उबरने के बाद सभी आगे बढ़ने की तैयारी करने लगे, लेकिन मेजर साहब को यूँ चोरों की तरह दुकान का ताला तोड़ने की आत्मग्लानि हो रही थी। उन्होंने अपने पर्स से दो हज़ार रुपये का एक नोट निकाला और उसे चीनी के डब्बे के नीचे दबाकर रख दिया।

दुकान का शटर ठीक से बंद करवाकर वे आगे बढ़ गए। इस छोटे से कर्म से मेजर की आत्मग्लानि कुछ हद तक कम हो गई। टुकड़ी अपने गंतव्य की ओर बढ़ चली। वहाँ पहले से तैनात टुकड़ी उनका इंतज़ार कर रही थी। नवागंतुक टुकड़ी ने अगले तीन महीनों के लिए मोर्चा संभाला और पूरी मुस्तैदी से अपनी ड्यूटी पर तैनात हो गई।

तीन महीने की समाप्ति पर, टुकड़ी के सभी 15 जवान उसी मेजर के नेतृत्व में उसी रास्ते से सकुशल वापस लौट रहे थे। रास्ते में जब उन्होंने उसी चाय की दुकान को खुला देखा, तो विश्राम के लिए वहीं रुक गए। दुकान का मालिक एक कश्मीरी मुस्लिम बूढ़ा चायवाला था। उसकी खिचड़ी दाढ़ी और चेहरे की झुर्रियों उसकी हालत साफ़ बयां कर रही थीं। एक साथ इतने ग्राहकों को देखकर वह खुश हो गया और तुरंत उनके लिए चाय बनाने लगा। समोवर में चाय भरकर वह उन्हें पिलाने लगा।

चाय की चुस्कियों और बिस्कुटों के बीच मेजर बूढ़े चायवाले से उसके जीवन के अनुभव, ख़ासतौर पर इतने बीहड़ इलाके में दुकान चलाने के बारे में, पूछने लगे। बूढ़ा उन्हें कई कहानियाँ सुनाता रहा और साथ ही भगवान का शुक्र अदा करता रहा।

तभी एक जवान बोला, 'बाबा, आप भगवान को इतना मानते हैं – अगर भगवान सच में होता, तो फिर उसने आपको इतने बुरे हाल में क्यों रखा हुआ है?'

बाबा बोले, 'नहीं साहब, ऐसा नहीं कहते भगवान के बारे में। भगवान तो है... और सच में है... मैंने खुद अनुभव किया है।'

आख़िरी वाक्य सुनकर सभी जवान कौतूहल से बूढ़े की ओर देखने लगे।

बूढ़ा बोला, 'साहब, मैं बहुत मुसीबत में था। एक दिन मेरे इकलौते बेटे को आतंकवादियों ने मुखबिरी के संदेह में पकड़ लिया। उन्होंने उसे बहुत मारा–पीटा, लेकिन उसके पास कोई जानकारी नहीं थी, इसलिए उसे पीटकर छोड़ दिया।'

'मैं दुकान बंद करके उसे अस्पताल ले गया। मैं बहुत तंगी में था, साहब, और आतंकवादियों के डर से किसी ने उधार भी नहीं दिया। मेरे पास

दवाइयों के पैसे तक नहीं थे और मुझे कोई उम्मीद नज़र नहीं आ रही थी। उस रात, साहब, मैं बहुत रोया और मैंने भगवान से प्रार्थना की – मदद माँगी। और साहब – उस रात भगवान खुद मेरी दुकान में आए। मैं सुबह जब अपनी दुकान पर पहुँचा तो ताला टूटा देखकर मुझे लगा कि मेरे पास जो थोड़ा–बहुत था, वह भी लुट गया होगा। मैं दुकान में घुसा तो देखा – चीनी के डिब्बे के नीचे दो हज़ार रुपये का एक नोट रखा था – भगवान ने मेरे लिए रखा था।

साहब, उस दिन उस दो हज़ार के नोट की जो कीमत थी, वह मैं शायद कभी बयान नहीं कर सकता... लेकिन भगवान हैं, साहब... भगवान तो हैं।'

बूढ़ा फिर अपने आप में बड़बड़ाने लगा।

भगवान के होने का आत्मविश्वास उसकी आँखों में साफ़ चमक रहा था। यह सुनकर वहाँ सन्नाटा छा गया। पंद्रह जोड़ी आँखें मेजर की ओर देखने लगीं – जिनकी आँखों में उन्हें साफ़ आदेश दिखाई दे रहा था : 'चुप रहो।'

मेजर साहब उठे, चाय का बिल अदा किया और बूढ़े चायवाले को गले लगाते हुए बोले,

'हाँ बाबा, मैं मानता हूँ कि भगवान है... और तुम्हारी चाय भी शानदार थी।'

उस दिन, उन पंद्रह जोड़ी आँखों ने पहली बार मेजर की आँखों में नमी देखी।

52

वित्तीय बुद्धिमानी

एक वित्तीय विशेषज्ञ घनश्याम जी ने गौतम साहब से मकान ख़रीदा। तब उन्होंने गौतम साहब से पूछा, 'अब तो आपने यह मकान मुझे चवालीस लाख रुपये में बेच दिया। यह बताइए, आपने इसे दस साल पहले कितने में ख़रीदा था?'

गौतम – 'तीस लाख रुपयों में।'

घनश्याम – 'क़र्ज़ लेकर या गिरह की पूँजी लगाकर।'

गौतम – 'बीस लाख कर्ज लिया दस लाख ख़ुद के लगाये थे।'

घनश्याम – 'ब्याज सहित बैंक को कितना चुकाया।'

गौतम – 'तैंतीस लाख रुपये।'

घनश्याम – 'याने आज की तारीख़ में यह मकान आपको तिरालीस लाख का पड़ा। याने सिर्फ़ एक लाख का नफ़ा लेकर आपने बेचा।'

गौतम – 'इस तरह कभी सोचा ही नहीं। हम तो सोच रहे थे। तैंतीस लाख में ख़रीदा और तिरालीस लाख में बेचा यानि दस लाख का फ़ायदा हो रहा है।'

घनश्याम – 'अब सुनिए, आपने पैसे का मूल्य तो समझा लेकिन समय का मूल्य नहीं समझा। आपने जो दस लाख गिरह के लगाये थे, महंगाई बढ़ने से उनकी क़ीमत आज मात्र तीन लाख रह गई है।'

गौतम – अरे बाप रे, वह कैसे ?

घनश्याम – 'महंगाई बढ़ने की दर सात प्रतिशत प्रतिवर्ष है। दस लाख पर सात प्रतिशत हुआ सत्तर हज़ार और दस साल में सात लाख। यानि आपके दस लाख में से सात लाख कम हो गये। बचे तीन लाख। आपने सात लाख गवां दिये। तेरह लाख बैंक को ब्याज दिया। इस तरह आप बीस लाख गवां दिये।'

गौतम – 'तो फिर कमाए किसने?'

घनश्याम – 'बिल्डर और बैंक ने। बिल्डर ने माटी के मोल ख़रीदी ज़मीन का टुकड़ा लाखों में आपको दिया। उसने भवन बनाने में भी कमा लिया और अब रखरखाव के नाम पर हर साल कमाएगा। बैंक ने आपसे ब्याज और ख़र्चे के तेरह लाख झटक लिए। आप लोग सिर्फ़ दूसरों के लिये कमाते हैं। इसको वित्तीय बुद्धिमानी नहीं कहते।'

गौतम – 'फिर वित्तीय बुद्धिमानी क्या कहलाती है।'

घनश्याम – 'हमने म्यूचूअल फण्ड में एक लाख रुपया सालाना लगाया। दस साल में दस लाख दिये। जो बढ़कर पचास लाख हो गये। चवालीस लाख से यह मकान ख़रीदा। छ: लाख में फर्निश कर लूँगा। मुझे मकान दस लाख में पड़ा।

गौतम – 'आपका मतलब है कि वित्तीय लक्ष्य म्यूचुअल फण्ड से साधे जा सकते हैं।'

घनश्याम – 'यही वित्तीय बुद्धिमानी है।'

53

लालच पर क़ाबू

पवन रकम निकलवाने बैंक गया। जैसे ही कैशियर ने भुगतान किया, उसने चुपचाप पैसे बैग में रखे और चल पड़ा। उसने एक लाख चालीस हज़ार रुपये निकलवाए थे।

उसे पता था कि कैशियर ने गलती से एक लाख साठ हज़ार रुपये उसे दे दिए हैं, लेकिन उसने यह आभास कराते हुए कि उसने नोट गिने ही नहीं, और कैशियर की ईमानदारी पर उसे पूरा भरोसा है – चुपचाप पैसे रख लिए।

इसमें उसका कोई दोष था या नहीं, लेकिन रक़म बैग में रखते ही 20,000 अतिरिक्त रुपयों को लेकर उसके मन में उधेड़–बुन शुरू हो गई। एक बार उसके मन में आया कि अतिरिक्त रक़म वापस लौटा दे, लेकिन दूसरे ही पल उसने सोचा, जब मैं ग़लती से किसी को अधिक पेमेंट कर देता हूँ, तो मुझे कौन लौटाने आता है?

बार–बार मन में आया कि पैसे लौटा दे, लेकिन हर बार दिमाग पैसे न लौटाने का कोई न कोई बहाना या वजह दे देता। लेकिन इंसान के अंदर सिर्फ़ दिमाग ही तो नहीं होता – दिल और अंतरात्मा भी तो होती है। रह–रह कर उसके भीतर से आवाज़ आ रही थी – 'तुम किसी की ग़लती से फ़ायदा उठाने से नहीं चूकते, और ऊपर से बेईमान न होने का ढोंग भी करते हो। क्या यही ईमानदारी है?'

उसकी बेचैनी बढ़ती जा रही थी। अचानक ही उसने बैग में से बीस हज़ार रुपए निकाले, जेब में डाले और बैंक की ओर चल दिया। अब उसकी बेचैनी और तनाव कम होने लगा था। वह हल्का और स्वस्थ महसूस कर रहा था। वह कोई बीमार थोड़े ही था, लेकिन उसे लग रहा था जैसे किसी बीमारी से मुक्ति मिल गई हो। उसके चेहरे पर किसी जंग को जीतने जैसी प्रसन्नता व्याप्त थी।

रुपए पाकर कैशियर ने चैन की सांस ली। उसने कस्टमर को अपनी जेब से हज़ार रुपए का एक नोट निकालकर उसे देते हुए कहा, 'भाई साहब आपका बहुत–बहुत आभार, आज मेरी तरफ से बच्चों के लिए मिठाई ले जाना। प्लीज़ मना मत करना।'

'भाई आभारी तो मैं हूँ आपका और आज मिठाई भी मैं ही आप सबको खिलाऊँगा' पवन बोला।

कैशियर ने पूछा, 'भाई आप किस बात का आभार प्रकट कर रहे हो और किस ख़ुशी में मिठाई खिला रहे हो?'

पवन ने जवाब दिया, 'आभार इस बात का कि बीस हज़ार के चक्कर ने मुझे आत्म–मूल्यांकन का अवसर प्रदान किया। आपसे ये ग़लती न होती तो न तो मैं द्वन्द में फँसता और न ही उससे निकल कर अपनी लोभवृत्ति पर क़ाबू पाता। यह बहुत मुश्किल काम था। घंटों के द्वन्द के बाद ही मैं जीत पाया। इस दुर्लभ अवसर के लिए आपका आभार।'

54

ग्राहक सेवा

आजकल बैंक में 'सिंगल विंडो काउंटर' पर सभी सेवाएँ प्रदान की जाती हैं। काउंटर पर बहुत लंबी क़तार थी। तपती लू के दिनों में एक वृद्ध पेंशन लेने के लिए बैंक पहुँचा। तक़रीबन एक घंटे के इंतज़ार के बाद बुज़ुर्ग का नंबर आया। वह बैंककर्मी से आग्रहपूर्वक बोला –

'साहब, पेंशन आ गई है क्या?'

कर्मचारी कुछ देर कंप्यूटर पर देखता रहा। दूसरी ओर से कोई जवाब नहीं मिला। देर होने लगी।

कतार में लगे लोगों ने वृद्ध को पीछे धकेलते हुए कहा – 'बाबा, हम यहाँ आधे घंटे से खड़े हैं। चलो सबसे पीछे, अपना नंबर आने पर बात करना!'

वह फिर से क़तार में लग गया। तकरीबन एक घंटे बाद, जब वह वृद्ध खिड़की तक पहुँचा ही था कि बैंककर्मी को मैनेजर साहब ने किसी जरूरी काम से अपने केबिन में बुलवा लिया। वापस आकर उस पाषाण मूर्ति जैसे कर्मचारी ने कहा – 'ओह! आज कितनी ज़्यादा गर्मी है। राम सिंह, ज़रा ए.सी. चालू करो।'

और इधर कतार में लगा बूढ़ा कुछ कहने ही वाला था कि उस कर्मचारी ने लंच टाइम का बोर्ड लगाकर फुर्ती से काउंटर बंद कर दिया। वृद्ध मायूस हो गया। आज यह उसका तीसरा दिन था।

वह बूढ़ा धैर्य खोकर उस टेबल में पहुँचा जिसके ऊपर सुनहरी पट्टिका पर सुंदर अक्षरों में लिखा था – "क्या मैं आपकी सहायता नहीं कर सकता हूँ?"

वहाँ कोई व्यक्ति नहीं था। यह वाक्य प्लास्टिक की प्लेट पर प्लास्टिक के स्टीकर से बने शब्दों को चिपकाकर बनाया गया था। लाचार बूढ़ा निराश होकर लौटने लगा तो टंगी पट्टिका उसके हाथों की ठोकर से नीचे गिर पड़ी।

इसके साथ ही उस पर चिपके शब्द भी निकलकर नीचे, चमचमाते चिकने फ़र्श पर गिर गए।

उस अनपढ़ बूढ़े ने वह पट्टिका और गिरे हुए शब्दों को उठाया और पट्टिका पर खाली जगह देखकर उन्हें फिर से चिपका दिया। 'क्या' शब्द टूटकर बिखर गया था।

पट्टिका पर अब एक नया वाक्य बन चुका था –

"मैं आपकी सहायता नहीं कर सकता हूँ?"

वह जब उसे यथास्थान रखने लगा तब कर्मचारी बोला– 'बाबा, एक सहायता करो, इसे भी कचरे के डब्बे में डाल दो, लोग बेवजह परेशान करते हैं।'

एसी बहुत तेज़ी से ठंडी हवा फेंकने लगा था। बूढ़ा आदमी ठंड से काँपने लगा। उसका दम घुटने लगा। वह फौरन बैंक से बाहर निकल गया। उसने तन झुलसाने वाली गर्मी में राहत की साँस ली।

55

बँटवारा

सोहन लाल सपना देख रहा था कि उसकी मृत्यु हो गई है। उसका शव बैठक में रखा है, और उसके तीन कमाऊ बेटों तथा उनके रिश्तेदारों में उसकी धन–संपत्ति बाँटने की कवायद शुरू हो गई है।

इस बात को लेकर झिक–झिक हो रही है कि जब तक संपत्ति का बँटवारा नहीं हो जाता, तब तक अंत्येष्टि न की जाए – और यह भी कि इस अंत्येष्टि का खर्च कौन उठाएगा।

रिश्तेदारों के भी रिश्तेदार आ गए हैं। उनमें खुसर–पुसर हो रही है।

कुछ लोग बैठक से उठकर बाहर जाते हैं, बाहर सलाह करके फिर लौटकर बैठ जाते हैं।

सब एक–दूसरे का मुँह देखे जा रहे हैं। पिछले तीन घंटों से यही कुछ चल रहा है।

तभी सोहन लाल ने देखा कि उसके घर के सामने अचानक शव–वाहन आकर रुका।

उसमें से अंत्येष्टि का सामान लेकर उसका वही दोस्त उतरा, जो रोज़ सुबह उसके साथ सैर पर जाया करता था। जैसे ही वह बैठक में पहुँचा, सोहन लाल के बेटों और रिश्तेदारों के चेहरे उतर गए।

इसके पहले कि शव को ठठरी पर बाँधा जाता – मेरी नींद खुल गई।

सोहन लाल ने हाथ–पैर झटक कर देखे – खुले हुए थे। उसने राहत की साँस ली। उसने गरम पानी पिया, चाय बना ही रहा था कि बाहर से उसी दोस्त की आवाज़ आई। दोनों चाय पीकर घूमने निकल गए। सोहन लाल ने रास्ते में उसे सपना सुनाया। पार्क में टहलते–टहलते ही उसने वकील को फ़ोन किया – कि वे आज शाम वसीयत बनवाने उसके घर आ रहे हैं।

56

घुटन

'हेलो... हेलो... हेलो... हसीन दिलरुबा रिधिमा...!'

'हेलो... मैं आपका आशिक़ नम्बर एक बोल रहा हूँ। कहाँ मिलेंगी, जानेमन? आपसे मिलने के लिए तड़प रहा हूँ।'

'हेलो... आप चिंता न करें, जो आपका रेट होगा, उससे दूना दूँगा। हेलो... आप जवाब क्यों नहीं दे रहीं?'

टुं.. टुं.. टुक... कट गया!

'हेलो... जानेमन रिधिमा...!'

'हेलो... मैं जान सकता हूँ, आप कहाँ मिलेंगी? एक घंटे का क्या रेट है? पूरे दिन साथ गुज़ारने का क्या लेंगी?'

'हेलो... अरे, बोलती क्यों नहीं? ज़्यादा माल चाहिए क्या? हेलो... कुछ तो बोलो...?'

रिधिमा सुबह से बहुत परेशान थी। उसे समझ नहीं आ रहा था कि यह सब क्या हो रहा है।

वह घुटन महसूस कर रही थी।

फिर उसके मोबाइल की रिंग बजी...

इसके पहले कि सामने वाला कुछ बोले, वह फट पड़ी – 'तुम कौन हो, बदमाश... लुच्चे... लफ़ंगे! मैं अभी तुम्हारा नम्बर पुलिस को देती हूँ।

डंडे पड़ेंगे तो ठीक हो जाओगे! तुम्हारी माँ–बहन नहीं है क्या? निर्लज्ज कहीं के...!'

दूसरी तरफ़ से संयत आवाज़ आई–

'हेलो, रिधिमा जी?'

रिधिमा बोली–

'जी हाँ, लेकिन आप कौन? और आपको मेरा ये नंबर कहाँ से मिला?'

'मैं शाश्वत त्रिवेदी बोल रहा हूँ, अभी ट्रेन में हूँ। मैंने ट्रेन के बाथरूम के दरवाज़े के पीछे आपका नाम और नम्बर लिखा देखा। इसलिए कॉल लगाया। क्या आप रिधिमा जी ही बोल रही हैं?'

'जी...'

'दरअसल, ट्रेन में किसी ने आपका नंबर–आपके नाम सहित–बाथरूम के दरवाज़े के पीछे लिख दिया है। शायद आपका कोई दुश्मन या कोई जान–पहचान वाला ग़लत आदमी होगा। जो भी हो, मुझे आपसे बस यह कहना है कि हो सके तो यह नम्बर बदलवा लीजिए।'

रिधिमा बोली – 'सर, आप जो भी हैं, भले हैं, मैंने गुस्से में आपको न जाने क्या–क्या कह दिया। क्षमा कीजिए। मुझे तो यह भी नहीं पता किस ट्रेन की किस बोगी के किस बाथरूम में मेरा नाम और नम्बर लिखा है। फिर बोगियाँ भी बदलती रहती हैं।'

त्रिवेदी जी बोले – 'वैसे अब तक जितने कॉल्स आ गए, आ गए... अब किसी का नहीं आएगा क्योंकि आपका नाम और नंबर मैंने मिटा दिया है। लेकिन किसी बदमाश ने आपका यह नंबर सेव किया होगा। वह आपको परेशान करेगा।'

रिधिमा– 'यह सुकून की बात है कि अधिकांश बुरे लोगों के बीच कुछ आप जैसे अच्छे लोग भी होते हैं। जो इस विषाक्त वातावरण में इज़्ज़त से जीने की उम्मीद जगाते हैं। मुझे माफ़ करिएगा।'

'रिधिमा जी अब मैं फ़ोन रखता हूँ, अपना ख्याल रखिएगा।'

57

छोटी माँ

एक गर्भवती स्त्री ने अपने पति से पूछा –

'आपको क्या चाहिए–लड़का या लड़की?'

पति – 'अगर लड़का हुआ, तो मैं उसे गणित पढ़ाऊँगा, तितलियों के साथ खेलना और पतंग उड़ाना सिखाऊँगा।'

पत्नी – 'और अगर लड़की हुई तो...?'

पति – 'अगर हमारी लड़की हुई तो, मुझे उसे कुछ सिखाने की ज़रूरत नहीं होगी।'

पत्नी – 'क्यों? उसे कुछ नहीं सिखाएँगे?'

पति – 'वह सब कुछ मुझे दोबारा सिखाएगी–क्या पहनना है, कैसे खाना है, क्या कहना है और क्या नहीं कहना है। एक तरह से वो मेरी छोटी माँ होगी।'

पत्नी – 'आपके कहने का मतलब है कि आपकी बेटी जो करेगी, वो आपका बेटा नहीं करेगा?'

पति – 'करेगा... लेकिन उसे सिखाना पड़ेगा। परंतु बेटी–इन गुणों के साथ पैदा होती है। किसी बेटी का पिता होना गर्व की बात है।'

पत्नी – 'पर बेटियाँ पराई होती हैं... वो हमेशा हमारे साथ नहीं रहेंगी?'

पति – 'हाँ, पर हम हमेशा उसके दिल में रहेंगे। इससे कोई फ़र्क नहीं पड़ेगा कि वो कहाँ जाए...

बेटियाँ पराई नहीं होतीं, परी होती हैं, जो बिना शर्त प्यार और देखभाल के लिए जन्म लेती हैं।

बेटियाँ सबके मुक़द्दर में कहाँ होती हैं... जो घर भगवान को पसंद हो, वहीं पैदा होती हैं बेटियाँ।'

58

ख़ुदा क़सम

इब्राहिम ख़ाँ बैंक में कुछ काम से आए थे। अचानक शहर में दंगे भड़क उठे। उन्होंने बाहर झाँककर देखा–भगवा झंडा लहराती भीड़ दुकानों में आग लगा रही थी। जो भी विरोधी संप्रदाय का दिखता, उसे मौत के घाट उतार रही थी।

बैंक के गार्ड ने ग्रिल का गेट बंद करके ताला लगा दिया। भीड़ ने इब्राहिम ख़ाँ को देख लिया और दरवाज़ा खोलकर उसे भीड़ के हवाले करने की माँग करने लगी।

बैंक मैनेजर गोकुल सोनी ने गेट पर हल्ला सुनकर मुख्य दरवाज़ा बंद करवा दिया और इब्राहिम ख़ाँ को अपनी केबिन में ले जाकर बैठा दिया। हिंसक भीड़ दरवाज़ा तोड़कर इब्राहिम ख़ाँ को हवाले करने पर आमादा थी।

इब्राहिम ख़ाँ डर के मारे थरथर काँपते हुए मैनेजर से बोले – 'साहब, मुझे मत मारिए... मैं अभी मरना नहीं चाहता। मैं जानता हूँ, आप काफ़िर लोग मुझे मार डालेंगे।'

मैनेजर बोले – 'आप निश्चिंत रहें। हमें सिखाया गया है –

"दया धर्म का मूल है, पाप मूल अभिमान।
तुलसी दया न छोड़िए, जब तक घट में प्राण।"

आपका बाल भी बाँका नहीं होगा। हमारे जीवित रहते आपको खरोंच भी नहीं आने देंगे।'

शाम को बस्ती में पुलिस का गश्ती दल आ गया। पुलिस की गाड़ी ने बैंक का दरवाज़ा खुलवाकर हालचाल पूछा। तब मैनेजर ने पुलिस अधिकारी से निवेदन किया कि इब्राहिम ख़ाँ को पुलिस की सुरक्षा में उनके घर पहुँचा दें।

इब्राहिम ख़ाँ आँखों में आँसू भरकर मैनेजर साहब से बोले – 'साहब, हमारे धर्म में किसी के पाँव पड़ना सही नहीं माना जाता, लेकिन आपके पैर पड़कर मैं कहता हूँ कि आपने मेरी जान बचाकर मेरे परिवार और बच्चों पर बड़ा भारी एहसान किया है।'

मैनेजर साहब ने उन्हें बीच में ही पकड़कर गले से लगा लिया। इब्राहिम ख़ाँ पुलिस गाड़ी की तरफ़ जाते हुए पलटे और बोले – 'साहब, एक बात कहूँ?'

मैनेजर – 'हाँ, कहिए।'

इब्राहिम ख़ाँ – 'ख़ुदा क़सम, मेरी तरह आप अगर हमारे इलाक़े में फँस जाते, तो हम लोगों द्वारा काट दिए जाते। हमारे यहाँ काफ़िरों पर रहम करना हराम माना जाता है। उल्टा उन्हें मारने पर सबाब (पुण्य) हासिल होता है।'

इब्राहिम ख़ाँ की ये बात सुनकर मैनेजर साहब की रूह काँप गई।

59

तीजा व्रत

सोमेश रात को दस बजे घर की बैठक के सोफ़े में घुसा किताब पढ़ रहा था। वह किताब में डूबा, आनंद से प्रफुल्लित दिख रहा था। उसकी पत्नी राधिका की हथेलियों पर सहेली कामिनी मेहंदी के बेलबूटे बना रही थी। दोनों मेहंदी लगी हथेलियों को बार–बार उलट–पलट कर देख खुश हो रही थीं। कामिनी मेहंदी लगाकर चली गई।

राधिका बाँकी चाल से सोमेश के पास पहुँचकर बोली – 'देखो, तुम्हारे लिए कितनी सुंदर मेहंदी लगाई है। अब देखना है कैसी रचती है। कहते हैं, जिसका पति अपनी प्यारी को जितना चाहता है, मेहंदी का रंग उसकी दुलारी के हाथों पर उतना ही गाढ़ा, चटक खिलता है।'

थोड़ी देर रुककर बोली – 'अरे यार सोमू, सुनो ज़रा, ये साड़ी का पल्लू खिसक रहा है। मेरी मेहंदी ख़राब कर देगा। ज़रा इसे कमर में खोंस दो न, यार।'

सोमेश अपनी किताब पकड़े राधिका की कमर में पल्लू खोंस रहा था, तभी राधिका बोली – 'अच्छा सोमू यार, कल भी काम वाली बाई नहीं आएगी–उसका भी तीजा व्रत है। मेरे हाथ में मेहंदी लगी है। मेरे प्यार की ख़ातिर किचन में डिनर के बाद निकले बीस–पच्चीस बर्तन पड़े हैं। तुम किताब रखकर ज़रा उन्हें देख लेना। तुम्हारे प्यार की ख़ातिर सारी रात मेहंदी लगाकर रखनी पड़ेगी। तभी बारीक बेलबूटे खिलकर उभरेंगे।'

उसके बाद शाम को सोमेश राधिका को शीला के घर छोड़ आया। उस रात राधिका को वहीं रुकना था। लौटकर बैठक में किताब लेकर पढ़ने बैठा तो समय का पता ही न चला–रात के बारह बज गए। किचन में पानी लेने गया, तब उसे बर्तन दिखे। वह किचन समेटकर दो बजे के क़रीब बिस्तर पर पहुँचा और नींद की गोद में समा गया।

दूसरे दिन रतजगा के बाद राधिका घर लौट कर बोली – 'आज तीजा पूजन में शीला नई साड़ी, बालों में मोंगरा, सुर्ख़ चूड़ियों से भरी कलाइयाँ और हथेलियों में मेहंदी रचा कर दमक रही थी। बाई गॉड उसका चेहरा कितना दमक रहा था।'

सोमेश – 'तुम भी तो बड़ी सुंदर दिख रही हो। उपवास से चेहरे का नूर निखर आया है।'

राधिका – 'क्या ख़ाक सुंदर दिख रही हूँ, तुम ऐसे नासमझ हो कि तुमसे पतली कोन की मेहंदी लाने को कहा था, पता नहीं क्या उठा लाए। हमेशा आफिस के व्हाटसएप ग्रुप के चक्कर में खोए रहते हो। हे भगवान, कैसों से पाला पड़ा है। अब आओ भी इधर, तुम्हारे पैर पड़ लूँ। सोमू, मैं पूरी रात तुम्हारे लिए जागी हूँ, सोने जा रही हूँ। नाश्ता बन जाए तो मुझे प्यार से उठा लेना। वैसे नाश्ते में क्या बना रहे हो। हाँ, तुम्हारे हाथ की पनीर सैंडविच बड़ी टेस्टी बनती है।'

सोमेश जब तक फ्रिज से पनीर निकाल कर आया, तब तक राधिका गहरी नींद में समा चुकी थी। उपवास के बाद नींद खूब गाढ़ी लगी। चार बजे जागी तब नाश्ता के साथ लंच का भी समय हो चुका था। राधिका लंच पर हाथ साफ़ करते हुए बोली – 'इस बार का तीजा व्रत बहुत अच्छा रहा, तुम कितने अच्छे हो सोमू।'

60

तलाक़

अदालत में तलाक़ के मुक़दमे में सुनवाई के दौरान जज साहब बोले – 'पता नहीं, आजकल की पीढ़ी को संस्कारों से कोई लेना–देना है कि नहीं। जिसे देखो, वो तलाक़ की अर्ज़ी लेकर कोर्ट आ धमकते हैं। परंपरा नष्ट होने से समाज में बिखराव आ रहा है।' उन्होंने तलाक़ का आवेदन लगाने वाली लड़की से पूछा – 'तुम्हारी अभी उम्र ही क्या है, दिखती तो पढ़ी–लिखी हो। तुम्हें कोई समझ है कि नहीं, तलाक़ लेने आ पहुँची हो। क्या अपने पति के साथ ज़िंदगी नहीं गुज़ार सकती?'

पढ़ी–लिखी महिला समाजशास्त्र की लेक्चरर थी। उसने कहा, जज साहब, शादियाँ हमारे द्वारा परंपरा को नकारने से नहीं, बल्कि इसलिए टूट रही हैं क्योंकि पढ़ी–लिखी लड़कियाँ –

- पति की मार खाने से मना कर रही हैं,
- पति के बाहर वाली औरत से रिश्ते को बर्दाश्त नहीं कर रही हैं,
- रोज़ मायके से भर–भर कर सामान, ज्वेलरी, पैसे लाने की बजाय पुलिस स्टेशन जा रही हैं,
- बच्चे गोद में थामे मायके बैठकर वर्षों इंतज़ार करने की बजाय खर्चा माँगने कोर्ट चली आती हैं,

- कम पैसे में काम चलाना चुन रही हैं,
- पति की अय्याशियों और मनमर्ज़ियों के बदले मिलने वाले 'कम्फर्ट ज़ोन' से बाहर आ रही हैं,
- सुबह माँ, दिन में बहन और रात में वेश्या के रोल में फिट नहीं हो रही हैं। बल्कि एक इंसान बनकर बराबरी की इज़्ज़त, प्यार, सम्मान, हक़ और देह–सुख की माँग कर रही हैं।

'यदि मेरी बातें उचित लगें तो ठीक है, वरना पढ़ी–लिखी लड़कियाँ धीरे–धीरे समझा ही देंगी कि समाज के नासूर को कैसे ठीक किया जाता है।'

61

अकड़

कालिन्दी को ऑफिस जाने में देर हो रही थी। उसने अलमारी से गुलाबी रंग की लेगी निकाली और जल्दी से पहन ली। फिर गाउन उतारकर अलमारी में मिलता–जुलता टॉप ढूँढने लगी। कामेश्वर कुर्सी पर बैठा उसे देख रहा था। जब कालिन्दी ने टॉप पहनने के लिए दोनों हाथ ऊपर उठाए, तो उसके सुडौल उरोजों से उतरती उसकी घेरदार कटि उसके गोलाकार नितंबों पर आकर ठहर गई। उसकी देह का अतीव सौंदर्य देखकर कामेश्वर आसक्त होने लगा। उसने कालिन्दी को बाहों में लेना चाहा, लेकिन इसके पहले कि वह कुर्सी से उठ पाता, कालिन्दी कमरे से बाहर निकल चुकी थी।

कालिन्दी अपने बाल समेटकर जुड़ा बनाते हुए बोली – 'कामू, मेरा टिफ़िन और पानी की बोतल बैग में रखकर मुझे जल्दी से दे दो।'

कामेश्वर ने उसका टिफ़िन लगाया और पानी की बोतल भरकर बैग में रखने लगा। कालिन्दी ने उसके हाथ से टिफ़िन लेकर देखा तो सब्ज़ी वाले टिफ़िन से तरी बाहर बहकर बैग में लग चुकी थी। कालिन्दी गुस्से में बोली – 'यार, तुम्हें टिफ़िन लगाना तक नहीं आता! टिफ़िन तो मेरी मम्मी लगाती थी।'

कामेश्वर – 'तो जाओ, उन्हीं से टिफ़िन लगवाया करो। मुझसे क्यों कहती हो?'

कालिन्दी – 'तुम तो... उफ़... बेकार बात करते हो।'

कामेश्वर – ‘मैं बेकार की बात करता हूँ, तो कोई ढंग की बात करने वाला ढूँढ़ लो।’

कालिन्दी – ‘अब जाते समय क्यों मेरा पारा चढ़ा रहे हो?’

कामेश्वर – ‘तुम्हारा पारा... और मेरा कुछ नहीं? तुम्हें अकड़ किस बात की है? मैं तुमसे ज़्यादा कमाता हूँ, देखने में सुंदर हूँ, तुमसे तो गोरा भी हूँ... फिर किस बात की अकड़ पाल रखी है तुमने?’

कालिन्दी ने उसे एक खा जाने वाली निगाह से देखा और चप्पल पहनकर कार में बैठ चली गई।

वह ऑफिस पहुँच अपनी कुर्सी पर बैठी। बोतल से पानी लिया। राहत की साँस ली और सोचने लगी मुझमें अकड़? किस बात की अकड़? ये सारे मर्द एक जैसे होते हैं। ख़ुद अकड़े रहते हैं और सामने वाले को अकड़ दिखाते हैं। ऊपर से हमें अकड़ू सिद्ध करते हैं।

शाम को वह घर पहुँची। बैठक में बैठी सोच रही थी। तभी कामेश्वर आ गया। दोनों ने एक दूसरे को देखा लेकिन बोला कोई नहीं। कालिन्दी उठकर चाय बना लाई। उसने कामेश्वर को गिलास में पानी दिया। फिर चाय बढ़ाई। चाय का घूँट लेते हुए बोली – ‘मुझ में किस बात की “अकड़” है, जानना चाहते हो।’ वह खड़ी हो गई।

कामेश्वर के कान खड़े हो गये। वह तो सुबह की बात को भूल चुका था। वह भी खड़ा हो गया। कालिन्दी ने उसका हाथ पकड़ा और बोली – ‘मुझे मेरे कामू की अकड़ है। देखो तो कितने जवाँमर्द हैं। चौड़ा सीना और मज़बूत कंधों पर रखे सिर में तेज़ दिमाग़। यार तुम हो ही गर्व करने के काबिल।’

कामेश्वर ने कालिन्दी को सीने से लगा लिया। थोड़ी देर दोनों आलिंगनबद्ध खड़े रहे। कामेश्वर ने कालिन्दी के कान में फुँसफुँसाकर कहा – ‘यार तुम बला की खूबसूरत हो। तुम्हारी सुंदर देहयष्टि देखकर कलेजा मुँह को आने लगता है।’

कालिन्दी के मादक शरीर में तरंग दौड़ गई। दोनों ने एक दूसरे को कस कर भींच लिया। उन्होंने ट्यूबलाइट की दीवार पर पड़ती रोशनी में देखा, वे दो नहीं एक साया थे।

62

मुर्ग़े की खैर

हामिद ने घर की छत से देखा कि उसके अब्बू कंधे पर एक मस्त देशी मुर्ग़ा बिठा कर बाज़ार से घर आ रहे हैं। वह दौड़कर नीचे उतर कर अब्बू से बोला – 'इसे क्यों लाए अब्बू।'

अब्बू – 'अरे मियाँ ईद आने वाली है। हमारी औक़ात बकरा ख़रीदने की नहीं है लेकिन देशी मुर्ग़ा तो हलाल कर ही सकते हैं।'

हामिद – 'अब्बू ईद कब है?'

अब्बू – 'चार दिन बाद है।'

हामिद – 'ठीक है, मैं चार दिन इसके साथ खेलूँगा। मगर चार दिन बाद तो महावीर जयंती भी है, और मुझे स्कूल में अहिंसा–व्रत पर भाषण प्रतियोगिता में भाग लेना है। उसकी तैयारी भी करनी है।'

अब्बू मुर्ग़े की तरफ़ मुख़ातिब होकर बोले – 'पर इसे तो कटना है।'

हामिद ने ज़िद पकड़ ली – 'इसे नहीं काटना, यह बड़ा सुंदर है। मैं इसे बात करना सिखाऊँगा।'

अब्बू – 'ठीक है, तुम इसे सिखाओ, यदि यह सुबह काफ़िरों की तरह बाँग नहीं देगा तो हम इसको नहीं काटेगे।'

हामिद ने मुर्ग़े के साथ खेलते हुए उसे समझाया कि भैया ज़िंदगी के लिए समझौते करने पड़ते हैं। तुम कल से बाँग नहीं देना।

मुर्ग़े ने सिर हिलाकर हामी भरी – 'ठीक है।'

सुबह, जैसे ही मुर्ग़े के बाँग का समय हुआ, अब्बू ने देखा कि मुर्ग़ा बाँग नहीं दे रहा है, लेकिन हमेशा की तरह, अपने पंख फड़फड़ा रहा है।

हामिद भी उठ कर आ गया और बोला – 'देखा अब्बू मुर्ग़े ने बाँग नहीं दी ना, अब तुम उसे नहीं मारना।'

अब्बू – 'मगर यह काफ़िरों की तरह पंख फड़फड़ा रहा था। अगर यह पंख नहीं फड़फड़ायेगा तो नहीं मारूँगा।'

हामिद ने मुर्ग़े के कान में कुछ बात कही, अगली सुबह, मुर्ग़े ने अपने पंख नहीं फड़फड़ाए, लेकिन आदत से मजबूर था, अपनी गर्दन को लंबा किया और उसे ऊपर उठाया।

अब्बू बोले – 'लेकिन इसने काफ़िरों की तरह गर्दन उठाकर हिलाई तो थी। कल से गर्दन भी नहीं हिलनी चाहिए।'

अगले दिन मुर्ग़ा चुपचाप मुर्गी बनकर सहमा रहा और कुछ नहीं किया। तब अब्बू ने शर्त रखी इस मुर्ग़े को अंडे देने होंगे या हलाल होना होगा।

हामिद महावीर जयंती पर भाषण प्रतियोगिता में सम्मिलित होने स्कूल गया था। अब मुर्ग़े को अपनी मौत साफ दिखाई देने लगी और वह बहुत रोया।

हामिद ने घर आकर अब्बू के हाथ में शील्ड देते हुए कहा – 'अब्बू, मुझे पहला इनाम मिला है। मैंने राष्ट्रीय आंदोलन में गांधी जी के अहिंसा के सिद्धांत पर ज़ोरदार भाषण दिया था। राज्य स्तरीय प्रतियोगिता हेतु मेरा चयन हो गया है।'

अब्बू – 'तुमने भाषण में क्या कहा ?'

हामिद – 'इंसानों की तरह सभी प्राणियों में एक ही ब्रह्म का अंश होता है। इसलिए हमें जीव हत्या नहीं करनी चाहिए।'

हामिद के इतना बोलते ही मुर्ग़ा पंख फड़फड़ा गर्दन उठाकर कर ज़ोर–ज़ोर से बाँग देने लगा। हामिद को समझ नहीं आया कि मुर्ग़े को क्या हो गया। उसकी अम्मी अंदर से सब देख रही थी। आँगन में आकर बोली – 'वह तुम्हारी बात पर खुश होकर हाँ में हाँ मिला रहा है।'

अब्बू ने चिढ़कर हाथ में छुरा लेकर मुर्ग़े से पूछा – 'तुझे मौत से डर नहीं लग रहा?'

मुर्ग़े ने सीना तान कर कहा – 'तुम जिस तरह जीने की शर्त दर शर्त तय करते जा रहे हो, उससे तो लड़ते हुए मरना ही बेहतर है। गर्दन उठाकर बाँग देना हमारी पहचान है, पंख ना फड़फड़ाना हमारी अभिव्यक्ति पर कुठाराघात है। मैं जिस घर में था। वहाँ मेरा मालिक रोज़ गीता पढ़ता था। जिसमें कृष्ण अर्जुन से कहते हैं – "जब कोई विकल्प ना हो तब संघर्ष करते हुए आत्म बलिदान देना ही धर्म है।" मरना तो एक दिन सबको ही है। इसलिए मरना ही है तो स्वाभिमान के साथ लड़ते हुए मरेंगे। मैं संघर्ष के लिए तैयार हूँ। अपने अस्तित्व, अपनी अस्मिता की रक्षा के लिए संघर्ष करना पड़े तो पीछे नहीं हटूँगा। यही हमारे देश की शिक्षा और संस्कृति है।'

अब्बू ने हाथ का छुरा फेंक मुर्ग़े को गोद में उठा लिया। हामिद और उसकी अम्मी की आँखों में ख़ुशी के आंसुओं का सागर लहरा रहा था।

63

बेहतर विकल्प

राजन का कारोबार के चक्कर में अक्सर जयपुर से दिल्ली जाना होता था। वापसी पर दिल्ली से निकलकर एक ढाबे पर ख़ाना खाने को रुकता था। खाने का मेन्यू सेट था। हाफ दाल, 3 रोटी, 1 प्लेट सलाद, 2 क्यूब सफेद मक्खन और आखिर में खीर।

लगभग हर बार एक ही व्यक्ति टेबल पर आता। राजन उसे वही मेन्यू बताता। ...कुछ दिनों के बाद वह पूछने की जहमत भी नहीं उठाता था। राजन बैठता... वह सलाद ले आता और फिर एक–एक कर बाकी चीजें ले आता।

एक रात राजन ढाबे पर जाकर बैठा। चिरपरिचित वेटर जो हर रोज़ ऑर्डर लेता था वह कहीं दिखाई नहीं दिया। राजन की नजरें उसे तालाश रही थी। इतने में एक नौजवान लड़का उसकी टेबल पर आया और बोला 'भोला भईया नहीं आए हैं सर, उनका तबियत खराब था।'

'आपका क्या नाम है ?' राजन ने सामने खड़े नवयुवक से पूछा।

'हमारा नाम आकास है।' उसने फट से जवाब दिया।

दिल्ली के नज़दीक ढाबों पर काम करने वाले अधिकतर बिहारी हैं। नवयुवक का आका"श" को आका"स" कहना राजन को खला नहीं। लड़का टिप टॉप था। सधी हुई कद काठी, तेल चुपड़े कंघी से सँवरे बाल। सबसे बड़ी बात उसके जूते चमक रहे थे।

राजन ने मैन्यू बताने की शुरुआत की ही थी, तभी उसने राजन की बात काटते हुए कहा... 'पता है सर। हरा सलाद... दाल ...मक्खन ...रोटी... खीर।'

राजन उसकी ओर देखा... मुस्कुराया... और कहा – 'पता है तो ले आईए। भूख के मारे जान निकल रही है।'

वह किचन की ओर चला गया।

कुछ ही समय बाद वापिस आकर बोला – 'सर। डोंट माइंड। एक बैटर ऑप्शन – मेरा मतलब बेहतर विकल्प है।'

राजन... अवाक रह गया।

डोंट माइंड ...बैटर ऑप्शन... राजन के समने ढाबे का एक वेटर खड़ा था या किसी मैनेजमेंट इंस्टिट्यूट से एमबीए किया कोई मैनेजर, राजन हतप्रभ था।

'क्या बैटर ऑप्शन, यानि बेहतर विकल्प क्या है सर।' राजन व्यंग्यात्मक लहजे में पूछा।

लडके ने मेन्यू कार्ड उठाया और बोला, 'आप वेज थाली लीजिए सर। इसमें दाल, दो सब्ज़ी , पुलाव, सलाद और मीठा में खीर भी है ...और सर ...ये थाली आपको आपका मेन्यू के मुकाबले बीस परसेंट सस्ता पड़ेगा।' लड़का एक सांस में कह गया।

राजन को ज़ोर की भूख लगी थी। उसने कहा – 'ठीक है ले आओ।'

राजन ख़ाना खाते सोच रहा था – पहले... 'डोंट माइंड' ...'बैटर ऑप्शन' ...यानी अंग्रेजी ...और फिर '20 परसेंट' यानी मैथेमेटिक्स। अबे यार आख़िर कौन है ये लड़का। ध्यान से देखा तो वाकई बिल में बीस परसेंट का अंतर भी था।

'क्या करते हो?' राजन ने प्रश्नवाचक निगाहों से उससे पूछा।

'यहीं काम करते हैं।' उसने जवाब दिया।

'इसके अलावा क्या करते हो?'

'यूपीएससी का तैयारी कर रहे हैं सर। दिन में दिल्ली रहते हैं। ढाबा पर नाइट ड्यूटी रहता है।' आत्मविश्वास भरी आवाज़ में उसने जवाब दिया।

राजन खाना खाया। बिल टेबल पर था और आकाश... नहीं... आका"स" समाने खड़ा था।

एक लम्बे अर्से बाद राजन ने किसी वेटर को टिप नहीं दी। वह टिप देने लायक लड़का नहीं था। उसके पास पार्कर का एक पेन था। राजन नें उसकी शर्ट की जेब में वह पेन खोंस दिया। लड़के की आंखों की चमक देखने लायक थी। परिस्थिति कितनी भी विकट हो संघर्ष जारी रखना ही – 'बेहतर विकल्प' है।

(64)

अस्सी पार का संसार

वह रात का खाना खाकर दस बजे बिस्तर पर था। पलंग के बाजू में छोटा सा रेडियो रखा था। उसने उस पर विविध भारती ट्यून किया। गाना आ रहा था – "ये ज़िंदगी उसी की है जो किसी का हो गया, प्यार ही में खो गया।" प्यारी धुन से निकलती सुर–लहरियाँ दिमाग़ को राहत देने ही वाली थीं, लेकिन पेट में थोड़ी गुड़गुड़ होने लगी, तो बिस्तर पर करवट ली। गैस से राहत हुई। अब गाना और भी प्यारा लगने लगा। रेडियो का फ़िल्मी गीत कार्यक्रम ग्यारह बजे समाप्त हुआ। बरबस नींद में जाने की कोशिश की, परंतु रात के साढ़े बारह बजे तक नींद और बिस्तर के बीच की लड़ाई में मन फँसा रहा। फिर नींद आ गई।

सुबह चार बजे नींद खुली, तो शरीर में हल्की पीड़ा हो रही थी। हाथ फेरा, तो राहत मिली। फिर नींद लग गई। जब अगली बार नींद खुली, तो दिन के दस बजे थे। आवश्यक कार्य से निवृत्त होकर नाश्ते में सबसे अधिक पसंदीदा, ताज़े दही के साथ हल्का तला हुआ नमकीन चावल लिया। दही भी वैसा ही मज़ेदार था, जैसा दही बड़ा खाते समय उपयोग होता है।

वे नाश्ता करते–करते थक चुके थे। मेज़ पर आदि शंकराचार्य कृत ब्रह्मसूत्र रखी थी। उसके पन्ने पलटते रहे। फिर ऊँघने लगे। एक झपकी ली। फिर उठकर किताब देखी। मन चाय पीने का हुआ। गरम पानी में ग्रीन टी ली। शाम को छः बजे के आसपास पीठ सीधी करने को लेटे। उठते ही खिड़की

की तरफ़ देखा, तो लगा अभी तो गोधूलि है–और लेटा जा सकता है। यह निश्चित करते–करते दिमाग़ में बिजली सी कौंधी–रात को सोएँ या शाम को?

हड़बड़ाहट में उठे। घड़ी पर नज़र गई–तो ये क्या...! शाम के सात बजने को हैं। फटाफट घूमने निकले। फूली आँखों से सत्तर–अस्सी पार के परिचित चेहरे निहारते एक किलोमीटर का चक्कर लगाया।

लौटे तो डिनर का दलिया तैयार था। ओल्ड ऐज होम में अंतिम झाड़ू लग चुकी थी – रात उतर चुकी थी... और मैं, बिल्कुल अकेला। इतनी रात किसको फुर्सत है जो उनसे गपशप कर हल्के होने का स्वाद दे। बैठे सोचते रहे। पिछवाड़े आम के ऊँघते पेड़ की पत्तियों की तरफ़ देखते हुए जगदीश चन्द्र बसु के बचपन में चले गए। पेड़ों में भी जीवन होता है, लेकिन इतना कठिन और कठोर नहीं होता कि उसके पत्ते और डालियाँ विदेश चले जायें।

लड़का अमेरिका में, लड़की कनाडा में, कितने ही सवालों से झूझते आँखों को नम कर ख़यालों की दुनिया से 'लौट के बुद्धू घर को आए' अर्थात कुर्सी पर से उठ बिस्तर पर पहुँचे। फिर रात के दस बज गए, वही विविध भारती किया, आँख बंद कर गीत सुना...

"ज़िंदगी कैसी है पहेली हाए,
कभी तो हंसाये, कभी ये रुलाए।"

बड़ा ही मार्मिक वृतांत है ना, लगता है बस बताते चलो, इस बहाने अस्सी पार ने आपसे बातें कर लीं। अब शायद नींद भी आ जाए। उसके बाद गीत का मुखड़ा सुना –

"न कोई उमंग है, न कोई तरंग है,
मेरी ज़िन्दगी है क्या, एक कटी पतंग है।"

उनकी बेचैनी बढ़ गई, तो क्या ज़िंदगी में कुछ नहीं बचा। तभी उद्घोषिका की आवाज सुनाई दी – 'उत्साह का मर जाना, उमंग का मर जाना, विचारों का मर जाना ही आदमी का मर जाना है। जब तक विचार है आदमी ज़िंदा है।'

वे बुदबुदाए, 'मैं मरने के पहले कैसे मर सकता हूँ।' और उठकर मेज़ पर पहुँचे और एक लघुकथा लिखने लगे। आदमी एक विचार है और विचार कभी नहीं मरता...!

नहीं है असार अस्सी पार का संसार।

65

साहित्य रस

एक सज्जन नगर की साहित्यिक बिरादरी में फूफा के नाम से जाने जाते हैं। बड़ी–बड़ी मूंछें, उन्नत ललाट, गोल घूमती आँखें, लंबी चेसिस पर कसा गठीला बदन। गीत विधा में निष्णात और ऊपर से ओजपूर्ण वाणी में सरस्वती का वास।

एक गीत गोष्ठी में एक हसीना उन पर फ़िदा हो गईं। आपस में मोबाइल नम्बर आदान–प्रदान हुआ। गोष्ठियों में फूफा की कुर्सी हसीना के बाजू में लगने लगी। फूफा प्रत्येक रचनापाठ करने वाले की ग़लतियाँ हसीना के कान में बताते। हसीना की बारी आई तो फूफा मोबाइल को स्टैंड अप पोजीशन में लेकर खड़े हो वीडियो बनाते और अंत में खूब तालियाँ पीटते।

एक दिन हसीना उनसे बोली – 'सर, आज आपके साथ कॉफ़ी पीने चलते हैं। आपसे कुछ पूछना है।'

फूफा – 'ज़रूर, चलिए।'

दोनों नज़दीक के कॉफ़ी हाउस पहुँचे।

हसीना – 'सर, पहले नींबू पानी लेते हैं।'

इसके पहले कि फूफा कुछ बोल पाएँ, उन्होंने दो फ्रेश लाइम क्रश ऑर्डर कर दिया।

फूफा – 'पूछिये, क्या जानना चाहती हैं, आप।'

हसीना – 'इतनी जल्दी क्या है सर, आराम से बात करते हैं।'

इतने में हसीना का मोबाइल बजा।

'हेलो, हाँ, मैं मंजुला बोल रही हूँ।'

'हाँ, बोल रश्मि बोल।'

'नहीं यार मैं शहर के सबसे बड़े साहित्यकार, वो क्या नाम है उनका यार...'

'हाँ वही, ग्रेट, यार क्या गीत सुनाते हैं, बस झूमते जाओ।'

'हाँ, ठीक है, तुमसे मुलाक़ात करवा देंगे, कॉफ़ी हाउस आ जाओ।'

मंजुला की चार सहेलियाँ कुर्सी ले फूफा को घेरकर बैठ गईं। बिरयानी, चिकन करी, तंदूरी, चिली चिकन का ढेर लग गया। अंत में लस्सी का दौर चला। फूफा का पिचका सीना फूल कर चौड़ा हो गया।

अंत में बिल आया। मंजुला ने देखकर रख दिया। बाक़ी सहेलियों ने इधर–उधर रुख़ किया। फूफा ने बिल उठाकर देखा 4500/– रुपये, तभी मंजुला उठकर वाशरूम चली गई। टेबल पर फूफा और बिल एक दूसरे को मुंह चिड़ा रहे थे। वेटर को छाती पर खड़ा देख फूफा ने क्रेडिट कार्ड निकाल बढ़ा दिया।

इतने में मंजुला आकर बोली– 'सर, आपने क्यों दे दिया?' फूफा का चेहरा चूसे आम जैसा दिख रहा था। साहित्य रस निचुड़ चुका था।

(66)

धर्म का मर्म

पहलगाम की वादियों में एक हिंदू पर्यटक और मुसलमान घुड़सवार भटक गए। बहुत भटकने के बाद उन्होंने एक मंदिर में शरण ली। पुजारी ने उन्हें भोजन देकर आराम करने को पेड़ के साये में पलंग लगा दिया।

घुड़सवार बोला – 'ये मंदिर के पुजारी कितने दयावान हैं। एक मोमिन की भी खातिरगिरी करते हैं।'

पर्यटक – 'यह हमारे धर्म का मर्म है।'

थोड़ी देर आराम करने के बाद, वे दोनों राह पूछकर चल दिए। रास्ते में एक मस्जिद के दहलान में रुके। मौलवी साहिब ने उन्हें पानी पिलाया। पर्यटक आराम करने लगा। घुड़सवार मौलवी के साथ मस्जिद में गया। वहाँ आतंकवादी भी थे।

उन्होंने अनपढ़ घुड़सवार को कहा – 'तुझे पता है, अल्लाह ने क़ुरान में हर मुसलमान पर काफ़िर को इस्लाम में लाने का फ़र्ज़ मुक़र्रर किया है।'

घुड़सवार – 'नहीं वह मेरी रोज़ी रोटी का सबब है। मैं कोई बेईमानी नहीं करूँगा।'

मौलवी – 'एक हिंदू और मुसलमान में उस समय तक भाईचारा है, जब तक मुसलमान को क़ुरान का फ़रमान नहीं पता है।'

घुड़सवार – 'नहीं मैं ऐसा नहीं करूँगा।'

मौलवी – ‘मुसलमान का एक ही ईमान है अल्लाह की राह में काफ़िर की कुर्बानी कर सबाब कमाये और सीधा जन्नत जाए।’

आतंकवादी बोला – ‘तू यदि ऐसा नहीं करेगा तो तू भी काफ़िर की मौत मारा जाएगा, सोच ले।’

घुड़सवार – ‘ला इलाह इल्लल्लाह, मुहम्मद रसूलुल्लाह’

पर्यटक – ‘अरे यह क्या करते हो? छुरी गर्दन से हटाओ।’

घुड़सवार – ‘यह हमारे धर्म का मर्म है।’

67

नपुंसक

मैं भोपाल रेल स्टेशन पर ट्रेन का इंतज़ार कर रहा था। बेंच पर तीन और यात्री बैठे थे। एक धनी से दिखते बुज़ुर्ग हमारी बेंच पर मेरे बगल आकर बैठे। कुछ देर चुपचाप बैठे रहे। फिर एक बैग से रुपयों की गड्डी निकाल मुझे देने लगे।

मैंने कहा – 'नहीं मुझे नहीं चाहिए, आप बेवजह क्यों दे रहे हैं?'

उन्होंने कहा – 'मेरे पास सिवाय इन रुपयों के देने को और कुछ भी नहीं है। आपको कुछ देने का मन हो गया। ये मैंने बहुत मेहनत और हिकमत से कमाए हैं। मेरे पौरुष के प्रतीक हैं। जब कोई मेरे रुपये को इनकार कर देता है तो मैं एकदम इंपोटेंट, एकदम नपुंसक अनुभव करता हूँ, हालांकि नपुंसक नहीं हूँ।'

मैंने कहा – 'नहीं रहने दीजिए, मुझे नहीं चाहिए।'

बुज़ुर्ग – 'मेरे बच्चे, मेरे पास पत्नी को देने को प्रेम नहीं है, सिर्फ़ गहने दे सकता हूँ। बच्चों को देने के लिए मेरे पास समय नहीं है, सिर्फ़ रुपये दे सकता हूँ। मित्रों के साथ समय गुज़ारने को बातें नहीं हैं। लोगों को देने को ज्ञान नहीं है। मेरे पास कुछ भी नहीं है सिवाय इन रुपयों के। मैं जीवन भर की कमाई रूपयों को एक साथ बाँट कर बार–बार की नपुंसकता से मुक्त होना चाहता हूँ। इसीलिए स्टेशन आया हूँ। सूटकेस में रुपये भरे हैं।'

मैंने पूछा – 'आख़िर आपकी योजना क्या है?'

बुजुर्ग – 'बेटा, मेरी उम्र सत्तर वर्ष की हो गई है। दस–बीस साल और ज़िंदा रहूँगा। मतलब मैं यहाँ सत्तर साल पहले नहीं था और शायद बीस साल बाद भी नहीं रहूँगा। ये देश, और इसका सिस्टम तो रहेगा ना। हम उसे क्यों नपुंसक बनाने पर तुले हैं?'

मैंने उठकर उन्हें गले लगा कर कहा – 'मैं नौकरी ढूँढने शहर आया था। यद्यपि निराश ही गांव लौट रहा हूँ। फिर भी मैं बिना मेहनत के रकम नहीं ले सकता। यह मुझे भी नपुंसक बना देगी। फिर मैं ट्रांसजेंडर आरक्षण की माँग करने लगूँगा।'

बुजुर्ग मेरे कंधे पर सिसकते रुँधे गले से बोले – 'हाँ मेरे बेटे, यह मुफ़्त की रेवड़ी पूरे देश को नपुंसक बना छोड़ेगी। इसीलिए मैंने सोचा कि इस नपुंसक होती भीड़ में कोई तो पुरुष मिलेगा। तुम मिल गए। आज चैन की नींद लूंगा। कहकर वह सूटकेस वहीं छोड़कर चले गए। बाद में कुछ हिजड़े उसे उठा ले गए।'

68

राजा का परिधान

एक राजा सुबह बिस्तर से उठा। उसने आदमकद शीशे में ख़ुद को देखा तो नंगा दिखा।

वह चीखा – 'इस शीशे पर धूल जमी है। इस कारण हम नंगे दिखते हैं।'

अनुचर से शीशा साफ़ करवाया। फिर भी राजा नंगा ही दिखा। राजा ने शीशे में देखते हुए अनुचर से उसे कपड़े पहनाने को कहा। अनुचर ने उसे राजसी वस्त्र पहना दिए। राजा शीशा देख बोला – 'अरे, अभी भी नंगा दिखता हूँ। तू कपड़ा पहने दिख रहा है। अनुचर, तू अपने कपड़े उतार। अनुचर कपड़े उतारने गया। इसी बीच दीवान साहिब फ़रमान दस्तख़त करवाने आए।'

राजा साहिब ने पूछा – 'दीवान जी, जरा शीशा देख कर बताइए ठीक है ना। इस पर धूल तो नहीं जमी।'

दीवान साहिब ने शीशा साफ़ कर काइयाँ निगाह से देखा और कहा – 'जी शीशा बिल्कुल ठीक है।'

तब तक अनुचर कपड़े उतार कर टैक्स से चुसी जनता की तरह सकुचाते हुए खड़ा था। राजा दोनों को एक साथ शीशे में देख बोला – 'हाँ, अब ठीक है। हम राजसी परिधान में हैं, पर जनता नंगी क्यों दिख रही है। दीवान साहब ने अनुचर को राजा के पीछे छिपाकर फिर शीशा देखने को कहा।'

राजा ख़ुश होकर बोला – 'हाँ अब ठीक है। जनता मेरे पीछे है। दीवान साहिब लाइये कौन सा नया कर लगाना है।'

दीवान – 'हुज़ूर, कोई नया कर लगाने को बचा ही नहीं है। दूध से लेकर, बेसन से लेकर, रेयान से लेकर इनके सभी पदार्थों पर मल्टीपल जीएसटी टैक्स लगा है। छोटा सा काम है। बस उनकी दर बढ़ाना है।'

69

मौन सहमति

मीरा के विवाह को पाँच बरस होने को आए, परंतु उसे मातृत्व सुख नसीब नहीं हुआ। उसकी बचपन के सहेली कविता जो उसकी नंद भी थी, दिल्ली में 'मातृत्व सुख केंद्र' में स्त्री रोग विशेषज्ञ है। मीरा की सास उसे दिल्ली लेकर कविता के पास गई। कविता ने मीरा और भाई सोहन की सारी जाँच करके मीरा को बताया – 'कमी तुम में नहीं सोहन के स्पर्म में है।'

दोनों ने मिलकर यह बात परिवार से छुपाकर रखी। मीरा की सास को पोता चाहिए था। उन्होंने दोनों के साथ बैठकर निदान जानना चाहा। वह सोहन की दूसरी शादी करना चाहती थीं। इस बीच सोहन ने माँ को आवाज़ लगाई तो वह उठकर चली गई।

कविता ने मीरा को बताया कि उनका बचपन का सहपाठी सौरभ एक बड़ा संत हो गया है और माँ तुम्हें मन्नत लेकर उसके पास जाना चाहती हैं। 'माँ को निराश करना ठीक नहीं। तुम उनका मन रखने को सौरभ के आश्रम हो आओ,' कविता ने कहा।

मीरा कुछ न बोली। कविता जानती थी कि कॉलेज में सौरभ का नाम मीरा के साथ जोड़ा गया था।

सौरभ ने बहुत दिनों बाद मीरा को सामने देखा तो चौंक गया। उसी के विछोह में तो वह संन्यासी हुआ था। फिर उसी की याद में संन्यासी से संत भी

हुआ। वह मीरा को एकांत में बुला उसके कंधे पर दाहिना हाथ रख बोला – ‘मुझे तुम्हारी समस्या का भान है। कविता मुझे मोबाइल पर बता चुकी है। सोहन और माँ जी को कुछ पता नहीं चलेगा और मैं भी एक ग्रंथि से मुक्त हो जाऊँगा। क्या कहती हो?’

मीरा ने उसके कंधे पर रखे सौरभ के हाथ पर ख़ुद की बायीं हथेली रख दी।

(70)

राहत सामग्री

नेता जी के इलाके में भूकंप आया। नेता जी ने टेलीविज़न पर कहा – 'कोई भारी नुकसान नहीं हुआ। समुचित राहत पहुँचा दी गई है।'

तेज़ बारिश और अंधड़ के बीच एक पत्रकार निशांत छोटी नाव में बैठ स्थिति का जायज़ा लेने निकला। उसने देखा, एक औरत लकड़ी के चौड़े पटिए पर जजकी का ज़ोर ज़ोर लगा रही है। झमाझम बारिश में उसका मर्द छतरी ताने खड़ा है।

पत्रकार ने पूछा – 'कुछ मदद चाहिए।'

मर्द ऊपर नज़र करके बोला – 'तुम क्या मदद करोगे बाबू, जब बड़ा बाबू ही नाराज़ है।'

निशांत – 'सरकार ने राहत भिजवाई है, पहुँचती होगी। कहकर आगे बढ़ गया। शाम को लौटते वक्त उसने दंपत्ति को उसी पटिए पर बैठे देख कर पूछा – क्या हुआ कुछ राहत आई, और तुम्हारा नवजात कहाँ है ? दिखाओ टीवी पर फोटो दिखायेंगे।'

मर्द बोला – 'बच्चा राहत ढूँढने सीधा रसातल में चला गया बाबू।'

पत्रकार ने उनके कुछ फोटो निकाले और घटना का वृतांत मोबाइल से संपादक को भेजा। संपादक का वापसी संदेश आया – "एक्सीलेंट, एक्सीलेंट, आज प्राईम टाइम में कवर करेंगे।"

निशांत ने ऑफिस पहुँच कर देखा, प्राईम टाइम की तैयार बाईट में उस हृदय विदारक घटना की रिपोर्टिंग नहीं है। निशांत संपादक के पास जाकर खड़ा ही हुआ था कि संपादक महोदय बोले – 'निशांत, प्राईम टाइम में सरकारी राहत विषयक एड मिल गए, इसलिए फिर कभी। डोंट माइंड, आई एम विथ यू। आई होप यू विल नाट माइंड इट। इस एड के लिए बॉस का बहुत दबाव था। कब से लगे थे। अब राहत मिली।'

प्रशांत – 'सर लेकिन...?'

संपादक – 'सॉरी प्रशांत, आई एम हॉरिबली बिज़ी। प्राईम टाइम में नेता जी ऑनलाइन होंगे। मैं ख़ुद कवर करूँगा। तुम आज एंजॉय करो।'

(71)

अनुभूति

कॉलोनी के गेट ठीक सामने सड़क पार करते ही हनुमान जी का मंदिर है। हनुमान जयंती के दिन भंडारा चल रहा है। मंदिर से लगकर एक कृशकाय बूढ़ी अम्मा ज़मीन पर सब्ज़ी की दुकान लगाए है।

मनीष ने घर से निकल हनुमान जी के दर्शन किए। हनुमान चालीसा पढ़ी। भंडारा जोर–शोर से चल रहा था। वह भारी भीड़ के कारण सड़क पर इंतज़ार करने लगा।

अम्मा की सब्ज़ी दुकान के चारों तरफ़ भंडारे की जूठी पत्तलों का अम्बार लग गया। पास के पेड़ पर बंदरों का अड्डा जम गया। वे कूद–फाँद करके पत्तलों पर हाथ साफ़ करने लगे।

मनीष अम्मा के नज़दीक पहुँच बेतरतीब जूठी पत्तलों को समेट व्यवस्थित कर रखने लगा। अम्मा ने उसे बताया – 'आज सुबह से एक भी ग्राहक नहीं आया।' तभी एक बंदर अम्मा के पास पत्तल लाकर उसे पूड़ियाँ खिलाने लगा। फिर उसके कान में धीरे से बोला, 'अम्मा, तू चिंता मत कर, इन भंडारा भक्तों का तो एक ही दिन है, साल के बाक़ी दिन तो मैं तेरे साथ हूँ।'

मनीष ने सुन रखा था कि हनुमान जी अजर–अमर हैं। आज उसे इसकी अनुभूति हुई।

72

पक्षियों के आँसू

सुबह की सैर के पाँच साथी पेड़ के नीचे रखी एक बेंच पर बैठे हैं। चिड़ियों को पेड़ पर चहकते देख एक सज्जन बोले – 'पत्तों और पक्षियों का जुड़ाव पर्यावरण को जीवन देता है। यही पर्यावरण मनुष्य के हृदय को शुद्ध पवन से भर देता है। इनका कलरव कानों में रस घोलता है।'

समझदार से दिखते साथी बोले – 'हाँ, पवन और पानी से ही तो जीवन है।'

कॉर्पोरेट साथी – 'आज गर्मी बहुत है। इस साल तापमान पचास डिग्री तक ज़रूर पहुँचेगा। एसी का मार्केट उठेगा।'

सेवानिवृत्त साथी – 'यार, एसी चलाने में बिल बहुत आता है, चार-पाँच हज़ार तक।'

सरकारी अधिकारी साथी – 'भाई, हमने तो सोलर सिस्टम लगवा लिया है। खुलकर एसी चलायेंगे।'

उसके यह कहते ही उन पर ऊपर से कुछ बूंदे गिरीं। उन्होंने ऊपर देखा तो पेड़ पर बैठे पक्षियों को पसीना आ रहा था, और उनकी आँखों से झरझर आँसू बह रहे थे।

73

उम्र से बातचीत

उसने अपनी उम्र से कहा – 'ऐ उम्र तुझे नियति ने काल की कोठरी से निकाला है। तू घुटनों के बल चलना सीखी। तेज़ दौड़ने लगी। बहुत तेज़ दौड़ कर तिजोरी में बंद हो गई। तिजोरी पलंग पर करवट बदलती रहती है। तिजोरी में संयम का ताला जड़ा है। कामनाओं की तीली डॉक्टरों के पर्चों में लिपटी है। पर्ची सुई की नोक से खोलकर देखता हूँ तो पर्ची पर तेरा अक्स हिला देने वाला है। तू मोह की मुट्ठी में बंद कसमसा रही है। तू मुक्त होना चाहती है।'

उम्र – 'लेकिन मेरे चाहने से कुछ होता तो काल की उस कोठरी से निकाली ही क्यों जाती। तेरे कारण ही निकाली गई।'

उसने कहा – 'जो तू न होती, तो मै एक भी दिन जीवित नहीं रहता। सारा दोष तेरा है।'

उम्र बोली– 'तेरे अस्तित्व से ही तो मैं जुड़ी हूँ। जो तू न होता तो मैं भी नहीं होती। सारा दोष तेरा है।'

एक लघुकथा मर्मज्ञ बोले – 'यह इनकी मिलीभगत है। इसमें कालदोष है।'

कथाकार बोले – 'जो काल न होता, तो ना तो कोई कथा होती और न लघुकथा होती।'

74

लंच का समय

शहर के मध्य स्थित एक साहित्यिक संस्था में कार्यक्रम चल रहा था। लोगों की उपस्थिति बहुत कम थी। संचालक ने कहा 'गीता सुनाते समय भगवान कृष्ण के सामने एक ही श्रोता था, हमको भीड़ की दरकार नहीं है, थोड़े से बुद्धिमान श्रोता ही काफ़ी हैं।' लोगों ने तालियाँ बजाईं। अध्यक्ष महोदय बड़ी देर तक ताली बजाने की एक्टिंग करते रहे।

इसके बाद आयोजक और संचालक के बीच कुछ बात हुई। संचालक ने अगले वक्ता को बुलाने के पूर्व घोषणा की 'आज लंच की व्यवस्था यहीं है।' उसके बाद कुछ लोगों ने साथियों को फ़ोन लगाना शुरू किया 'हाँ भाई हाँ, लंच यहीं है, ऑफिस के लंच समय तक ही होगा।' देखते–देखते हॉल खचाखच भर गया।

अभिभूत संचालक बोले 'आज का कार्यक्रम इतना रोचक और वक्ता इतने विद्वान हैं कि हॉल में खड़े होने तक की जगह नहीं है।'

अध्यक्ष और मुख्य अतिथि तन कर बैठ गए। फोटोग्राफर ने अखबार में देने वाली फोटो खटाखट निकालीं। अध्यक्ष महोदय का व्याख्यान आरम्भ हुआ तो ख़त्म होने जा नाम ही नहीं ले रहा था। लोग लंच हेतु लगे टेबल की तरफ़ निगाह किए वक्ताओं को बहरे कानों से सुन रहे थे। एक–दो श्रोता ढक्कन खोल कर तय कर आए कि प्लेट कैसे सजाना है।

आख़िर में, संचालक ने आभार व्यक्त करने वाले सज्जन के नाम की घोषणा की। आभार देने वाले सज्जन अपनी कुर्सी से उठ पाते, उसके पेश्तर प्लेटों पर चम्मचों की खनखनाहट से हॉल गूँजने लगा। श्रोताओं ने दूसरी बार डोंगे तक जाने की मुसीबत से बचने हेतु प्लेटों में गुलाब जामुन कटोरी की जगह भी न छोड़ी। कटोरी दूसरे हाथ में लेकर टिकने की जगह तलाशने शुरू हो गए।

भीड़ की अधिकता से प्लेटों की कमी होने लगी। ठेकेदार ने पंडाल के बाहर जूठन के इंतज़ार में बैठी 13–14 साल की दो लड़कियों को बुला प्लेट धोने पर लगा दिया। लड़कियाँ स्वच्छता अभियान के तहत प्लेटों में लबालब भरी गीली और सूखी झूठन अलग–अलग पॉलिथिन में डालकर प्लेटों को धोती जा रहीं थीं। आयोजक महोदय व्यवस्था देखने उनके पास पहुँच बोले – 'क्यों, तुम्हारा लंच हो गया?'

लड़कियां मुस्कुरा कर बोलीं – 'हमारा लंच नहीं होता सर, आप लोगों के लंच से हमारा दोपहर और रात का खाना हो जाता है।'

आयोजक का सीना गर्व से फूल गया, वे बोले – 'बहुत अच्छी बात है, अन्न का एक भी दाना बेकार नहीं जाना चाहिए।'

75

सभ्यताओं की मुश्किलें

तनु – 'पापा, जब लोग मर जाते हैं तो हिंदू शव को जलाते हैं और मुसलमान गाड़ते हैं। ऐसा क्यों?'

पापा – 'क्या पता बेटा, बड़ी गूढ़ बातें हैं। अपनी समझ से परे हैं।'

तनु – 'मेरे दोस्त मनीष का पालतू कुत्ता मर गया है। उसका मैसेज आया है कि उसके कुत्ते की अंत्येष्टि करना है। मैं उसके साथ श्मशान चला जाऊँ क्या?'

पापा – 'तुम मनीष के साथ चले तो जाओ लेकिन श्मशान क्यों? तुमको तो कब्रिस्तान जाना पड़ेगा।'

तनु – 'पापा, कब्रिस्तान क्यों जाना पड़ेगा?'

पापा – 'उसके शव को गाड़ना पड़ेगा।'

तनु – 'मनीष के पापा कह रहे हैं कि उसकी अंत्येष्टि सनातन विधि-विधान से करेंगे।'

पापा– 'उनके कहने से क्या होता है। कुत्ता कोई आदमी थोड़े ही है, जो उसकी अंत्येष्टि करेंगे।'

तनु – 'पापा, मनीष हिंदू है उसका कुत्ता भी मुसलमान नहीं, हिंदू था।'

पापा – 'कुत्ता मूल रूप से मांसाहारी होता है। केवल दूध-रोटी नहीं खाता था, मांस भी खाता था न।'

तनु – 'तो मांस खाने से कोई मुसलमान हो जाता है क्या? केएफसी में तो सारे हिंदुओं की भीड़ लगी रहती है।'

पापा – 'बात तो तुम्हारी सही है। अगर कुत्ते बोल सकते, तो हम उनसे या उनके धार्मिक नेताओं से सलाह करके तय करते कि उनके शव को जलाना है या गाड़ना। बेज़ुबानों की न कोई संस्कृति होती है, न साहित्य, और न ही संसद। सभ्यताओं ने बड़ी मुश्किलें खड़ी कर दी हैं – इंसान को सिर्फ इंसान नहीं रहने दिया।'

76

अधखिली कलियाँ

कमलिनी सुहागरात के लिए सज्जित कमरे में अनिरुद्ध का इंतज़ार कर रही थी। अचानक कमरे का दरवाज़ा खुला और एक आवाज़ सुनाई दी – 'जाओ ठाकुर, शिकार इंतज़ार में बेताब है। शिकार का मज़ा लो।'

एक दूसरी आवाज़ आई – 'साले, कोई मुरव्वत नहीं बरतना। औरत ताक़त से ही बस में आती है।'

तीसरी आवाज़ गूंजी – 'नहीं तो ज़िंदगी भर जोरू का गुलाम बनकर रहना पड़ेगा।'

कमलिनी पलंग से उठ खड़ी हुई और अनिरुद्ध की ओर स्नेहिल निगाहों से देखा। अनिरुद्ध, उसके आत्मविश्वास मिश्रित सौंदर्य के सम्मोहन में डूबा, बस उसे देखता रह गया।

कमलिनी ने लगभग आदेशात्मक किंतु प्रिय शब्दों में उसे पलंग पर बिखरी गुलाब की पंखुड़ियों को समेटने में साथ देने को कहा। अनिरुद्ध एक बच्चे की तरह उसके निर्देशों का पालन करने लगा।

कमलिनी ने पंखुड़ियों को एक सुंदर कटोरे में भरकर दोनों तकियों के बीच रख दिया। फिर तीन कलियों को एक सुंदर गुलदान में, थोड़ा पानी डालकर सजा दिया।

कमलिनी, अनिरुद्ध को साथ लेकर पलंग पर पहुँची और बोली – 'अनिरुद्ध, हम इस कटोरे से एक–एक पंखुड़ी लेकर एक–दूसरे के चेहरे पर आहिस्ता से न्योछावर करेंगे। साथ ही, जब तक ये पंखुड़ियाँ ख़त्म न हो जाएँ, एक–दूसरे की नज़रों से नज़र नहीं हटाएँगे।'

अनिरुद्ध ने पूछा – 'और इन कलियों का क्या करेंगे?'

कमलिनी मुस्कराते हुए बोली – 'अनिरुद्ध, कलियाँ मसलने के लिए नहीं, खिलने के लिए होती हैं। उन्हें खिलने दो ना।'

अनिरुद्ध ने कमलिनी की ओर प्यार से देखा और उसे गले लगा लिया। कमलिनी ने भी उसे अपने अंक में समेट लिया।

77

संस्कार

लक्ष्मीनाथ के दो पुत्र थे – लक्ष्मीदास और लक्ष्मीनारायण। पिताजी की मृत्यु के उपरांत संपत्ति का आधा–आधा बँटवारा हो गया था। लक्ष्मीदास इस बँटवारे से बड़े दुखी थे।

लक्ष्मीनारायण के विवाह के बाद पहली दिवाली आई। दिवाली की पूजा में लक्ष्मीदास अपने छोटे भाई लक्ष्मीनारायण के साथ बैठे। लक्ष्मीदास का पुत्र जयंत भी उनके बगल में बैठा पूजा देख रहा था।

आरती समाप्त होने के बाद लक्ष्मीदास ने छोटे भाई लक्ष्मीनारायण से कहा – 'प्रार्थना करो कि विष्णु भगवान, लक्ष्मी जी को यहीं छोड़कर अपने धाम लौट जाएँ। लक्ष्मी जी यहीं निवास करें।' इसके बाद उन्होंने छोटे भाई से कहा कि वह प्रज्वलित दीपक घर के बाहर, द्वार पर रख आए।

जब लक्ष्मीनारायण बाहर चला गया, तो लक्ष्मीदास ने बेटे से कहा, 'मेरे साथ प्रार्थना करो – "भगवान विष्णु, लक्ष्मी जी और समस्त देवता अपने–अपने धाम को प्रस्थान करें।"'

जयंत ने चौंक कर उन्हें देखा, फिर प्रार्थना दोहरा दी। बाद में उसने पिताजी से इन दो अलग–अलग प्रार्थनाओं के बारे में पूछा।

उन्होंने समझाया – 'बेटा, लक्ष्मी जी के चाचा जी के साथ रहने से चाचा अपने आपको लक्ष्मीपति मानने लगेगा। पुरुष पुरातन की चंचला वधू लक्ष्मी

संतानहीन है। वो तुम्हें पुत्र बनाकर तो रह सकती हैं, पति बनाकर तुम्हारे साथ नहीं रह सकती। उनके पति तो परमेश्वर ही रहेंगे। उल्टा उनके अभिशाप से चाचा भी संतानहीन होंगे तो उनकी संपत्ति भी तुम्हारी ही होगी। तुम और तुम्हारी औलादें धनाढ्य हो अनंत सुख भोगेंगी।'

78

प्रेम प्रैक्टिकली

रामेश्वर शर्मा रात का खाना निपटा पान खाने निकले। नुक्कड़ की दुकान पर पान चबाते हुए वहीं एक खाली पड़ी कुर्सी पर बैठ गए। उनके पीछे कई लड़के–लड़कियां एक हाथ से चाय की चुस्कियाँ और दूसरे हाथ से सिगरेट के कश लगा रहे थे। रामेश्वर को पीछे से दो लड़कियों की बात सुनाई दी। वे कान लगाकर सुनने लगे। बातचीत से पता चला उनके नाम आकांक्षा और रंजना थे।

आकांक्षा – 'नहीं यार, मेरा पढ़ाई में बिल्कुल मन नहीं लगता, आकाश का चेहरा आँखों के सामने घूमता रहता है।'

रंजना – 'अरे साली, तू मूर्ख है, एक मादर... लड़के के पीछे कोचिंग में पढ़ाई बर्बाद कर रही है। अपना करियर चौपट करने पर तुली है।'

आकांक्षा – 'अब तो उसने फ़ोन उठाना भी बंद कर दिया है। उसके घर वाले शादी को तैयार नहीं हैं।'

रंजना – 'तूने वो गाना नहीं सुना, "हर फ़िक्र को धुएँ में उड़ाता चला गया।"'

और रंजना ने सिगरेट का लंबा कश खींचकर आकांक्षा के मुँह पर फूँक मारी। आकांक्षा चुनरी से मुँह ढाँपते बोली – 'मत परेशान कर यार।'

रंजना – 'मेरी माने तो, एक–दो कश तू भी लगा ले, दिमाग़ शांत हो जाएगा। इस धुएँ में साधुओं के दिमाग़ भी ठीक करने के शक्ति है।'

आकांक्षा – तू बता रंजना, कभी तेरा ब्रेकअप हुआ है क्या?

रंजना– 'यार, मैं तो आज के ज़माने की लड़की हूँ। लड़के–लड़की में अंतर नहीं करती। जो लड़के करते हैं, लड़कियों को भी वही करने का अधिकार है। नहीं तो नारी स्वतंत्रता सिर्फ़ भाषणबाज़ी की चीज़ है क्या? मेरी मत पूछ, मैं तो बहुत प्रैक्टिकल हूँ।'

आकांक्षा – 'प्रेम में प्रैक्टिकल क्या होता है यार?'

रंजना – 'देख भाई, तेरे प्रेम की सुई देवदास–पारो की फ़िल्म पर अटकी है। देवदास एक बार चंद्रमुखी से निपट लेता तो बेचारे की जवानी में जान नहीं जाती। देवू प्रैक्टिकल नहीं था।'

आकांक्षा – 'क्या फालतू का तर्क देती है।'

रंजना – 'अरे भाई, लिव–इन वाले ज़माने में सात फेरे वाली सती–सावित्री फ़िल्म तो चलने से रही। शरीर की भी एक माँग होती है। मेरी मान, तो आकाश को एक दिन के लिए बुला ले। क्यों शमा की तरह जलती रहती है! प्रैक्टिकल प्रेम से बड़ी राहत महसूस होती है।'

आकांक्षा – 'हट, शादी से पहले...? संस्कार भी तो कोई चीज़ होती है!'

रंजना – 'कल अनुराधा मैडम, लीगल कॉन्सेप्ट क्लास में बता रही थी न, दुष्यंत ने शकुंतला से गंधर्व विवाह किया था। उसे भी अब क़ानून में विधि सम्मत विवाह माना जाता है। उनके विवाह से उत्पन्न पुत्र "भरत" के नाम पर हमारे देश का नाम "भारत" पड़ा है। गंधर्व विवाह शास्त्र सम्मत भी है और विधि सम्मत भी। वह भी तो पहले प्यार फिर संस्कार का मामला था। यही है प्रेम प्रैक्टिकली।'

रामेश्वर जी पीछे मुड़कर रंजना से मुखातिब होकर बोले – 'बेटा, एक सिगरेट मिलेगी।'

रंजना ने डिब्बी से एक सिगरेट निकाल रामेश्वर जी को पकड़ा, उसे सुलगाने माचिस की तीली जलाई। रामेश्वर जी ने फूँक मारकर तीली बुझा दी।

रंजना भौंचक होकर बोली – 'अंकल आप तो मॉडर्न दिखते हैं, हमारी बातें बड़े ध्यान से सुन रहे थे। इसे बताइए, मैं सही कह रही हूँ ना?'

रामेश्वर रंजना से मुखातिब हो बोले, 'बेटा, भारतीय ज्ञान परंपरा एक गुलाब का उद्यान है। मुझे दुख है कि तुमने गुलाब के बगीचे से काँटे चुनकर सहेली को चुभो उसका संताप बढ़ा दिया। इस उद्यान में सावित्री के अलावा अनुसुईया, सीता और सुलोचना रूपी पुष्प भी खिले हैं। सनातन संस्कृति इनकी ख़ुशबू से सदियों से सराबोर है। हमें अपने मनोवेग सँभालना सीखना चाहिए। सिगरेट के धुएँ से मनोवेग और भड़कते हैं, दिमाग़ शांत नहीं होता, कई बार विक्षिप्तता की स्थिति तक बात बिगड़ती देखी गई है, और एक बात सुन बेटा, इस धुएँ से भयानक जानलेवा कैंसर रोग भी हो सकता है।'

इतना कहकर उन्होंने सिगरेट तोड़कर रंजना के हाथ में दी और उठकर चल दिए। आकांक्षा गर्वपूर्वक उन्हें जाते देखती रही।

79

छपास और सम्मान

एक बुजुर्ग साहित्यकार के पास दो लेखक आकर बोले – 'इस शहर में एक छोटी सी संस्था की बड़ी सी हैसियत किताब छापने और सम्मान देने के नाम पर लेखकों से साठ से सत्तर हज़ार रुपयों तक झटक लेती है। उन्होंने एक साथी के साथ मिलकर कई लेखकों को डसा है।'

बुजुर्ग बोले – 'भाई, यह छपास का सुख बड़ा दुख देता है।'

आगत लेखकों ने उनके साथ हुई ठगी का कच्चा चिट्ठा साहित्यकार के सामने खोलते हुए कहा – 'हमने जीवन की आधी कमाई उनको दे दी। उन्होंने बदले में कोई रॉयल्टी भी नहीं दी। वह हैसियत अब कहती है कि आपने किताब में बहुत ग़लत जानकारी दी है। इसलिए नहीं बिक रहीं।'

'जब बिक ही नहीं रहीं तो ग़लत जानकारी की जानकारी कैसे प्रचारित हुई।'

हैसियत बोली – 'हम अन्तर्यामी हैं। राष्ट्रीय स्तर की हैसियत है। आपको सम्मानित करवाएँगे। तब कुछ बिकना शुरू होंगी। चुप रहिए, नहीं तो बर्बाद कर देंगे।'

उन्होंने बताया कि वह(हैसियत) सोशल मीडिया पर संदेश डाल कर सदस्य बनाने के नाम पर रुपया ऐंठती हैं। इसीलिए कई संस्थाओं से भगाई जा चुकी है।

बुजुर्ग ने कहा – 'ईश्वर उन्हें सद्बुद्धि दे। लेकिन इसमें तुम्हारा भी कुछ दोष है। असल बात किताब का पाठकों के हाथ में पहुंचना है। उसके दो आयाम हैं। एक तो किताब में सामान्य से हटकर कुछ नया संदेश होना चाहिए और दूसरा अच्छे प्रकाशक इस तरह की किताबों को कम कीमत पर छापकर बिक्री का लाभ लेखक को देते हैं। आजकल प्रकाशन एक कारोबार बना है। चालीस–पचास हज़ार लेकर जो चाहो छपवा लो। लेखक की पाठक में पैठ से उन्हें कोई मतलब नहीं है। ये जो हैसियत है, इसी का अनुचित लाभ उठाती है।'

(80)

चुनाव का टिकट

अनिरुद्ध सिंह पिछले तीन बार से पार्षद का चुनाव जीत रहे हैं, और हाई कमान के दरबार में लगातार विधायकी की अर्जी लगाते रहे हैं, लेकिन हर बार ख़ारिज हो जाती है। तीन महीने बाद चुनाव होने हैं।

उनकी पत्नी गौरांगी शिक्षा विभाग में उप–संचालक हैं। अनिरुद्ध सिंह अच्छी खासी कमाई कर लेते हैं। इस बार पार्टी फण्ड को भी सरसब्ज़ किया है। कुछ उम्मीद बंधी है। पत्नी ने दूध गर्म करके बैठक में इनके सामने तपीली रखते हुए कहा, 'आप तो पूरे समय मोबाइल पर बातों में उलझे रहते हैं, इतने व्यस्त तो प्रधानमंत्री भी नहीं रहते होंगे।'

अनिरुद्ध ने मोबाइल कान से हटा कर खीझते हुए पूछा, 'क्या करना है, ये बताओ?'

गौराँगी तेज़ी से गाड़ी में बैठते हुए बोलीं – 'सुनो, दूध अभी गरम है, ठंडा हो जाए तो फ्रिज में रख देना, नहीं तो बिल्ली चट कर जाएगी।'

गौरांगी के जाते ही, अनिरुद्ध ने मोबाइल कान से सटाकर बोलना शुरू किया – 'हाँ भाई, अब बोलो, कौन है, कहाँ मिला है, बरामदी में क्या निकला है?'

तभी एक बिल्ली खिड़की की जाली खोलकर अंदर झांकने लगी। अनिरुद्ध ने उसे घूरकर देखा। हाथ से भगाने की कोशिश की, पर वह लगातार

तपीली की तरफ़ देखे जा रही थी। उसी समय इत्तेफाक से एक मोटा चूहा उसके बाजू से निकला।

अनिरुद्ध मोबाइल पर बोले जा रहे हैं – 'हाँ, तो यह वही है जो हमारे इलाक़े में नदी घाट से मछली मार कर ले जाता है। परंतु यह बताओ, उसकी मोटर साइकिल से गौमांस निकला है, यह कैसे सिद्ध होगा?'

तभी बिल्ली दूध की पतीली से नज़र हटा चूहे की तरफ़ तेज़ी से झपटी और उसे पंजे में जकड़ लिया। अनिरुद्ध बिल्ली की तरफ़ से निश्चिंत हो गए।

अनिरुद्ध – 'हाँ, तुम्हारा कहना सही है कि आरोप सिद्ध होने से हमें क्या लेना–देना। उसमें सालों लग जाएँगे। हमारा मतलब तो सिद्ध हो जाएगा। तुम एक काम करो, उसे साथ लेकर रामप्रसाद चौराहे पर मय सबूतों के पहुँचो, हम पत्रकारों को लेकर आधे घंटे में वहीं मिलते हैं।'

अगले दिन ख़ास–ख़ास अख़बारों में ख़बर थी, "शहर के व्यस्त चौराहे पर गौ मांस सहित एक युवक गिरफ़्तार हुआ। बस्ती के सजग नागरिकों ने उसकी मरम्मत करके, पुलिस के हवाले कर दिया। सूत्रों के मुताबिक़ पुलिस तफ़तीश करके सबूत सहित कोर्ट में मुचलका पेश कर आरोपित की पुलिस कस्टडी लेगी।"

अनिरुद्ध मोबाइल को एक तरफ़ फेंक, सोफे पर पसर दार्शनिक मुद्रा में छत को निहारते हुए खुद से बोले, 'साला, बिल्ली तक शिकार का मज़ा लेने को तपीली की सतह पर ज़मी दूध मलाई छोड़ देती है।' वे छत पर एक छिपकली को कीड़े की घात लगाये देख रहे थे।

उसी समय मोबाइल की रिंग बजी। अनिरुद्ध को पार्टी मुख्यालय से खबर मिली कि – उन्हें दक्षिण क्षेत्र से विधायक की टिकट मिल गई है, मुकाबला चुनौतीपूर्ण होगा, तैयारी में ढील न हो।

तभी अनिरुद्ध ने निर्निमेष दृष्टि से छत पर देखा, छिपकली ने गर्दन उठाकर एक झटके में कीड़े को निगल अपनी क्षुधा शांत कर ली।

81

मन से सेवा

कथावाचक नीलिम्प त्रिपाठी आसंदी पर बैठ भागवत कथा कह रहे थे। उन्होंने मनुष्य के जीवन में सेवा और धर्म की महत्ता पर कई कथाएँ सुनाईं। कथा की समाप्ति होने पर एक व्यक्ति उनके पास आकर बोला – 'पंडित जी, मेरे पास बहुत धन है परंतु मेरा शरीर जवाब दे चुका है। उठते–बैठते नहीं बनता। प्रभु से प्रार्थना कीजिए कि मेरी तबियत ठीक हो जाये तो मैं भी इस आश्रम में रोज चार घंटा सेवा करा करूँगा।' पंडित जी हल्के से मुस्कुरा दिए।

थोड़ी देर बाद एक और व्यक्ति पंडित जी के पास पहुँच बोला – 'पंडित जी, मेरा स्वास्थ्य तो बिलकुल ठीक है परंतु मेरे पास बिलकुल धन नहीं है। यदि धन हो जाये तो मैं सेवा में धन अर्पित करूँगा। प्रभु से मुझे धनवान बनाने की प्रार्थना कीजिए।' पंडित जी फिर हल्के से मुस्कुरा दिए।

पंडित जी को मुस्कुराता देख उनका अनुचर बोला – 'महाराज आप दोनों भक्तों की बात पर मुस्कुरा दिए। उनकी तरफ़ से प्रार्थना नहीं करेंगे। ताकि वे दोनों आश्रम की सेवा में तन और धन अर्पित करने योग्य हो जायें।'

पंडित जी बोले – 'बच्चा, सेवा मन से की जाती है। जिनका मन ही सेवा करने को तैयार नहीं है। उनके पास तन और धन आ जाने पर भी क्या सेवा करेंगे। कामना से फल नहीं लगता, कर्म से फल मिलता है।'

82

रसारस

सावन–भाद्र मास में पृथ्वी पर हरी घास की मख़मली चादर बिछ जाती है। जीव–जंतु, पेड़–पौधे सर्वत्र सृजन के खेल में मस्त होने लगते हैं। रीति क़ालीन संयोग श्रंगार के गीत हृदय में आनंद का संचार करते हैं। प्रियतम से दूर स्त्रियाँ विरह गीत गाकर उन्हें उलाहना देकर बुलाती हैं। वियोगी गीत मन में टीस जगाते हैं। काले बादलों से झरती रिमझिम फुहारों में नहाए बागों में मोर नाचने और पावस गोष्ठियों में कवि बरसने लगते हैं।

अब सीमेंट क्रांकीट से सुसज्जित आधुनिक कालोनियाँ बस गई हैं। वहाँ मोर देखने को नहीं मिलते हैं। कसे परिधान में सिर्फ़ मोरनियाँ विचरती हैं। झोला छाप कवि गोष्ठियों से निकल कालोनियाँ में 'हल्के होने' की जुगाड़ ढूँढते फिरते हैं। सावन–भादों के दिनों में कवि गोष्ठी से चाय–पानी पीकर साहित्यकार कभी इन नई कालोनियों में पहुँच जाए तो फ़ुरसत होने का ठिकाना ढूँढते हैं।

एक दिन लेखक जब घर पहुँचे तो घर वाली ताना देती बोली – 'साहित्य रस में डूब कर आ गये। लगे हाथ झोला पकड़ो और नुक्कड़ से मिर्ची धनिया ले आओ। भजिआ का बेसन लगा है। आकर भजिया तलो। पहली बरसात है। बूँदों में रूमानियत ठसाठस भरी है।'

लेखक ने कहा – 'हम गंदियाए गए हैं। तुम भजिया भगवान को चढ़ाओगी।'

वे अकबका कर बोलीं – 'काय का हो गओ, कोनऊ साहित्यकार तुमरी कविता सुन के टपक गओ का? मिट्टी में गए थे का?'

लेखक ने कहा – 'ऐसा कुछ नहीं हुआ। मिट्टी में नहीं जा पाया, यही तो तकलीफ़ है। इंद्र भगवान और भक्त का पानी एकसार हो गया।'

'हे भगवान, सत्यानाश हो तुमरे साहित्यकार शौक़ को, ऐसे कैसे ढिलयाय गये, कै रास्ता में ही निपक गये, नैक रोक नै सकत थे। घर आएके बगर जाते।'

पत्नी नीची गर्दन किए उनके परिधान से पानी टपकता और साहित्यकार पत्नी का चेहरा देखते रहे। बाहर मानसून की झड़ी लगी थी और दरवाज़े पर साहित्यकार की पैंट चुआ रही थी।

83

देशद्रोही

मृत्यु पश्चात पृथ्वीराज चौहान और जयचंद की आत्माओं की स्वर्ग में मुलाक़ात हुई। पृथ्वीराज ने मिलते ही पूछा – 'तुमने मुझसे ग़द्दारी क्यों की ?'

जयचंद – 'पृथ्वी, तुम मेरी जवान बेटी को उठा ले गये, लड़ाई में मेरे बेटों को मार दिया, मेरा आधा राज्य दबा लिया। इसलिए तुम मेरे दुश्मन बन गये।'

पृथ्वीराज चौहान – 'तो ....!'

जयचंद – 'तो ग़द्दारी की शुरुआत किसने की थी। राजनीति का एक सिद्धांत है, दुश्मन का दुश्मन हमारा दोस्त हो जाता है। मुहम्मद गौरी तुम्हारा बैरी था। हमारा दोस्त हुआ कि नहीं?'

पृथ्वीराज – 'फिर भी देश नाम की कोई चीज़ भी तो होती है।'

जयचंद – 'यह तो आजकल के वोट भक्तों का प्रचारित भ्रम है। तुम्हारा राज्य था, मेरा राज्य था, उस समय देश था कहाँ? हरेक राजा का राज्य ही देश था। जिसकी रक्षा करना उसका धर्म होता था। अच्छा यह बताओ तुमने जो कुछ मेरे साथ किया वही मैंने तुम्हारे साथ किया होता तो तुम क्या करते?'

पृथ्वीराज – 'मैं तुम्हें दूसरे राजा के साथ मिलकर बर्बाद कर देता।'

जयचंद – 'वही तो मैंने भी किया।'

84

अयोध्या का धोबी

प्रेस की गुमटी वाला एक परेशान दुकानदार रामलला के सामने विनती कर रहा था – ‘हे राम! तुमने अपना पथ बनवाने हेतु मेरी प्रेस की गुमटी तुड़वा कर सरयू नदी में फिंकवा दी तो मैंने भी तुम्हारे सुखचैन को वनवास की राह दिखा दी, हिसाब बराबर। हे प्रभु, कुछ तो इशारा समझिए, धर्म की राह अर्थ के चौराहे से होकर गुज़रती है। भूखे पेट का कोई ईमान नहीं होता।’

तभी एक अंधभक्त आ गया, उसकी बात सुनकर बोला – ‘प्रभु, यह धोबी बकवास कर रहा है। हमारे नेता जी कहते हैं कि सत्ता सबसे बड़ा ईमान है। पुराणों के समस्त देवता भी अपनी सत्ता स्थापित करने हेतु लड़ते रहे हैं।’

प्रभु बोले – ‘धोबी समाज की गंदगी साफ़ करता है। उसे बोलने दो। उसके दिमाग़ में वोट की राजनीति नहीं है। वह अपना धर्म निभा रहा है।’

धोबी – ‘प्रभु, पेट हवन पात्र से बड़ा होता है। वातानुकूलित घरों के सोशल मीडिया छाप विद्वान जो बाप–दादा की संपत्ति पर ऐश करते हैं, इसे नहीं समझ सकते। तुमने तो जंगलों की ख़ाक छानी है। ग़रीब की तकलीफ़ तुमसे अच्छी तरह कौन समझ सकता है।’

प्रभु हल्के से मुस्कुरा कर बोले – ‘भाई, तूने त्रेता में मेरा परिवार तुड़वाया था, अब मैं वोट बैंक बन गया हूँ। इस लोकतंत्र में मेरी ही चल रही है।’

85

रामपुर में मतदान

रामपुर गाँव के चुनाव विशेषज्ञ रामसेवक सुबह नींद से जागे तो लगा कि उसका सिर भारी है। कल रात 'अंडिया पार्टी' वालों के साथ सरयु किनारे रेत पर चाँदनी रात में बैठे थे। तब नेता के कारिंदे ने बोतल निकाल कर बड़ा पेग बनाकर उन्हें दिया और कहा था – 'यार तुम वोट किसी को भी देना, मगर पेग हमेशा हमारे साथ लगाना।'

'चियर्स–चीयर्स' के साथ पाँचों लोगों ने घूँट अंदर उतारे और अजीब सा चेहरा बना कर एक–एक मुट्ठी नमकीन मुँह में ठूँस लिया। प्याज़ पर नींबू निचोड़ा, उस पर नमक लगाया, राजनीति का कौर दाढ़ के बीच चबा कर सत्ता का छार महसूस कर निगलने लगे। एक दौर पूरा होने पर रामसेवक ने बोलने को मुँह खोला।

रामसेवक – 'तुम जीतने वाले तो हो नहीं। जो राम जी को जो लाए हैं राम जी उनको लायेंगे। उनकी ही जय होगी। तो क्यों बेकार खर्च कर रहे हो भाई।'

कारिन्दा – 'यार, हमको चुनाव में खर्चने के वास्ते दो लाख मिले हैं। लोग वोट तो वैसे भी "नन्दिया पार्टी" को देंगे। हवा तो उसी तरफ़ बह रही है। भक्तों का ज्ञान–ध्यान भी इसी तरफ़ है। उनका नेता भी अवतार है। तो हम बेकार में क्यों पैसे बाँटते फिरें। हमारा नेता तो... अब क्या बताएँ।'

रामसेवक – 'तो हज़ार रुपये की दारू पिलाकर बाक़ी रक़म ख़ुद हज़म कर लोगे।'

कारिन्दा – 'नहीं भाई, तुम भी इसमें हिस्सेदार हो, और भी रक़म आने वाली है। इलेक्टोरल बॉण्ड से सबको खूब माल मिला है। बदनामी बैंक की और आमदनी नेताओं की। राम जी पार्टी वाले अकेले ही आधा से ज़्यादा पर हाथ साफ़ किए हैं।'

रामसेवक – 'तभी सुप्रीम कोर्ट पीछे लग गया।'

कारिंदा – 'अरे सुप्रीम कोर्ट का करेगा रे, मुँह से दही निकाल के फिर से अमूल दूध बनाने से तो रहा। बॉण्ड का पैसा तो मिष्ठी दही का सकोरा है।'

मतदान को एक दिन बचा था। शोर शांत हो गया था। वोट जुगाड़ू रामसेवक सुबह निस्तार से फ़ुरसत होकर बैठे थे। तभी नन्दिया पार्टी के हनुमान सिंह आ धमके। आते ही बोले – 'देखो भाई, हम तो राम के नाम पर वोट माँगने आये हैं। काम के नाम पर वोट माँगने आये हैं।'

रामसेवक – 'और शाम के जाम के नाम पर?'

हनुमान सिंह – 'राम और काम कम पड़ता है तो जाम का भी इंतज़ाम हो जाएगा। लेकिन चुपके से होगा। राम के साथ जाम की तुक तो बैठती है पर चुनाव के काम से संगत नहीं बैठती।'

रामसेवक – 'नहीं, हम कोई काम चुपके से नहीं करते।'

हनुमान सिंह – 'तुम साले जयचंद के वंशज हो, देशद्रोही कहीं के, नहीं चाहिए तुम्हारे वोट।'

रामसेवक विनम्रता पूर्वक – 'तो जय श्री राम।'

हनुमान सिंह – 'हट बे देशद्रोही, अपने गंदे मुँह से हमारे राम का नाम मत ले।'

रामसेवक विनोद पूर्वक – 'तो भी जय श्री राम।'

हनुमान सिंह चिढ़ते हुए – 'साले, जैसे रास्ता समतल बनाने बुलडोज़र चलवाये हैं, वैसे ही चुनाव बाद तुमको बिछा के समतल नहीं करवाया तो हम भी रघु के वंशज नहीं।'

रामसेवक मुस्कुराते हुए अख़बार पढ़ने लगे।

86

घृणा का रिश्ता

भावना के पति का ट्रांसफ़र उस शहर में हो गया, जहाँ उसकी कॉलेज की सहेली सोनम रहती थी। उनका मिलना–जुलना शुरू हो गया। भावना अक्सर फुर्सत के समय सोनम से मिलने चली आती। दोनों खाना वग़ैरह साथ खातीं और देर तक बातें करतीं।

एक दिन भावना बोली – 'यार सोनम तेरा जीवन कितना सुखी है। तेरी पति से कभी खटपट नहीं होती दिखती। तुम दोनों शांत रहते हो। मैं तो अपने पति से घृणा करती हूँ। हमेशा काम में व्यस्त रहते हैं। इसे लेकर हमेशा खटपट होती है।'

सोनम बहुत देर तक भावना की बात सुनती रही। फिर उसका हाथ अपने हाथ में लेकर बोली– 'यार तू बहुत सुखी है कि तुझे कम से कम पति से घृणा तो होती है। इसका मतलब है कि तेरे अंदर पति को लेकर कुछ लालसाएँ ज़िंदा तो हैं। मन में लालसाएँ, वन में वसंत की तरह होती हैं। एक स्त्री की लालसा से बड़ी कोई पूँजी नहीं होती। जिससे प्रेम होता है घृणा भी उसी से होती है। तुम्हें तो मुझ पर और मेरे पति पर तरस खाना चाहिए। हम तो एक दूसरे को जैसे–तैसे निभाये जा रहे हैं। ना प्रेम बचा है और ना घृणा है। इस रिश्ते में एक अजीब सा ठंडापन है। आश्चर्य है, तुम और तुम्हारे जैसे लोग इसे ही सुखी रिश्ता समझते हैं।'

87

सुरूप और कुरूप

एक सी डीलडौल चेहरा–मोहरा वाली दो सहेलियाँ सुरूप और कुरूप गाँव के नज़दीक से गुज़रने वाली नदी में स्नान करने पहुँचीं। दोनों कपड़े उतार कर बहुत देर तक नहाती रहीं। जब सुरूप डुबकी लगाकर नदी के उस पार निकल गई तो कुरूप सहेली के कपड़े पहन कर घर की तरफ़ चल दी। रास्ते में उसे अन्तश्चेतन मिली। कुरूप सौंदर्य से अभिभूत चली जा जा रही थी। अंतश्चेतना ने पूछा – 'क्यों कुरूप तेरी सहेली सुरूप नहाकर तेरे साथ नहीं लौटी?'

कुरूप ने रुककर आश्चर्य से पूछा – 'चाची, मैं ही सुरूप हूँ, आपको भ्रम हुआ है'। अंतश्चेतना बोली – 'मुझसे कोई भूल नहीं हुई। तेरी आँखों से तेरी सीरत का पता चलता है कि तू कुरूप है। केवल चोला बदलने से कुछ नहीं होता। तू कुछ समय के लिए कुछ लोगों को मूर्ख बना सकती है, लेकिन हमेशा के लिए सबको मूर्ख नहीं बना सकती।'

88

जा की रही भावना जैसी

गर्मी के दिन में हलवाई की दुकान पर सुबह–सुबह एक कवि जलेबी खा रहे थे। एक कौआ कहीं से आया और पानी की आशा में हलवाई की दही की परात में चोंच मारकर खाने लगा। हलवाई को बड़ा गुस्सा आया उसने पत्थर उठाया और कौए को दे मारा। पत्थर सीधा उसे लगा और वो मर गया।

द्रवित कवि हृदय जागा वो जलेबी खाने के बाद पानी पीने पहुंचे तो उन्होंने पानी की टंकी पर कोयले से ऊबड़–खाबड़ लिपि में लिखा – 'का ग द ही पर जान गँवायो'

उसके बाद कागज़ों में हेराफेरी की वजह से निलम्बित सरकारी कर्मचारी चाय पीने आए। कवि की लिखी पंक्तियों को उन्होंने कुछ इस तरह पढ़ा – 'कागद ही पर जान गँवायो'

फिर एक मजनू टाइप लड़का पिटा–पिटाया सा वहां पानी पीने आया। उसने कुछ यूं पढ़ा था – 'का गदही पर जान गँवायो'

हलवाई बोला, 'जाकी रही भावना जैसी, प्रभु मूरत देखी तिन तैसी।'

89

मन से बड़ा

संतोष रघुवंशी एक बहुत बड़ी कॉलोनी में इलेक्ट्रीशियन का काम देखता था। वह मिलनसार और भोला आदमी था। अकसर सुबह–शाम तफ़रीह पर घूमते दोस्त दिनेश को मिल जाता है। वह पूरी कॉलोनी की स्ट्रीट लाईट सहित मरम्मत का काम भी बहुत ईमानदारी से करता है। वह बेटी की शादी का निमंत्रण पत्र देने दिनेश के घर आया। हालचाल पूछने के बाद दोस्त ने उससे पूछा– 'क्यों मालिक को निमंत्रण–पत्र दिया कि नहीं?'

संतोष बोला – 'साहब, वे शहर के बहुत बड़े बिल्डर हैं। उन्हें कहाँ हम जैसे छोटे लोगों के लिए फुर्सत होगी। करोड़ों के मालिक, दुनिया भर के काम, अनेकों उलझनें।'

दिनेश ने कहा – 'फिर भी मालिक तो मालिक होता है। वह दयालु और भला मनुष्य हो सकता है। चलो, इतना ना हो तो भी मनुष्य तो होता ही है।'

संतोष – 'अरे साहब, बिल्डर और भला मानुष? इनसे तो डर लगता है। कभी उनके सामने नहीं पड़ते।'

दिनेश ने कहा – 'ठीक है, लेकिन तुम जहाँ काम करते हो, वहाँ के सारे लोग मिलकर एक परिवार बनाते हैं, और परिवार का मुखिया मालिक ही होता है। आप उनको विवाह निमंत्रण पत्रिका ज़रूर देना।'

संतोष – 'आप कहते हैं तो ठीक है साहब, दे आयेंगे।'

संतोष सुबह से ही एक निमंत्रण पत्र लेकर बिल्डर के ऑफिस पहुँच गया। दो–तीन बार मालिक के कमरे के सामने से गुज़रा लेकिन उसकी हिम्मत अंदर जाने की नहीं हुई। मालिक ने सीसीटीवी कैमरा में देख कर उसे अंदर बुलाया।

मालिक – 'क्यों भाई, क्यों चक्कर लगा रहे हो।'

संतोष भय के मारे काँपने लगा और डरते–डरते काँपते हाथों से निमंत्रण–पत्र उनकी तरफ़ बढ़ा दिया।

मालिक – 'हाँ तो तुम्हारी बिटिया की शादी है। कोई ज़रूरत हो तो कहो।'

संतोष – 'नहीं मालिक, आपकी कृपा बनी रहे।'

मालिक – 'नहीं–नहीं भाई, कुछ चाहिए तो अवश्य कहो।'

संतोष – 'मालिक आपका प्रेम बना रहे, यही काफ़ी है। आपकी नौकरी में रहते बेटी की शादी का क़र्ज़ उतार देंगे।'

मालिक कुर्सी से उठकर संतोष के काँधे पर हाथ रख उसे लोगों से अलग बाहर की तरफ़ ले गए और फिर एक बार धीरे से पूछा – 'कुछ चाहिए?'

संतोष – 'नहीं मालिक, कुछ नहीं चाहिए।'

संतोष उन्हें प्रणाम करके ख़ुशी में झूमता घर की तरफ़ जाने को सीढ़ियाँ उतरने लगा। सोचते जा रहा था, कहीं से कुछ चालीस–पचास हज़ार का और इंतज़ाम हो जाता तो ठीक रहता। परसों शादी है। सब पैसा खर्च हो चुका। अब क्या करूँगा।

वह मोटरसाइकिल में चाबी लगा रहा था तभी मोबाईल पर एक मेसेज आया। उसने खोल कर देखा, लिखा था–"आपके खाते में 50,000/– रुपये जमा हुए हैं।"

उसने मुक़द्दम को बताया। मुक़द्दम बोला – 'अरे मालिक ने शादी के लिए दिये हैं। तू तो बहुत बड़ी चीज़ निकला यार।'

दूसरे दिन संतोष ने यह वाक़या दिनेश को सुनाया। दिनेश ने कहा – 'माँगे बिना जो मदद मिले वह दान है, माँग के तो भीख ली जाती है। देखा तुम्हारा मालिक धन से ही नहीं मन से भी बड़ा इंसान है। ईमानदारी और कर्तव्य निष्ठा का ईनाम ज़रूर मिलता है।'

90

हे राम

शहीद दिवस को खेले जाने वाले नाटक में गांधी के पुतले को गोली मारने के लिए नाथूराम की आत्मा को बुलाया जाना तय हुआ। उसे परलोक में ढूँढ़ा गया। खोजबीन कर्ताओं ने उसे पहले नरक में जाकर ढूँढ़ा कि वह अवश्य ही नरक के किसी कोने में खजैले कुत्ते की तरह पड़ा होगा। उसे बहुत ढूँढ़ा, वहाँ नहीं मिला।

खोजकर्ताओं ने स्वर्ग जाकर ढूँढ़ना मुनासिब समझा। वे जब स्वर्ग द्वार पर पहुँचे तो वहाँ के तोरण द्वार पर सोने की नक़्क़ाशी किए एक बड़े से ताबूत में उसकी आत्मा थी। उन्होंने उसे गांधी के पुतले को गोली मारने की योजना बताई और उसे एक पुरानी सी पिस्तौल दी। उसने पिस्तौल को हिक़ारत की निगाह से देखकर एक तरफ़ फेंक कर कहा – 'तुम लोग दस सालों से सत्ता की मलाई चाट रहे हो और मुझे यह तमंचा पकड़ा रहे हो, बहुत बड़े कमीने हो यार, कुछ तो शर्म करो। जाओ एके–47 लेकर आओ।'

अमेरिका से समझौते के तहत पिस्तौल बुलाकर उसे दी गई। फिर उसे दिल्ली की सराय रोहिल्ला में रखने को ले गये। वह नाराज़ होकर बोला– 'साले तुम लोग फाइव स्टार होटल जैसे बगलों में रहते हो, और मुझे यह कचरा घर। लिहाज़ा उसे सेवन स्टार होटल में ठहराया गया।'

उसे तीस जनवरी को बुलैट प्रूफ कार में बिठा कर दिल्ली घुमाया गया। इकतीस जनवरी को रोड़ शो करते हुए हत्या स्थल पर लाया गया। सभी चैनलों पर लाइव प्रसारण की व्यवस्था की गई।

पूरे देश ने देखा – नाथूराम ने पिस्तौल उठाई और कहा – 'जिन्हें सत्ता चाहिए थी उन्हें मिल गई है। राम मंदिर भी बन गया है। अब गांधी को गोली मारने की ज़रूरत नहीं है। गांधी ने मरते समय "हे राम" कहा था। मुझे अयोध्या में बने राम मंदिर ले चलो।'

विशेष वायुयान से उसे रामलला के सामने पहुँचाया गया। उसने रामलला के सामने पहुँच कर उनसे कहा – 'इन बदमाशों का भरोसा ना करना, इनके मुँह में राम और बग़ल में छुरी है। इन्हें शर्म नहीं आती, तुम्हारे भक्त के पुतले को फिर से गोली मारने को कहते हैं। इन्हें जो चाहिए था, मिल गया। अब मुझे क्यों पाप में भागीदार बनाते हैं।'

इतना कहकर उसने ख़ुद की कनपटी पर पिस्तौल रखी और ट्रिगर दबा दिया। नाथूराम 'हे राम' कहकर एक तरफ़ लुढ़क गया। रामलला हल्के से मुस्करा दिये।

(91)

शराब की बोतल से शिक्षा

ठाकुर रिपुदमन सिंह गाँव छोड़कर अपने पुत्र के साथ बड़े शहर की शानदार कॉलोनी में रहने लगे थे। घर के बगीचे में बड़ी–बड़ी घास उग आई थी। तभी एक मज़दूर उधर से निकला। उसने पूछा – 'साहब, घास साफ़ करवानी है क्या?'

ठाकुर साहब – 'हाँ करवानी तो है, तेरा नाम क्या है?'

मज़दूर – 'गुमान!'

ठाकुर साहब – 'गुमान क्या, शर्मा, वर्मा गुप्ता?'

मज़दूर – 'गुमान रैदास'

ठाकुर साहब – 'हूँ, कितने पैसे लेगा?'

मज़दूर – '200/– रुपये।'

ठाकुर साहब – 'दो सौ तो नहीं देंगे।'

मज़दूर – 'तो क्या देंगे?'

ठाकुर साहब – 'अंग्रेज़ी शराब की एक बोतल।'

मज़दूर – 'ठीक है साहब।'

मज़दूर घास साफ़ करने लगा। ठाकुर साहब का बेटा बाज़ू में बैठा सुन रहा था। उसने पिता से पूछा – 'आपने इस मजदूर को 200/–रुपये

की जगह 1,500/–/– की शराब की बोतल देने की क्यों सोची? आपने 1,300/– रुपये का नुकसान नहीं कर लिया अपना?'

ठाकुर ने अपने बेटे से कहा – 'बेटा, इन लोगों को बर्बाद करने का यही एक तरीक़ा है और सदा से यही हमारी नीति रही है जिससे हम इनके बच्चों का भविष्य बिगाड़ सकते हैं। दारु पीकर यह खुश भी रहेंगे और बुरा भी नहीं मानेंगे, और हम बड़े कहलाएँगे।'

ठाकुर साहब बोले – 'अब आगे सुनो, अगर हम इस मजदूर को 200/– रुपए नकद दे देते हैं तो ये घर जाते समय सब्ज़ी, फल और बच्चों की पढ़ाई के लिए किताब कापी पेन्सिल और अच्छे विचार लेकर जाएगा। इसके बच्चे पढ़ेंगे और उन्नति करेंगे तो वो तुम्हारे बराबर ही नहीं तुम से भी आगे निकल जायेंगे। पढ़ लिख कर तुम्हारी नौकरियों पर हाथ मारेंगे। लेकिन यह दारु की बोतल अपना रंग दिखाएगी। ये बंदा घर जाने से पहले ही रास्ते में पीना शुरू कर देगा। बीबी बच्चों के लिए कुछ भी नहीं लेकर जाएगा। जब खाली हाथ जाएगा और बोतल इसके पास होगी तो घर में झगड़ा होगा बस अपना काम खत्म और इसकी बर्बादी शुरु। बेटा, चाहे हमें बेशक नुकसान ही उठाना पड़े लेकिन इन्हें बिल्कुल भी नहीं पढ़ने देना चाहिये। इन्हें संगठित नहीं होने देना चाहिये। बस इन्हें बर्बाद करने का यह मंत्र गांठ बांध लो। जूतियों को पैर में पहना जाता है, सिर पर नहीं रखा जाता।'

92

भोला वोटर

नेता जी भोला कुम्हार से – 'बाबा, ये लो पाँच सौ के दो नोट और वोट हमें ही देना।'

भोला – 'नहीं जी, ये नोट रखिए और मुझे एक गधा दिलवा दीजिए।'

नेता जी – 'अरे बाबा, गधा तो बीस–पच्चीस हज़ार से कम में नहीं मिलेगा।'

भोला – 'तो एक आदमी की क़ीमत गधे से भी कम आंक रहे हैं, शर्म आनी चाहिए आपको। गधे तो बोझा ढोते हैं। हम तो लोकतंत्र ढो रहे हैं।'

नेता जी – 'बाबा, गधा तो तुम हो, चलो अभी शेर बनाये देते हैं। गाड़ी में पूरा इंतज़ाम है।'

भोला – 'तो ऐसा कहिए ना, प्रसाद के साथ चरणामृत भी है। जय श्रीराम।'

93

आधार निराधार

25 दिसंबर की सुबह बहुत धुंध थी। एक बहुत महँगी कार व्यस्त चौराहे पर लाल बत्ती के कारण आकर रुकी। गाड़ी में हीटर के कारण गरम वातावरण था। लबादा ओढ़े ठिठुरता एक काला भिखारी कटोरा हाथ में लिए कार के नज़दीक पहुँचा। उसने कटोरा दोनों हाथों में थामे कार मालिक की तरफ़ देखा। कार मालिक कान में ईयरफ़ोन लगाए हिल रहा था। बीच–बीच में बोतल मुँह से लगा अजीब चेहरा बना कोई पेय गले के नीचे उतार रहा था।

भिखारी ने कार की पिछली सीट की तरफ़ रुख़ किया। एक बड़ा गोल्डन रिट्रीवर जीभ निकाल कर लार टपका रहा था। उसके शरीर पर शैम्पू किए सुनहरे रेशमी बाल लहरा रहे थे। वह डॉगी–पार्लर से वापस आशियाना जा रहा था। कुत्ते ने भिखारी की तरफ हेय भरी निगाहों से दो–तीन बार देखा। भिखारी को धुंध में साफ़ नहीं दिख रहा था। उसे लगा बड़ा साहब पिछली सीट पर है। उसने कटोरा कार के शीशे से हल्का सा टकराया। शेरू कुत्ते को बोलने का मौक़ा मिल गया। वह बोला – 'तू... आदमी का बच्चा...?'

भिखारी – 'नहीं मैं आदमी नहीं... कुत्ता हूँ। वैसे मेरी ज़िंदगी कुत्ते से भी बदतर है। आदमी तो आप हैं मालिक।'

शेरू – 'अभी मेरा आधार कार्ड नहीं बना है, इसलिए थोड़ी कमी है, आदमी होने में।'

भिखारी – 'मालिक आधार कार्ड बनने से क्या होगा।'

शेरू – 'ड्राइविंग लाइसेंस बन जाएगा। बैंक में खाता खुल जाएगा। पैन कार्ड और वोटर कार्ड भी बन जाएंगे।'

भिखारी – 'फिर आप क्या करेंगे मालिक।'

शेरू – 'मैं करोड़पति हो जाऊँगा। फिर मैं मालिक की सेवा करूँगा।'

भिखारी – 'कैसी सेवा करेंगे।'

शेरू – 'उनके गले में पट्टा डालकर मर्सिडीज़ में घुमाऊँगा। हम कुत्तों की संसद होगी। फिर आदमियों को कुत्तों जैसे लड़ना नहीं पड़ेगा। हम आदमियों जैसे लड़ेंगे और नहीं लड़ने वालों को संसद से बाहर कर देंगे। पर तुम क्या करोगे?

भिखारी – 'हुज़ूर मेरा तो कोई आधार ही नहीं है। मेरा अस्तित्व निराधार है। मेरा कटोरा ही मेरा जीवन आधार है। हम लोगों को कटोरा भत्ता दिलवा दीजिए, बड़ी कृपा होगी।'

शेरू – 'ठीक है, हमारी सरकार बनने पर हम "लाड़ला भिखारी योजना" लाएंगे तुझे कटोरा भत्ता दिलवा देंगे।'

इतने में बत्ती हरी हो गई। चालक ने बोतल को मुँह से लगा आख़री घूँट हलक के नीचे उतार हल्का सा गेट खोलकर बोतल बाहर नीचे खिसका दी। गाड़ी हवा से बातें करती फुर्र हो गई। भिखारी ख़ाली बोतल के मुँह को चाट उसे झोले में डाल फिर बत्ती लाल होने का इंतज़ार करने लगा।

94

बलात्कार क्राइम रेट

मंत्री जी चेहरे पर सौंदर्य लेप लगाये आराम कुर्सी पर पसरे हुए बोले – 'सचिव, आज की ख़ास खबरें क्या हैं।'

सचिव – 'सर, बलात्कार की घटनाएँ बढ़ रही हैं।'

मंत्री जी – 'और... !'

सचिव – 'सर, समाज में पुरुषों की तुलना में स्त्रियों का लिंग अनुपात घट रहा है।'

मंत्री जी – 'ठीक है, स्त्रियों की संख्या कम होने से बलात्कार की घटनाएँ भी ख़ुद ब ख़ुद कम जायेंगी।'

सचिव – 'सर, क्षमा करें, प्रति व्यक्ति स्त्रियों की संख्या कम होने से बलात्कार की घटनाएँ बढ़ने की संभावना है।'

मंत्री जी – 'हाँ–हाँ... ठीक है, पुलिस क्या कर रही है।'

सचिव – 'सर, पुलिस रिपोर्ट लिखकर कार्यवाही कर रही है।'

मंत्री जी – 'पुलिस को जो करना है, वह तो करती नहीं है और जो नहीं करना है वह करती है। ज़रा, पुलिस महानिरीक्षक को बुलाइए।'

सचिव – 'सर, बाहर इंतज़ार कर रहे हैं।'

पुलिस महानिरीक्षक ने प्रवेश कर सेल्यूट मारा – 'जय हिन्द सर।'

मंत्री जी – 'जय हिन्द तो ठीक है, यह बताइए आपको हेड क्वार्टर पर रहना है या फील्ड में पोस्ट कर दें। भिंड मुरैना में जगह खाली है।'

पुलिस महानिरीक्षक – 'जी हुज़ूर, आपकी कृपा से पत्नी का ट्रांसफ़र भी यहीं हो गया है और बच्चों की पढ़ाई भी यहीं ठीक चल रही है।'

मंत्री जी – 'हूँ, तो हमारी कुर्सी के साथ क्यों बलात्कार पर आमादा हैं?'

पुलिस महानिरीक्षक – 'सर, मैं समझा नहीं।'

मंत्री की – 'बलात्कार क्राइम रेट घटाइये। रिपोर्ट लिखना ज़रूरी है क्या, इससे क्राइम रेट बढ़ जाता है। ये पत्रकार वग़ैरह सरकारी साईट से जानकारी लेकर चिल्लाने लगते हैं। आप भी चैन से रहिए और हमें भी चैन से रहने दीजिए।'

पुलिस महानिरीक्षक, 'जो हुकुम सर' कह, सेल्यूट मार कर बाहर चले गये।

95

लँगोट की खोज

रामपुर की प्रसिद्ध रामलीला सुबह की गाड़ी से शहर में पहुँची तो रामलीला के आयोजक उन्हें लेने स्टेशन पहुँचे। पहले रामलीला का संचालन संत–महात्मा करते थे, जो लँगोट के पक्के होते थे। किसी ना किसी अखाड़े के उस्ताद होते थे। अब रामलीला संचालक ठेकेदार होते हैं। जिनका लँगोट से कोई लेना देना नहीं होता। ठेकेदार को सामान उतारते समय पता चला कि जिस बैग में हनुमान जी और वानरों की वेशभूषा रखी थी, वह चोरी चला गया। उसमें बीस लँगोट रखे थे।

उसी दिन शाम को रामलीला का जुलूस निकलना था। जिसमें पूरी वानर सेना लँगोट पहनकर शामिल होनी थी। बड़ी मुश्किल आन पड़ी। ठेकेदार, आयोजक के साथ लँगोट ख़रीदने निकले। एक युवा दुकानदार से पूछा – 'क्यों भैया, लँगोट मिलेंगे।'

दुकानदार – 'ये लँगोट होता क्या है, हमको नहीं पता तो कैसे बताएँ कि मिलेगा कि नहीं।'

आगे बढ़े तो एक थोड़ी चढ़ी उम्र का दुकानदार बैठा था, उससे पूछा – 'लँगोट मिलेंगे।'

दुकानदार – 'नाम तो कुछ सुना–सुना लगता है, लेकिन ये होता क्या है, पता नहीं। हमारे बाप कार्डधारी कम्युनिस्ट थे वे कहते थे कि "हम लँगोट

के पक्के होते तो तुम पैदा ही नहीं हुए होते।" उनकी यह पहेली हम आज तक नहीं सुलझा पाये। अब तो स्वयं सेवक हो गए हैं। अब क्या सुलझेगी।'

और आगे बढ़े तो एक पोपले मुँह का बुज़ुर्ग दुकानदार बीड़ी पी रहा था, उससे पूछा – 'दादा लँगोट मिलेंगे।'

दुकानदार ने पाजामे की म्यानी को सहलाया फिर बोला – 'हाँ भैया, हमने बहुत दिनों के बाद लँगोट का नाम सुना है। गामा पहलवान और फिर दारासिंह लँगोट पहनते थे। इसके ऊपर जाँघिया भी कसते थे। जब से जॉकी के जाँघिया आ गए तो लँगोट ग़ायब हो गये हैं।'

ठेकेदार – 'आपके पास लँगोट मिलेंगे क्या?'

दुकानदार – 'अरे भैया यहाँ कहाँ लँगोट मिलेंगे। अब तो एक ही लँगोट बचा है, उसे शहर के नेता जी ने पहन रखा है। जिनका लँगोट पूरे इलाक़े में घूम रहा है। कोई जोड़ का पहलवान मिलता ही नहीं। एक दमा का मरीज़ अखाड़े में उतरा था, तो पानी माँगता भागा।'

ठेकेदार – 'नेता जी अभी भी लँगोट पहनते हैं क्या?'

दुकानदार – 'जी हुज़ूर, जब उन्होंने पत्नी छोड़ भागकर पहाड़ पर धूनी रमाई थी। तब से ही नहीं उतारा। उन्होंने ब्रह्मचर्य के ज़ोर से एक मगर का मुँह दोनों हाथों से चीर दिया था। अब चुनाव लड़वाने के सिद्ध बाबा हो गए हैं। कई नेताओं ने उनके बालों का ताबीज़ पहना है।'

आयोजक – 'तब से ही नहीं उतारा। छी, गंदा नहीं हो गया होगा।'

दुकानदार यहाँ–वहाँ देखकर धीरे से बोला – 'राजनीति में सफल होने के लिए गंदा होना ज़रूरी है। बंदा खूब सफल हो रहा है।'

'यदि बंदा होगा गंदा, तो खूब मिलेगा चंदा,
खूब मिलेगा चंदा तो चलेगा सत्ता का धंधा,
राजनीति का धंधा कभी भी ना पड़ेगा मंदा।'

ठेकेदार – 'हमें अर्जेंट लँगोट चाहिए। क्या यहाँ कोई लँगोट नहीं पहनता। क्या यहाँ अखाड़े नहीं हैं।'

दुकानदार – 'अरे साहब, यहाँ क्या, अब सब जगह जिम और ब्यूटी पार्लर की बहार है। पंद्रह–बीस हज़ार मासिक के पैकेज पर मुलाक़ात पॉइंट हैं। नदियाँ खुल कर बह रही हैं। लँगोट उस समय चलता था, जब ब्रह्मचर्य का चलन था। अब तो कंडोम का फैशन है। चिकने या खुरदुरे सब मिलते हैं।'

नासमझ आयोजक बहुत देर से बोर हो रहा था, वह झुंझलाकर ठेकेदार से बोला – 'भाई साहब, लँगोट की जगह कंडोम से ही काम चला लें तो।'

दुकानदार हंसते हुए बोला – 'लो इनकी सुन लो, लेकिन बात पते की है, जब ढँकना ही है तो कैसे भी ढँक लो। वैसे सब तो ही उघड़ चुका है। टॉप लेस बॉटम फ्री का चलन है। सनातन संस्कृति के नाम पर वोट लेने वाली सरकारें जिम और ब्यूटी पार्लर खुलवाने अनुदान दे–दे कर हाँफ रही हैं। भारतीय संस्कृति महान है। सबको साथ लेकर सबका विकास करती है।

96

बाल कल्याण

एक नाबालिग लड़का – मैडम गाड़ी धोना है?'

मैडम – 'हाँ, छोटी बाल्टी उठा लो, उसे सीधे ड्रम में नहीं डालना। एक मग रखा है। ड्रम से पानी निकाल कर छोटी बाल्टी में भरकर ले जाओ। और गाड़ी घिसने के कपड़े दिखाओ, ठीक से धुले हैं। तुम्हारे कपड़ों की तरह गंदे तो नहीं हैं? गाड़ी चमकना चाहिए।'

मैडम जी निर्देश परस रही थीं। तभी उनकी समाज सेविका सहेली कार से उतरीं। ड्राइवर ने कार को किनारे लगाया और गाड़ी धोने वाले लड़के से बात करने लगा – 'क्या नाम है तुम्हारा?'

'जगदीश, और आपका?'

'महेश, महीने के कितने मिलते हैं?'

'रुपये तीन सौ और झिड़कियाँ हज़ार।'

'दिन भर में कितनी गाड़ियाँ धोकर चमका देते हो?'

'बीस गाड़ियाँ।'

'मतलब महीने के छः हज़ार कमा लेते हो।'

'नहीं भैया, एक हज़ार महीना ठेकेदार को देने पड़ते हैं। ऊपर से मैडमों के नख़रे इतने हैं कि कभी–कभी लगता है एक–दो को बाल पकड़ कर वैसे ही मारूँ जैसे मेरा बाप मेरी माँ को घसीटा करता है। सारी हेकड़ी निकाल दूँ।'

'नहीं भैया, हम लोग सभ्य हैं।'

'हाँ सो तो है।'

तभी अंदर से आवाज आई। मैडम की सहेली बोली – 'चलो यार, तैयार हो जाओ, तुम्हें ग्यारह बजे "नाबालिग बच्चों पर अत्याचार" विषय पर भाषण देना है। उसके पहले चेहरा चमकाने ब्यूटी पार्लर भी तो चलना है।'

मैडम – 'हाँ यार, चलो गाड़ी भी चमक गई है। सभ्यता का यही तक़ाज़ा होता है कि चमकते हुए चमकती गाड़ी में बैठकर निकला जाये।'

97

आरक्षित छाया

एक पत्रकार विश्व स्तरीय आयोजन में शरीक होने प्रांगण में पहुँचा। उसने देखा महँगी कारें जिन्होंने मेहमानों को ढोने में वातानुकूलित सुविधा उपलब्ध कराई थी, वृक्षों के नीचे आरक्षित छाया में सुस्ता रही हैं। थोड़ी दूर पर भोजन तैयार करते रसोइए धूप में पसीना बहाकर पास के खेतों में उपजाए आलू उबालकर धूप में बैठ कर छील रहे, आटा गूँथ रहे और प्याज़, मिर्ची, लहसुन तैयार कर रहे हैं।

एक संवेदनशील पत्रकार ने गले में पट्टा डाले आयोजक प्रतिनिधि से इस बाबत प्रतिक्रिया चाही तो उसने बताया कि 'वाहनों के इंजन गरम हो गए हैं। उन्हें ठंडा होने में समय लगता है, पेड़ों की छाया वाहनों के इंजन के लिए मुफ़ीद है। इससे कारों का मौलिक रंग भी सुरक्षित रहता है।'

पत्रकार – 'और ये धूप में तपते रसोइए?'

प्रतिनिधि – 'आदमियों का शरीर तापमान के हिसाब से समायोजित हो जाता है। चिकित्सक भी कहते हैं कि शरीर से पसीना निकलना स्वास्थ्य के लिए फ़ायदेमंद है। धूप से आदमी को विटामिन–डी मिलता है और आदमी उस रंग में आ जाता है, जिस पर फिर कभी दूसरा रंग नहीं चढ़ता। इससे जीवन निर्वाह लागत कम होती है। गोरेपन की क्रीम से भी मुक्ति मिलती है।'

पत्रकार – 'लेकिन...! आदमी...! कार... में फर्क?'

प्रतिनिधि – 'हमें सबके फ़ायदे के बारे में सोचना पड़ता है, साहब। मज़दूर का पसीना बहे, साथ में सफ़ेद कारें भी ठंडी रहे। विदेशों से पधारे गोरे लोगों के लिए काले लोग खाना बनाएँ, यही मिश्रित रंग विश्व दृष्टि पोर्ट्रेट को अनोखा बनाता है। नुस्क निकालना आप लोगों की आदत में शुमार है। चित्रकला दीर्घा में जाइए, अमृता शेरगिल और राजा रवि वर्मा की पेंटिंग्स ज़रूर देखिए। रंगों का विस्मित कर देने वाला विश्व घूमता नज़र आएगा।'

पत्रकार जिसे टोकन न होने के कारण प्लेट नसीब नहीं हो रही थी, प्रतिनिधि ने उसकी ओर प्लेट बढ़ाते हुए कहा, 'आइये साहब, भोजन कीजिए।'

पत्रकार – 'धन्यवाद, भाई साहब, बहुत ग़ज़ब का आयोजन है। पनीर बड़ा मुलायम है, घर में बीबी चार टुकड़े से अधिक नहीं देती। अमूल या साँची का पनीर दो लोगों को भी पूरा नहीं पड़ता।'

प्रतिनिधि – 'यहाँ जो चाहें इफ़रात से है। आप कहाँ आरक्षित छाया में खड़े हैं। इधर सूरज की रोशनी में खिसकिए, सेल्फ़ी छाया में सुस्ताती कारों के साथ बढ़िया आएगी।'

"क्लिक...!"

पत्रकार आरक्षित छाया में पहुँचते हुए बोला – 'आज धूप तेज़ है। फोटो मुझे भेज देना, फिर कल के अख़बार में देखिएगा। शानदार कवरेज।'

98

रावण अमर है

दशहरा का रावण मैदान में तन कर खड़ा हो गया। राजनीतिज्ञों की तरह उसके दसों सिर रोशनी की आभा से दैदीप्यमान होने लगे। रावण के पुतले के भीतर फटाके लगाने थे। एक व्यक्ति उसके पीछे बने छेद से उसके अंदर झाँक कर फटाके की लड़ अंदर बांधने घुसने लगा, तभी एक आवाज आई–

'आ गए रावण?'

'व्यक्ति चौंका?'

दुबारा आवाज आई – 'आ गए मेरे बुद्धिमान वंशज।'

व्यक्ति पुनः चौंका। उसने दोनों कानों में तर्जनी घुसा कर गुरुजी के खोखले उपदेशों से जमा मैल साफ़ किया कि शायद वह उसकी अंतरात्मा की प्रतिध्वनि ठीक से सुन नहीं पा रहा है।

फिर से आवाज गूंजी– 'रे मूर्ख ब्राह्मण, तुम सिर्फ़ पुतले जला रहे हो। असली रावण तो चुनाव रथ पर सवार होकर प्रचार तंत्र में व्यस्त हैं।'

ब्राह्मण – 'तुमने मुझे रावण क्यों कहा?'

रावण – 'रे मूर्ख, तू भी ब्राह्मण और मैं भी ब्राह्मण। हम एक ही ब्रह्म के वंशज हैं। बस इतना अंतर है कि मैं सतयुग का विद्वान ब्राह्मण हूँ और तू कलयुग का चतुर ब्राह्मण है।'

ब्राह्मण ने पूछा – 'तुम किस मुँह से बात कर रहे हो?'

रावण – 'मेरे धड़ से जुड़े मुख्य सिर के बाईं तरफ़ वाले पाँचवें सिर से।'

ब्राह्मण – 'अच्छा ये बताओ कि तुम्हारे बाईं तरह पाँच और दाईं तरह चार सिर क्यों हैं?'

रावण – 'वत्स, यह नेताओं की तरह वामपंथी और दक्षिणपंथी विभाजन है।'

ब्राह्मण – 'इसका क्या मतलब?'

रावण – 'वामपंथी का अर्थ हुआ – पंच मक्कारी अर्थात् मांस, मदिरा, मैथुन, मधु और मुद्रा के सेवन से सत्ता और शक्ति अर्जित करना। सत्ता पाने के बाद शक्ति अर्जन उपरांत पंच मकारी वृत्त पर आरूढ़ रहना।'

ब्राह्मण – 'और दक्षिणपंथी का मतलब?'

रावण – 'विभिन्न स्तरीय जीएसटी और महंगाई से मध्यम वर्ग को बुरी तरह निचोड़ने की कला में माहिर होना और इस चीज़ में कुशल होना कि जनता को यह भरोसा दिला सके कि निचुड़ना राष्ट्रवाद है। इस तरह वामपन्थ से विलग होकर सत्ता सुख भोगना।'

ब्राह्मण – 'वह कैसे?'

रावण – 'उदाहरण के लिए मुर्ग़ो को ही ले लो। हैचरी जब चूजे ख़रीदती है, उस पर जीएसटी टैक्स, हैचरी से पोल्ट्री फ़ार्म पर टैक्स, थोक ख़रीदार पर टैक्स, फ़ुटकर ख़रीदार पर टैक्स, ग्राहक पर टैक्स, तेल पर टैक्स, मसाले पर टैक्स, गैस पर टैक्स, और बना बनाया ख़रीदा तो उस पर भी टैक्स। यानि एक वस्तु पर पाँच जगह बारह प्रतिशत जीएसटी, मतलब लागत का साठ प्रतिशत टैक्स हुआ। और इस प्रक्रिया में जो कमाई हो, उस पर तीस प्रतिशत इनकम टैक्स। इस प्रकार कुल नब्बे प्रतिशत टैक्स।'

ब्राह्मण – 'इससे बचने का कोई रास्ता तो होगा।'

रावण – 'हाँ है, जीएसटी और आयकर वालों को रिश्वत देकर टैक्स आधा हो सकता है।'

ब्राह्मण – 'वह नहीं दें तो?'

रावण – 'नहीं तो छापा पड़ेगा, और दोगे कैसे नहीं मंत्रालय स्तर पर इलाक़ा नीलाम होता है। वार्षिक वसूली बजट बनता है। मासिक आधार पर वसूली समीक्षा होती है।'

ब्राह्मण – 'ठीक है मिस्टर रावण यार, ये बताओ तुम्हारा मुख्य मुँह क्या करता है?'

रावण – 'यह नेताओं की तरह रिश्वत का मुख्य भाग खा जाता है। फिर झूठ, मक्कारी, छल–प्रपंच की चाशनी में तर जीभ गोल घुमाकर "जय श्री राम" का उद्घोष करता है और उसी के नाम पर वोट माँगता है।'

अंत में रावण ने ब्राह्मण से पूछा– 'अच्छा तुम बताओ, मेरे पुतले को फूंकने के बाद आज क्या करोगे?'

ब्राह्मण बोला – 'हे लंकेश, आज दस दिन हो गये हैं। महफ़िल नहीं जमी, चंदे की बची रक़म कलारी पहुँचाना है। सरकार इसी कमाई से शिक्षकों और अफ़सरों को तनख़्वाह देती है। लाड़ली बहनों के खातों में एक क्लिक से तीन हज़ार डालती है। हमारी वामपन्थी देह सूखने लगी है। उसे रसारस करने ढाबे पर मित्र रास्ता देख रहे हैं। तुम्हारा पुतला जला कर शिव शंभु के नाम पर चार बूँद ज़मीन पर छिड़क उसे तर करके चरणामृत ग्रहण करेंगे, फिर चुनाव की तैयारी हेतु राम नाम के उपयोग पर नेता जी का भाषण सुनना है। आज रात वहीं मुर्ग़ा भोज है।'

तभी एक गगनभेदी नारा गूँजा – "जय श्रीराम"

रावण बोला– 'अरे मूर्ख ब्राह्मण, जल्दी बाहर निकल, नहीं तो मेरे पुतले के साथ तुम भी भस्म हो जाओगे। तुम कलियुग के असल रावण हो, तुम्हें ज़िंदा रहना है। तुम लोगों से ही मेरा अस्तित्व क़ायम है। तुम अगले वर्ष फिर नया रावण बना लोगे। रामलीला के नक़ली राम नक़ली तीर चला रहे हैं। वे मुझ तक नहीं पहुँच पाते। इसलिए कोई पिछड़ा वर्ग का आदमी आगे बढ़ कर मेरे पुतले में आग लगाता है। जिसको विधायक की टिकट मिलने वाली है, वह आग भड़काता है। आज गली गली में रावण वोट माँगते घूम रहे हैं। मैं हर साल जी उठता हूँ, मेरा तो पुतला भर जलाया जाता है। असली राम तो तुम्हारी आडम्बरी शर्म के मारे सरयू में डूब कर आत्महत्या कर चुके।'

99

हिंदू–मुस्लिम

एक बहुत ख़ूँख़ार चेहरे वाले महमूद चंगेज़ी की मांस–मछली की दुकान थी। वह रात दस बजे दुकान उठाने के बाद सीधा कलारी जाता, छककर गले तक ठूँस कर दारू पीता। फिर नज़दीक ही स्थित अपने घर की तरफ़ पैदल रुख़ करता।

दिसम्बर की एक रात बारह बजे के आसपास वह कलारी से घर की तरफ़ जाने को निकला। उसने देखा, यही कोई अठारह–बीस साल की सुंदर लड़की कड़कड़ाती ठंड में बिजली के खंभे से टिककर खड़ी सिसक रही है। पहले उसने सोचा कि शायद नशे के सुरूर में उसे लड़की दिख रही है। वह थोड़ा आगे बढ़ा। अरे यह क्या, यहाँ तो सचमुच तीखे नयन नक़्श की खूबसूरत लड़की खड़ी है। लड़की की आँखों से झरझर आँसू बह रहे हैं, और कुछ दूरी पर दो लड़के खड़े हैं। पूछने पर लड़की ने बताया, 'वह सिद्धार्थ नाम के लड़के के बहकावे में आकर आश्रम से भाग आई है। वह लड़का और उसका दोस्त उसे पुष्पक एक्सप्रेस से मुंबई बेचने ले जाना चाह रहे हैं।'

चंगेज़ी ने लड़कों को घूरकर देखा, दोनों में दूसरा लड़का चंगेज़ी के साले का बेटा यक़ीन था, जिसने अपने फूफा को पहचान लिया। वे दोनों भाग खड़े हुए। चंगेज़ी ने लड़की से कहा – 'अब तू आश्रम चली जा।'

लड़की बोली, 'आश्रम का गेट अब नहीं खुलेगा, और खुल भी गया तो आश्रम के नियमों के अनुसार वे मुझे अब वहाँ नहीं रखेंगे।'

चंगेजी ने लड़की से पूछा, 'तू मेरे साथ चलेगी?'

लड़की सोच में पड़ गई कि फिर से इन जंगली लड़कों की गिरफ़्त में आने से तो इस बुड्ढे के साथ जाना ही बेहतर रहेगा। चंगेजी ने फिर ज़ोर देकर पूछा – 'तू अपनी इच्छा से मेरे साथ चलती है?'

लड़की ने उसकी तरफ़ हाथ बढ़ा दिया। चंगेज़ी ने हथौड़े से मज़बूत हाथ से लड़की के मलाईदार मुलायम हाथ पर इस तरह शिकंजा कसा कि लड़की को लगा कि वहचाहकर भी अब कभी इससे मुक्त नहीं हो सकेगी।

लड़खड़ाता चंगेज़ी उसे लगभग खींचता हुआ घर पहुँचा। उसकी बीवी हमीदा ने दरवाज़ा खोला, ख़ाविंद के साथ लड़की को देख बोली, 'या अल्लाह, मेरी सौतन ले आये। मैं औलाद नहीं दे सकी, इसमें मेरा क्या दोष है? अल्लाह की मर्ज़ी है। अब मुझे तलाक़ ना देना। मैं इस बुढ़ापे मैं कहाँ भटकूँगी। मेरा भाई भी मर चुका है, उसका लड़का यक़ीन ही अब मेरा सहारा होगा।'

महमूद चंगेज़ी – 'बेगम, उसी कमबख़्त यक़ीन से इस बेचारी को बचा कर लाया हूँ, वह नुक्कड़ वाले पंडित जी के लड़के सिद्धार्थ के साथ इसे मुंबई बेचने ले जा रहा था। ले सम्भाल इसे, अल्लाह ने तेरी गोद भर दी। हमीदा अवाक देखते रह गई।'

लड़की बोली – 'लेकिन मैं हिंदू हूँ, आपके साथ रहकर मुझे मुसलमान होना पड़ेगा। इससे तो मैं उन लड़कों के साथ बिकने मुंबई ही चली जाती। मैं कहाँ आप अतिवादियों के चंगुल में पड़ गई।'

चंगेज़ी और हमीदा एक साथ बोल उठे – 'नहीं बेटी, हम तुझे हिंदू तरीक़े से रखेंगे और तेरी शादी भी किसी हिंदू लड़के से ही करेंगे।'

चंगेज़ी बोला – 'बेटी सुन, सभी मुसलमान अतिवादी नहीं होते जैसे सभी हिंदू सिद्धार्थ की तरह धोखेबाज़ नहीं होते। तू निश्चिंत रह, कल आज़म वकील से कहकर कोर्ट से तेरा गोदनामा रजिस्टर्ड करा लूँगा।'

100

मेहनतिया

शमशेर सिंह ने एक अगरबत्ती फैक्ट्री डाली। उसमें एकमात्र काम करने वाली मेहनतिया को काम पर रखा गया, जो रोज़ नियमित समय से आती और फैक्ट्री का सारा काम अकेले करके चली जाती। कुछ समय बीता, कारोबार बहुत ही व्यवस्थित ढंग से चल निकला। अकेली मेहनतिया होने से कोई यूनियन वग़ैरह तो बनने से रही।

शमशेर सिंह को लगा कि यार, कारोबार में लगी पूँजी पर लाभ कुछ और बढ़ाया जा सकता है।

ये अकेली मेहनतिया इतना बढ़िया काम कर रही है – अगर इसको किसी विशेषज्ञ की निगरानी में रख दिया जाए, तो उत्पादन और बेहतर हो सकता है। यह ख़याल मन में आते ही उसने एक एम.बी.ए. शिक्षित नवयौवना, श्रुति सक्सेना को मैनेजर नियुक्त कर दिया।

श्रुति को कार्य करवाने का अच्छा अनुभव था। वह रिपोर्ट्स बनाने और प्रस्तुतीकरण में भी बहुत होशियार थी।

श्रुति ने शमशेर को रिपोर्ट प्रस्तुत की – 'सबसे पहले हमें मेहनतिया की काम करने की समय–सारिणी बनानी होगी। फिर, उसके काम का सारा रिकॉर्ड अच्छी तरह रखने के लिए मुझे एक अलग से सेक्रेटरी की ज़रूरत होगी।'

शमशेर ने जूली को सेक्रेटरी के रूप में नियुक्त कर दिया। श्रुति होशियार थी। वह अक्सर जूली को शमशेर के पास रिपोर्ट लेकर भेजती थी। शमशेर, उसके आकर्षक, लुभावने व्यवहार और संकुचित परिधान पर लट्टू हो गया। अब जूली का काम सिर्फ़ शमशेर के सामने बैठकर चाय–कॉफ़ी पीने भर का रह गया।

शमशेर को श्रुति का जूली को उसकी सेवा में भेजने का कार्य पसंद आया। उसे कोई काम तो था नहीं। उसने जूली से कहा कि मेहनतिया के अब तक के सारे कार्यों की रिपोर्ट दो और जो प्रगति हुई है, उसका एक सुंदर ग्राफ बनाकर प्रस्तुत करो।

जूली ने श्रुति से कहा। श्रुति ने कहा – 'ठीक है, मगर मुझे इसके लिए कंप्यूटर, लेज़र प्रिंटर और प्रोजेक्टर चाहिए होगा।'

इस सबके लिए शमशेर ने एक कंप्यूटर डिपार्टमेंट बनाया और होशियार श्रेष्ठा को प्रबंधक नियुक्त कर दिया। श्रेष्ठा हमेशा मेहनतिया के सिर पर बैठी रहती।

अब मेहनतिया अपना काम करने के बजाय सिर्फ़ काग़ज़ी रिपोर्टें बनाने में ध्यान देने लगी, जिससे उसका मूल कार्य पिछड़ता गया और उत्पादन गिरता गया।

शमशेर को चिंता हुई। उसने सोचा कि कंपनी में एक तकनीकी विशेषज्ञ रखा जाए, जो जूली की सलाह पर अपनी राय दे सके। उसने एक व्यक्ति को तकनीकी विशेषज्ञ नियुक्त कर दिया।

अब मेहनतिया को जो भी काम दिया जाता, वह उसे पूरी सामर्थ्य से करने की कोशिश करती। लेकिन प्रबंधकीय कारणों से अगर काम कभी पूरा नहीं हो पाता, तो वह विवश होकर उसे अधूरा छोड़कर चली जाती।

शमशेर को लगातार नुक़सान होने लगा, तो वह बहुत बेचैन हो उठा। बेचैनी दूर करने हेतु उसने चाय–कॉफ़ी की जगह जूली को शराब का जाम बनाने का आदेश दिया।

एक–दो पैग साथ लेने के बाद उसने जूली के अधखुले, मुलायम वक्ष पर सिर टिकाकर सोचा कि व्यवसाय में नुक़सान का क्या कारण है। कोई

उपाय न समझ आते देख, मजबूरी में उसने नुक़सान का कारण पता लगाने के लिए एक मैनेजमेंट कंसलटेंट नियुक्त कर दिया।

तीन महीने बाद मैनेजमेंट कंसल्टेंट ने शमशेर को अपनी विस्तृत व बेहद गोपनीय रिपोर्ट सौंपी, जिसमें उसने बताया कि कंपनी में काम करने वालों की संख्या ज़्यादा है और कंपनी के घाटे को कम करने के लिए कर्मचारियों की छँटनी करनी होगी। कंपनी की गोपनीय बैठक में यह पाया गया कि मेहनतिया को छोड़कर बाकी सभी अपना काम मुस्तैदी से कर रहे हैं। इसलिए छँटनी में मेहनतिया को निकाल देना चाहिए।

जब मेहनतिया को नौकरी से निकाला जा रहा था, तब उसने मैनेजमेंट कंसल्टेंट से पूछा, 'मुझे क्यों निकाला जा रहा है?'

उससे कहा गया, 'कंपनी मैनेजमेंट सिद्धांतों पर चलती है, मैडम – मेहनतकश मज़दूरों के भरोसे नहीं।

जो लोग पूरी मेहनत, ईमानदारी व लगन से दिन–रात काम करते हैं, वे ताउम्र एक घर भी नहीं बना पाते। और मैनेजमेंट वालों के तीन–तीन घर होते हैं... और उतनी ही घरवालियाँ भी। कुछ सीखिए। कुछ नहीं तो जूली मैडम से ही कुछ सीख लीजिए – कि अंग–प्रदर्शन और बनाव–श्रृंगार से भी नौकरी कैसे की जाती है। कुछ स्किल सीखिए। "स्किल डेवलपमेंट" समझती हैं ना?' अब आप चाहें तो मैं आपको अपने बिल्डर मित्र की साइट पर मज़दूरी पर लगवा सकता हूँ। बस सुबह–सुबह मेरे घर का काम निपटाना होगा।"

मेहनतिया ने हामी भर दी।

101

चिलम का काम

नन्हें वीर कुम्हार के यहाँ बस्ती की सबसे अच्छी सुराही बनाई जाती हैं। जिनके अन्य सुराहियों के मुक़ाबले सवाए दाम मिलते हैं। नन्हें वीर अधेड़ अवस्था पार कर चुके हैं। काम करते–करते उनको चिलम की तलब उठी।

नन्हे वीर – रुक्को, ए रुक्को, चिलम दे... खौं खौं!

रुक्को नींद से जग उठने ही वाली थी।

नन्हे वीर – अरी उठती है कि माँ... बहन करूँ।

वे दुबली पतली फुर्तीली पत्नी रुक्को को चिलम लाने में देरी करने पर गरियाने लगते हैं तो बेचारी रुक्को दौड़ कर चिलम थमा बैठकर इंतज़ार करने लगती।

चिलम की लम्बी खेंच से नन्हें वीर को खाँसी का दौरा उठता तो रुक्को उनकी पीठ पर की क़मीज़ और अपनी बाँहें ऊपर चढ़ा कर पीठ सहलाना शुरू कर देती। धीरे–धीरे पीठ सहलातीं तो नन्हें वीर उन्हें घूर कर देखते। ग़ुस्से में रुक्को एक मुक्का हौले से पति की पीठ पर धर देती। तब तक चिलम भी अपना काम कर देती और कुम्हार दादा का कफ़ पिच पर रन आउट हुए बल्लेबाज़ की तरह पड़ा ग़ुस्से से चिलम को देखता। चिलम का बचा–खुचा धुआँ मुस्कुराता हुआ बिही–सीताफल के पत्तों में नुमाया हो जाता।

दांपत्य रस का यह एकांकी सर्दी के दिनों में लगभग हर सुबह इनके आँगन में घटित होता है। रुक्को सोचती है, चिलम का गर्म धुआँ दाम्पत्य रिश्ते में गर्म अहसास को ज़िंदा रखने को काफ़ी है।

102

आधुनिक बेटी

एक संस्कारी पिता ने करवाचौथ की पूर्व संध्या पर अपनी लाडली बेटी को लंबे सुखी जीवन के लिए व्हाटसएप पर आत्मीय संदेश भेजा –

प्रिय बेटी, तुम ससुराल में सुखी होगी। समाज करवाचौथ का त्यौहार मनाने जा रहा है। हर सुहागन स्त्री पति की लम्बी आयु के लिए व्रत रखेगी। तुम्हारी शादी के बाद यह पहला करवाचौथ है और शायद तुम भी अन्य सुहागानो की तरह व्रत रखो। मेरे मन में इस विषय पर कुछ विचार आये, सो तुम्हें लिख भेज रहा हूँ।

बेटी, अगर तुम भी ऐसा समझती हो कि व्रत रखने से पति की उम्र लम्बी होगी तो तेरी सोच भी अन्य स्त्रियों की तरह सामान्य है। तुम सच में अपने पति की लम्बी उम्र की कामना करती हो तो ईश्वर से इसकी प्रार्थना तो करना और साथ में अपने लिए ईश्वर से माँगना कि ईश्वर तुम्हारी बुद्धि को हमेशा सत्यधर्म व पवित्रता के मार्ग पर चलाए, तेरा मन कभी चंचलता में न भटके। अपने पति को हृदय से प्रीति करना। उसकी लम्बी उम्र चाहती हो तो उसके मन को शांत रखना। परिवार में सब से मिल कर चलना। अपने सास–ससुर की बुराइयों पर बातें करके पति के मन में कटुता न भरना।

पति को जो प्रिय हो ऐसा आचरण और स्वभाव रखना। कभी मनमुटाव हो तो उसे आपस में ही सुलझा लेना, पति से छिप कर कोई काम न करना,

वरना आपस में अविश्वास पैदा होगा और झगड़ा होगा तथा तुम दोनों का जीवन सुखमय नहीं रहेगा। तुम दोनों का स्वास्थ्य भी ठीक नहीं रहेगा। सुखी लंबा जीवन पाने की सोच व्यर्थ होगी।

बेटी, अपने स्वभाव को हमेशा शान्त रखना। तुम अपने शांत भाव से बड़ी से बड़ी मुश्किल को सरलता से सुलझा सकती हो। कभी भी अपना धैर्य मत खोना। तेरी दृष्टि, तेरी वाणी, तेरा आचरण पति के अनुकूल होना चाहिए। पति को ही अपना स्वामी मानना। मेरी इन बातों पर निश्चय से चलना ही असली व्रत है।

अगर तू मेरी इन बातों को मन में रख कर व्यवहार में लाएगी तो तेरा पति हमेशा प्रसन्न चित्त रहेगा तथा उसके प्रसन्न रहने से उसका स्वास्थ्य अच्छा होगा व आयु भी लम्बी होगी। पति के प्रसन्न रहने से घर में लक्ष्मी व समृद्धि आयेगी और सौभाग्य, सुसन्तान की वृद्धि होगी। इस तरह तुम अपने पति के साथ वृद्धावस्था तक प्रसन्न चित होकर आनंदपूर्वक जीवन व्यतीत करोगी। बेटी, मेरी बातों पर अमल करोगी तो सदा खुश रहोगी।

बेटी ने उत्तर में लिखा – मेरे प्यारे पापा, आपने दाम्पत्य धर्म के सात वचन स्मरण कराए, शिरोधार्य हैं। इसी तरह की आचरण संहिता सास–श्वसुर, नंद–नंदेयु, जेठ–जेठानी, देवर–देवरानी और पतिदेव के लिए भी दाम्पत्य शास्त्र में संहिताबद्ध हो जाए तो मेरी जैसी कामकाजी व्यस्त महिलाओं के लिए जीवन–व्रत और भी आनंददायक हो जाएगा।

पापा जी, आपको याद होगा, आपने बचपन में अपने हाथ की एक हथेली को मेरी नन्ही हथेली पर मार कर सिखाया था कि ताली दो हाथों से बजती है। आपने मुझे 'अकेला चना भाड़ नहीं फोड़ता' मुहावरे का अर्थ भी बताया था। मुझे आपकी सभी सीख याद हैं। आपने मुझे शिक्षित और समर्थ बनाया है। आप चिंता न करें, अपने और मम्मी के स्वास्थ्य का ध्यान रखें।

103

मार्केटिंग प्रेशर

बैंक के क्षेत्रीय प्रबंधक साहू जी सुबह छै बजे मोबाईल पर शाखा प्रबंधक शर्मा जी से – 'हेलो शर्मा जी, कितने हाउसिंग लोन हुए?'

शर्मा जी – 'सर, गुड मॉर्निंग, पचास हो गए।'

साहू जी – 'पचास? और कार लोन?'

शर्मा जी – 'सर, साठ।'

साहू जी – 'गुड और पर्सनल लोन?'

शर्मा जी – 'सर, सत्तर।'

साहू जी – 'सही में हुए या दस का पहाड़ा पढ़ा रहे हो?'

शर्मा जी – 'सर हो गए समझिए।'

साहू जी – 'अरे भाई, कल रात को बारह बजे तक तो मार्केटिंग की मीटिंग में बैठे थे। रात भर में इतने प्रकरण कैसे हो गए?'

शर्मा जी – 'सर, बैठे तो अभी भी हैं। मगर समझिए हो गये।'

साहू जी – 'अभी कहाँ बैठे हैं?'

शर्मा जी – 'रात को दो बजे सोए, अभी आधा घंटा पहले उठे और बाथरूम में पेट साफ़ करने बैठे हैं।'

साहू जी – 'अरे भाई, बिस्तर से उठ कर अभी कमोड पर बैठे हो तो इतने सारे प्रकरण कैसे हो गये?'

शर्मा जी – 'मार्केटिंग का कमाल है, सर।'

साहू जी – 'गुड, ज़्यादा प्रेशर मत लीजिए, कीप इट अप।'

शर्मा जी – 'सर प्रेशर लेता कौन है, वो तो अपने आप आता है। अभी प्रेशर नहीं आ रहा।'

साहू जी – 'ठीक है, अच्छा मज़ाक़ करते हैं।'

शर्मा जी – 'सर, आपसे ही सीख रहे हैं।'

104

पढ़ाई का स्तर

एक बड़े सरकारी अधिकारी माथुर साहब स्थानांतरित होकर नए शहर में पहुँचे। बँगला मिल गया। बग़ल में ही स्कूल का बोर्ड लगा देख हेड मास्टर के ऑफिस में पहुँच उनसे पूछा – 'बच्चे का एडमिशन करवाना है, हो जाएगा क्या?'

प्राचार्य – 'जी, ट्रांसफ़र सर्टिफिकेट और चरित्र प्रमाण पत्र चाहिए।'

माथुर साहब – 'मैं यहाँ सब जुडिशियल मजिस्ट्रेट पदस्थ हुआ हूँ।'

प्राचार्य – 'फिर आपको किसी प्रमाण पत्र की क्या ज़रूरत है। आप तो ख़ुद प्रमाण पत्र बेचते... माफ़ कीजिए देते हैं।'

माथुर साहब – 'आपके स्कूल में पढ़ाई तो अच्छी होती होगी।'

प्राचार्य – 'जी हाँ, एक नंबर की, नगर में हिंदी माध्यम का आदर्श स्कूल जो ठहरा। एक शिक्षक तो राष्ट्रपति पुरस्कार से सम्मानित भी हुए हैं।'

अधिकारी – 'तो आपके बच्चे भी इसी स्कूल में पढ़ते होंगे।'

प्राचार्य – 'जी नहीं, उन्हें कुछ बनाना है, इसलिए जीसस क्राइस्ट कॉन्वेंट में पढ़ते हैं।'

105

शकुनि

रामदर्शन – 'राधेश्याम जी, आपके बड़े भाई शांत हो गये, बड़े सीधे-साधे, सभ्य-सुसंस्कृत भले मानुष थे।'

राधेश्याम – 'रामदर्शन जी, उन्हें तो आप मर्यादा पुरुषोत्तम श्रीराम का ही अवतार समझिए।'

रामदर्शन – 'वे शायद आपके पिता जी पर गए थे।'

राधेश्याम – 'जी नहीं, बड़े भाई साहब माता जी पर गए थे। हमारे पिताजी तो बहुत चालाक थे। श्रीकृष्ण जी की तरह कभी हार नहीं मानते थे, हर चीज़ को राजनीति की नज़र से देखते थे।'

रामदर्शन – 'तो आप शायद अपने पिताजी पर गये हैं।'

राधेश्याम – 'हाँ, प्रकारांतर से ऐसा कह तो सकते हैं, लेकिन कृष्ण जी द्वापर में राजनीति कर रहे थे। हम तो कलियुग में मुख्यमंत्री बने हैं।'

रामदर्शन – 'फिर बड़े भाई किस पर गए थे?'

राधेश्याम – 'वे तो राष्ट्रीय नेता रहे, शकुनि पर गए थे।'

106

सच्चा हिंदुस्तानी

वह विमान से मुंबई से दिल्ली जा रहा था। मैंने देखा कि वह अपनी तय कुर्सी पर बैठ गया। वह सोचने लगा – क्या करूँ। अच्छी किताब पढ़ना, मोबाइल पर कोई फ़िल्म देखना, झपकी लेना – ये वो चीजें हैं जो वह आमतौर पर यात्री करता है।

वह अन्यमनस्क बैठा था। उसने देखा, उड़ान से ठीक पहले 10 सैनिक आए और उसके आस–पास की कुर्सियों पर बैठ गए। उसने बगल में बैठे फ़ौजी से सिर्फ़ बातचीत करने के बहाने पूछा – 'कहाँ जा रहे हैं आप लोग?'

'सर, आगरा। दो सप्ताह के लिए वहाँ एक प्रशिक्षण लेंगे। फिर हमें आतंकवाद विरोधी ऑपरेशन के लिए गुप्त स्थान भेजा जाएगा,' फ़ौजी ने कहा।

उड़ान भरने के बाद सामान्य स्थिति होने पर घोषणा हुई कि – 'विमान में निशुल्क भोजन नहीं दिया जाएगा। जो सज्जन चाहें, वे पैसे देकर भोजन ले सकते हैं।'

उसने परिचारिका से पानी माँगा। उसने सोचा – अच्छा है, कम से कम लंच का काम तो निपट जाएगा।

उसने एक सैनिक से पूछा, 'क्या आप लोग भी भोजन करेंगे?'

सैनिक – 'नहीं, विमान का भोजन महंगा है। हम लोग सभी सैनिक विमान से उतरकर दिल्ली से आगरा के रास्ते पर किसी सस्ते से ढाबे पर भोजन करेंगे।'

यात्री – 'सरकार यात्रा भत्ता नहीं देती क्या?'

सैनिक – 'सर, दिन भर का चार सौ रुपया मिलता है, विमान में एक बार का भोजन सात सौ का मिलेगा। तनख़्वाह से खर्चेंगे तो घर क्या भेजेंगे।'

यात्री – 'कहाँ के रहने वाले हैं?'

सैनिक – 'भिंड ज़िले के।'

यात्री – 'कौन–कौन है घर में?'

सैनिक – 'माता–पिता, दो भाई और दो बहन हैं, मैं बड़ा हूँ, मेरा छोटा भाई कारगिल में है, बहनें ग्वालियर में फ़िज़िकल एजुकेशन पढ़ रही हैं। पूरी तनख़्वाह घर भेजनी पड़ती है।'

यात्री – 'बाक़ी साथी भी वहीं से हैं क्या?'

सैनिक – 'नहीं सर, दस में से तीन भिंड ज़िले के हैं, तीन बिहार से, दो उड़ीसा से, एक उत्तराखंड से और एक हामिद तेलंगाना से है।'

वह उठकर फ्लाइट अटेंडेंट परिचारिका के पास गया और उसने सभी सैनिकों को भोजन कराने के लिए पैसे दिए।

आधे घंटे में सबके लिए लंच बॉक्स आ गए। सबने खाना खत्म किया। वह विमान के पीछे वाले वॉशरूम जा रहा था, तभी पीछे की सीट से एक बुज़ुर्ग ने उसे रोका और कहा – 'मैंने सब कुछ देखा, आपको बधाई।'

बुजुर्ग ने उससे हाथ मिलाया और कहा कि 'मैं अच्छे काम में हाथ बाँटना चाहता हूँ।'

बुजुर्ग ने उसके हाथ में 500 रुपये का नोट धकेलते हुए उससे आँख मिलाकर कहा, 'मुझे तुम्हारी खुशी में हिस्सा बनने दो।'

वह अपनी सीट पर बैठ गया। आधा घंटा बीत गया। विमान का पायलट, उसकी कुर्सी संख्या की तलाश करते उसके पास पहुँचा। उसे देखा

और मुस्कुरा दिया। पायलट ने कहा कि वह उससे हाथ मिलाना चाहता है। उसने अपनी सीट बेल्ट खोली और उठ कर खड़ा हुआ। पायलट ने उससे हाथ मिलाया और कहा, 'मैं एक फाइटर पायलट हुआ करता था। आप जो भी हैं, देशभक्त हैं। यह आपके भीतर के देशप्रेम का प्रतीक है। आपने जो किया, मैं इसे कभी नहीं भूलूंगा।' विमान में सवार यात्रियों ने तालियां बजाईं। उसे थोड़ी शर्मिंदगी महसूस हुई। वह बोला, 'मैंने तारीफ के लिए ऐसा नहीं किया, यह मेरा कर्तव्य था।'

यात्रा समाप्त हो चुकी थी। विमान धरातल पर उतर चुका था। वह उठा और थोड़ा आगे की ओर बढ़ गया। उतरने के लिए दरवाज़े के पास खड़ा था। तभी एक युवा लड़के ने उससे हाथ मिलाया और चुपचाप उसकी हथेली में एक नोट रख दिया। एक और व्यक्ति आया, उसने उसकी जेब में कुछ डाला और बिना कुछ कहे चला गया। फिर एक और नोट... और फिर एक और...

उसके साथ उतरे सैनिक लगेज़ लेने की जगह पर मिले। वह उनके पास गया और विमान के अंदर साथी यात्रियों द्वारा दिए गए नोटों को उन्हें सौंपते हुए बोला – 'यह पैसा आपके काम आएगा। आप अपने प्रशिक्षण स्थल पर जाने से पहले रास्ते में कुछ खा–पी लें। हम जो कुछ भी देते हैं, वह बहुत कम है आपकी उस सुरक्षा के मुकाबले जो आप हमें देते हैं।'

उसका गला रुंध गया।

'इस देश के लिए आप जो काम कर रहे हैं, वह बेशकीमती है। उसके लिए "धन्यवाद" तो बस एक काग़ज़ी शब्द है। भगवान आपको और आपके परिवार को आशीर्वाद दें।'

फ़ौजियों ने 'भारत माता की जय' के नारों से वातावरण गुंजा दिया। उसकी आंखों में आँसू थे।

वह कौन था, कोई नहीं जानता... लेकिन इतना तय था कि वह एक सच्चा हिंदुस्तानी था।

107

ये बैंक वाले भी ना

एक बार एक महिला अपना पसंदीदा रूमाल बैंक में भूल गई। एक कर्मचारी ने यह सोचकर वह रूमाल अपने पास रख लिया कि जिसका भी होगा, वापस लौटा देंगे। लेकिन बैंक के रोज़मर्रा के कामकाज के दौरान गलती से उस रूमाल पर रबर स्टैम्प लग गया।

कुछ दिनों बाद वही महिला बैंक आई और अपना रूमाल माँगा। कर्मचारी ने वह रूमाल लौटा दिया। जैसे ही महिला ने उस पर बैंक का रबर स्टैम्प देखा, वह गुस्से से तमतमाते हुए बोली, 'ये आपने क्या कर दिया! मेरा बेशकीमती रूमाल खराब कर दिया! दिमाग नाम की कोई चीज़ है भी आपके पास या नहीं?'

कर्मचारी को भी उसकी बातें नागवार गुज़री। उसने पलटकर जवाब दिया, 'आपको किसने कहा था यहाँ रूमाल छोड़कर जाने के लिए? हम आपके नौकर नहीं हैं। सरकार हमें बैंक का काम करने की तनख़्वाह देती है, आपके रूमाल की रखवाली के लिए नहीं। जाइए यहाँ से, और हमें अपना काम करने दीजिए!'

महिला गुस्से में आगबबूला होती हुई शाखा प्रबंधक के केबिन में पहुँची और उन्हें सारी बात बताई। शाखा प्रबंधक ने उसकी बातें बड़े ध्यान से सुनीं, फिर माफ़ी माँगते हुए शांत रहने का अनुरोध किया। लेकिन महिला उन्हें भी डाँटने–डपटने लगी।

शाखा प्रबंधक ने मुस्कराते हुए उससे रूमाल माँगा। फिर रूमाल पर एक कोना देखकर वहाँ मोहर लगाई– 'हमारी समस्त स्टैंप निरस्त हैं। (All our stamps cancelled)' –और अपने हस्ताक्षर कर दिए। फिर रूमाल महिला को लौटाते हुए बोले, 'लीजिए मैडम, अब पहले वाली स्टैंप की कोई वैधता नहीं रही। अब आप गुस्सा थूक दीजिए और आराम से अपना रूमाल लेकर घर जाइए। लेकिन फिर सेवा का अवसर ज़रूर दीजिएगा, क्योंकि ग्राहक की सेवा ही हमारा धर्म है।'

महिला शाखा प्रबंधक को अवाक देखती रह गई।

108

दो दोस्त

12 दिसंबर 2023 की दोपहर, दो वकील दोस्त सुप्रीम कोर्ट के प्रांगण में धूप तापते हुए बतिया रहे हैं।

पहला – 'यार, आज सुप्रीम कोर्ट की पाँच सदस्यीय संविधान पीठ के एकमत निर्णय से संविधान का अनुच्छेद 370 हमेशा के लिए ख़त्म हो गया।'

दूसरा – 'यार, इसे लाए कौन थे?'

पहला – 'दो कश्मीरी दोस्त...!'

दूसरा – 'दो कश्मीरी दोस्त?'

पहला – 'पक्के दोस्त...!'

दूसरा – 'कौन यार?'

पहला – 'नेहरू और अब्दुल्ला। और ख़त्म भी दो दोस्तों ने किया।'

दूसरा – 'उन्हीं कश्मीरियों ने?'

पहला – 'नहीं भाई, दो गुजराती दोस्तों ने।'

दूसरा – 'ऐं?'

पहला – 'ऐं क्या! मोदी और शाह ने।'

दूसरा – 'हाँ यार, हमारे देश की राजनीति में क्षेत्रवाद की बड़ी अहमियत है।'

पहला – 'उसकी भी काट है ना – जय श्री राम!'

109

बर्बादी लाल

रोहन को एक 90 वर्षीय बुज़ुर्ग दिल्ली मेट्रो की वॉयलेट लाइन में अकेले सफर करते मिले। उनके बगल में बैठने के बाद उसे लगा कि वे कुछ बेचैन हैं।

वे बार–बार रोहन से पूछते – 'ये कौन सा स्टेशन है?'

जब रोहन ने पूछा कि 'आपको जाना कहाँ है?' तो वे माथे पर हाथ रखकर बोले – 'वही तो मैं भूल गया हूँ।'

'फिर आप उतरेंगे कहाँ? आपका नाम क्या है?' – रोहन ने हैरानी से पूछा।

वे बोले – 'मेरा नाम याद आ गया, मैं बर्बादी लाल हूँ। आगे एक बड़ा सा स्टेशन है न?'

नई दिल्ली, राजीव चौक – कई नाम लिए, लेकिन उन्होंने सबको नकारते हुए कहा – 'नहीं, एक स्टेशन है न सेंटर में, जहाँ गाड़ी बदलते हैं।'

रोहन ने पूछा – 'सेंट्रल सेक्रेटेरिएट?'

ख़ुशी से चमकते चेहरे के साथ बर्बादी लाल जी बोले – 'जी हाँ, जी हाँ, थैंक्यू, थैंक्यू!'

रोहन ने पूछा – 'सेंट्रल सेक्रेटेरिएट से किधर जाएंगे?'

बर्बादी लाल बोले – 'यह तो मुझे याद नहीं... आई एम नाइंटी इयर्स ओल्ड... कुछ आप बताइए...'

पहले की सारी ख़ुशी भूलकर बर्बादी लाल फिर अपनी पुरानी अवस्था में लौट आए।

रोहन ने धैर्य से पूछा – 'आप पहले गए हैं? कितनी देर लगती है?'

बर्बादी लाल – 'बस तुरंत आ जाता है।'

रोहन ने कहा – 'पटेल चौक?'

बर्बादी लाल जी का चेहरा हज़ार वॉट के बल्ब सा चमक उठा – 'बिल्कुल, बिल्कुल! अब याद आ गया। पटेल चौक ही जाना है मुझे।'

रोहन ने एक स्लिप पर 'पटेल चौक' लिखकर उन्हें दी और कहा –

'सेंट्रल सेक्रेटेरिएट आने वाला है। मेट्रो से बाहर निकलकर किसी को ये स्लिप दिखाइएगा, वो आपको सही मेट्रो में बैठा देगा।'

बर्बादी लाल जी ने दुआओं की बारिश करते हुए जब रोहन का हाथ पकड़कर दबाया, तो पता नहीं क्या हुआ – रोहन उनके साथ येलो लाइन मेट्रो तक न केवल गया, बल्कि उसमें सवार होकर उन्हें पटेल चौक तक छोड़ने भी चला गया।

'संभलकर उतरिए, यही पटेल चौक है' – रोहन ने मेट्रो के दरवाज़े पर रुकते हुए कहा।

बर्बादी लाल जी उतरे, पर आगे बढ़ने की बजाय वापस मुड़कर मेट्रो का दरवाज़ा बंद होने और ट्रेन चलने तक रोहन की ओर देखते रहे – यूँ हाथ हिलाते रहे मानो वे ही रोहन को ट्रेन में बैठाने आए हों।

बर्बादी लाल जी की समस्या को समझने, समाधान सोचने, एक मेट्रो से दूसरी में चढ़ाने और उनका अगला स्टेशन आने की पूरी प्रक्रिया ताबड़तोड़ पाँच मिनट में पूरी हो गई। रोहन की कई जिज्ञासाएँ अनुत्तरित ही रहीं।

रोहन रात को नींद में चौंककर उठ बैठा। सोचने लगा – 'उन्हें इस उम्र में अकेले क्यों निकलना पड़ा? राजनीति के जंगल में किससे मिलने की

बेताबी में यूँ घर से निकल पड़े? क्या अब भी बच्चों के साथ रहने का सौभाग्य है या नहीं? उनका बाकी जीवन कैसे गुज़रेगा?'

वह बिस्तर से उठकर पिताजी के कमरे में गया। वे चैन की नींद सो रहे थे – क्योंकि उनका रोहन जैसा बेटा जो था।

110

अनवरत यात्रा

वंदे भारत ट्रेन की द्वितीय श्रेणी वातानुकूलित बोगी में एक यात्री ने दूसरे से पूछा – 'आप भी अयोध्या जा रहे हैं?'

दूसरा यात्री – 'जी, आप भी...?'

पहला – 'जी हाँ, आपके साथ ही चलेंगे। आप कहाँ रुकेंगे?'

दूसरा – 'किसी सस्ती सी होटल या धर्मशाला में टिक जाएँगे।'

पहला – 'हमारा तो वीआईपी इंतज़ाम है। राम मंदिर वाली पार्टी से हैं। और आप?'

दूसरा – 'हमारी कोई पार्टी नहीं है। हम कमज़ोर को ताक़त देते हैं। जब तक राम मंदिर पार्टी कमज़ोर थी, उनके सिर्फ़ दो सांसद थे – तब उनका साथ था।'

पहला (कुछ खीजकर) – 'बस भाई साहब, यही तो गलती है। जिन्होंने देश को बर्बाद किया, अब आप उन्हीं के साथ हैं!'

दूसरा (शांत स्वर में) – 'जी, जैसा आप समझें।'

ट्रेन तेज़ गति से चली जा रही है। शाम घिरने लगी थी। यात्रियों ने मिल–बाँट कर भोजन करना शुरू किया। एक और तीसरे यात्री ने भी डिब्बा खोल खाना शुरू ही किया था कि पहले यात्री ने उन्हें मलाई कोफ्ता और पनीर

परोस दिया। पराठों, पूड़ियों और घी में तर रोटियों का भोग पूरा हुआ। मिठाई के बाद फिर बातें चल पड़ीं।

तीसरा यात्री पहले यात्री से – 'भाई साहब, आप क्या करते हैं?'

पहला यात्री – 'साहब, हमारे पिताजी सुकुर पाकिस्तान से आए थे। शिविर में रहे, गोली–बिस्किट और डबल रोटी का फेरा लगाते थे।'

तीसरा यात्री – 'अब आप क्या करते हैं?'

पहला यात्री – 'अब शहर में हमारे चार शोरूम हैं। एक लड़का और एक लड़की अमेरिका में हैं – वहाँ एक्सपोर्ट–इंपोर्ट का काम देखते हैं।'

तीसरा यात्री – 'यह सब अचानक हो गया?'

पहला यात्री – 'आप भी ग़ज़ब करते हैं साहब! साठ–सत्तर सालों की मेहनत है, नीतियाँ हैं, प्रोत्साहन है – तभी तो आज ऐश कर रहे हैं। यह सब हिंदू राष्ट्र का कमाल है। नहीं तो पाकिस्तानियों को देखिए, कटोरा लिए अमेरिका के सामने खड़े रहते हैं।'

तीसरा यात्री, अब दूसरे यात्री से – 'भाई साहब, आप क्या करते हैं?'

दूसरा यात्री – 'सर, मैं 450 रुपये मासिक पर सरकारी मुलाजिम भर्ती हुआ था। डिप्टी कलेक्टर के पद से रिटायर हुआ। अब 80,000 रुपये पेंशन मिलती है। सभी बच्चे सेटल हैं। खुद का मकान, गाड़ी वगैरह सब है। आराम से ज़िंदगी गुज़र रही है।'

तीसरा यात्री (व्यंग्य से) – 'यह सब पिछले दस सालों के रामराज्य में हुआ होगा?'

पहला और दूसरा यात्री एकसाथ – 'नहीं साहब, पूरी ज़िंदगी खप गई, और इसमें लोकतांत्रिक व्यवस्था का भी हाथ है।'

तीसरा यात्री – 'मतलब सत्ता बदलती रही, और सत्ता पक्ष को विरोधियों का भय भी सताता रहा?'

पहला यात्री – 'बाकी सब तो ठीक है, लेकिन उन्होंने इन हरे रंग वालों को खूब सिर पर चढ़ा रखा था।'

तीसरा यात्री – 'एक बात ईमानदारी से बताइए, अंग्रेजों की सत्ता हथियाने और साधने की नीति क्या थी?'

पहला यात्री – 'फूट डालो, राज करो।'

तीसरा यात्री – 'किनमें फूट डालो?'

पहला यात्री – 'हिंदू और मुसलमान में – नफ़रत पैदा करो, दंगा कराओ, फूट डालो, दोनों में असुरक्षा का भाव ज़िंदा रखो।'

तीसरा यात्री – 'अंग्रेज़ मालिक थे, गुलामों में फूट डालकर राज करते रहे। आज जो लोग सत्ता के लिए अपने ही देशवासियों में फूट डालकर नफ़रत की फसल काट रहे हैं – क्या यह सही है?'

पहला यात्री (असहज होकर) – 'आप तो देशद्रोही अंदाज़ में बात करने लगे! वैसे आप हैं कौन? करते क्या हैं? किस पार्टी से ताल्लुक रखते हैं?'

तीसरा यात्री (शांत भाव से) – 'भाई साहब, मैं लेखक–पत्रकार हूँ। अपने अख़बार के लिए अयोध्या में सत्ताधारी पार्टी की हार के कारण जानने जा रहा हूँ। मेरा नाम निर्विकार चतुर्वेदी है, और मैं "निष्पक्ष भारत पार्टी" से हूँ।'

दूसरा यात्री (हँसते हुए) – 'मतलब आप खोजी यात्रा पर हैं?'

तीसरा यात्री – 'जी, हम सभी भारतीय "साझा ख़ुशहाली" गंतव्य की अनवरत यात्रा पर हैं।'

(111)

साफ़–सुथरा

प्राणेश और उनकी निजी सचिव आनंदिता, संस्कृति मंत्रालय के काम से एक शानदार गाड़ी में निकले थे। मंत्री जी के सचिव ने रास्ते में मोबाइल पर सूचना दी कि मंत्री जी किसी आवश्यक कार्य में अचानक व्यस्त हो गए हैं, इसलिए उनकी मुलाक़ात संभव नहीं हो सकेगी। उस समय दोनों बाज़ार से गुज़र रहे थे।

प्राणेश ने कार रुकवाकर ड्राइवर को एक दुकान से ड्राय फ्रूट्स लेने भेजा। मार्केट में गाड़ी पार्क करने की जगह नहीं थी। उन्होंने ड्राइवर से गाड़ी की चाबी लेकर गाड़ी खुद आगे बढ़ानी शुरू की और आनंदिता के साथ दूर निकल गए। प्राणेश प्यार से आनंदिता को 'अनन्दी' बुलाते हैं।

गाड़ी रोककर प्राणेश बोले – 'अनन्दी, आज मूड है क्या? लॉन्ग ड्राइव पर चलते हैं।'

अनन्दी हल्का सा मुस्कुरा दी।

प्राणेश ने ड्राइवर को मोबाइल से संदेश भेजा – 'पार्किंग की जगह न होने से हम आगे निकल गए हैं। तुम सीधे ऑफिस पहुँचो।'

वे शहर से तकरीबन बीस किलोमीटर दूर एक बस्ती से गुजर रहे थे। प्राणेश गाड़ी से उतरकर एक कंपोज़िट दुकान से हंटर बियर के दो कैन और भुने हुए काजू, बादाम, पिस्ता ले आए। उन्होंने गाड़ी को विंध्य पर्वत की एक

ऊँची पहाड़ी पर खड़ा किया और सामने की विशाल झील का नज़ारा निहारते हुए बियर पी ली। तब तक हल्की बारिश और हल्का सुरूर भी आने लगा था।

इसके बाद वे गाड़ी आगे बढ़ाकर दो–एक किलोमीटर दूर एक रिसॉर्ट में पहुँच गए, जहाँ खिड़की से झील का मनोरम दृश्य दिखता था। समुचित आराम के बाद, व्यवस्थित होकर वे बालकनी में दो आराम कुर्सियों पर बैठकर लंच करने लगे।

प्राणेश – 'अनन्दी, तुम्हारे बिना जीना अब मुहाल होता जा रहा है। मैंने वकील से डाइवोर्स के पेपर्स बनवाने को कह दिया है। तुम अपने पेपर कब तक फाइल करोगी?'

अनन्दी ने कोई जवाब नहीं दिया। वह झील में उठती तरंगों की ओर देखती रही।

उसे खामोश देख, प्राणेश बोले – 'देर हो रही है, चलें?'

दोनों गाड़ी में सवार होकर रवाना हुए।

प्राणेश ने फिर पूछा – 'तुम्हारे पेपर भी बनवा लूँ क्या?'

अनन्दी – 'प्राणेश, तुम्हारे साथ कुछ समय जीना बहुत अच्छा लगता है... लेकिन इसके लिए डाइवोर्स लेना ज़रूरी है क्या?'

प्राणेश – 'तुम ही तो कुछ समय से पीछे पड़ी हो!'

अनन्दी – 'हमें कुछ नए तरीक़े से सोचना चाहिए। तुम कई संस्थाओं के मालिक हो, दुनिया में तुम्हारी इज़्ज़त और शोहरत है, तुम कई लोगों के रोल मॉडल हो। तुम बेटा–बहू और बेटी–दामाद वाले हो...'

प्राणेश ने ब्रेक लगाकर गाड़ी रोक दी और अनन्दी के कंधे पर हाथ रखकर उसे हैरत से देखा।

अनन्दी – 'मैं सोचती हूँ, पति–पत्नी होने के बाद हम भी दूसरे दंपत्तियों जैसे हो जाएँगे। क्यों न हम प्रेमी–प्रेमिका ही बने रहें, और एक–दूसरे पर बोझ बने बिना इसी तरह साफ़–सुथरा रिश्ता बनाए रखें?'

प्राणेश – 'तुम बहुत प्रैक्टिकल हो अनन्दी। मैं भी कुछ ऐसा ही सोच रहा था। नारी परिवार को जोड़ती है, तोड़ती नहीं। तुम सचमुच महान हो।'

आनन्दी, कनखियों से देखते हुए – 'और वो पेपर?'

प्राणेश, आनंदी का हाथ चूमते हुए – 'वो... वो तो मैं तुम्हारा मन टटोल रहा था, अनन्दी!'

अनन्दी, आँखें लड़ाते हुए – 'चलो हटो, बड़े वो हैं आप!'

प्राणेश – 'आख़िर तुम्हारा बॉस हूँ ना, साफ़–सुथरा!'

••• समाप्त •••